시나리오

단편시나리오 창작에서 장편 준비까지

창작법

시나리오

단편시나리오 창작에서 장편 준비까지

창작법

송정애 지음

이 책은 처음으로 시나리오를 공부하고 창작하려는 학생들과 일반인에게 백지에서 출발해 단편 시나리오를 단계적으로 발전시켜 완성할 수 있게 했고, 가르치는 교수들이 교재로 활용할 수 있게 했으며, 더 나아가 장편 시나리오를 준비할 수 있게 장편영화도 분석해 놓았다.

이 책은 시나리오를 쓰기 위한 이론뿐 아니라, 실제 학생들을 가르치면서 특별한 재능이 없는 학생들도 좋은 작품을 완성할 수 있게 가르친 방법이 들어가 있고, 학생들의 작품도 수록해 놓았다. 그러므로 이 책을 이용하여 창작하려는 사람들은 과제 부분들을 스스로 따라 하며 작품을 체계적으로 완성하면 좋을 것이다.

또한 단편영상작품 분석을 통해 이론이 작품 속에서 어떻게 적용되었는지를 확인하며 분석능력도 키울 수 있게 수준 높은 영상들을 분석해 놓았다. 대부분의 자료들은 인터넷에서 영상자료원 자료실을 클릭해 자료검색란에 영화 제목을 치면 소장위치를 알 수 있고, 영화진흥위원회 영화정보실을 클릭하고 off-line자료실을 클릭 후 자료검색란에서 찾아보면 소장위치를 알 수 있으므로, 직접 가서 영상을 보며 분석하면 좋을 것이다. 분석할 작품 옆에 소장기관을 적어 놓았으니 참고하기 바란다. 또한 독자 스스로의 분석능력을 키우기 위해 질문을 제시해 놓았으니 스스로 생각해 본 후 답과 비교바란다. 예술작품에는 정답이 없으므로 하나의 의견이니 자신의 의견과 비교해 보면 좀 더 풍성한 분석이 될 수 있을 것이다. 위의 두 기관에 소장되어 있지 않은 영상자료들도 작품내용과 함께 분석 내용을 실었다. 이러한 영상 분석을 통해 자신이 창작할 작품의 목표점을 세울 수 있을 것이다.

교재로 사용할 때에는 제시된 작품들을 학생들 스스로 보고 오게 해 토론하거나 과제로 내도 좋을 것이고, 또는 이 책의 시나리오 이론과 방법론은 그대로 사용하면서 영상작품들만 바꾸면 매우 유용한 교재가 될 것이다. 이 경우 인터넷을 이용해 영상작품들을 볼 수 있는 곳에서 작품을 선정해 교실에서 같이 보며 토론하면 좋을 것이다. 예를 들어 상상마당을 클릭한 후 프로그램을 클릭하고, 독립영화를 클릭 후 상상 On-Air를 클릭하면 많은 독립영화들이 있으므로 교수는 그중 주제에서 토론해 볼 만한 영화, 인물에서 토론해 볼 만한 영화 등 각 이론을 영상을 통해 익힐 때 유용한 영화들을 선정해 활용하면 효율적인 학습효과를 이루어 낼 수 있을 것이다. 그리고 강의 일정은 첨부해 놓은 부록 단편 시나리오 창작 강의 계획안을 참고하면 좋을 것이다.

시나리오 창작은 쉽지 않으나 초보자도 한 학기에 단편 시나리오 두 편을 창작할 수 있으며, 16일간 진행되는 계절 학기에도 시나리오 이론과 영상 분석을 하면서 단편 시나리오 두 작품을 완성한다. 이것이 가능한 이유는 학생들이 창작의욕이 많고, 성실히 과제를 제출하며 각 진행과정마다 끊임없는 의견의 나눔이 있기에 가능한 것이다. 그러므로 독자들도 아이디어가 떠오르면 물음들을 첨부해 보고, 중심인물과 중심이야기를 생각해 보고, 더 나아가 계획서를 써 보고, 조사도 한 다음, 초고를 쓰고, 수정해 완성한다면 어렵지 않게 완성할 수 있을 것이다. 이 책을 다 읽은 후 창작할 수도 있겠으나, 이 책을 따라가며 차근차근 완성하는 것도 좋은 방법이다.

시나리오 이론 부분은 단편과 장편 시나리오 모두에 해당하는 이론들을 정리해 놓았고, 노력하면 쓸 수 있는 <8월의 크리스마스>와 좀 더 복잡한 형식의 <인어공주>를 세밀히 분석해 놓았으며, 고전이 될 수준 높은 영화인 <제8요일>도 분석해 놓았다. 장편분석은 시나리오 작가 입장에서 분석해 놓았으므로, 수준 높은 단편 시나리오 창작과 자신이 쓰고 싶은 장편 시나리오 준비까지의 과정에 유용한 참고자료가 되길 바란다. 또한 장편 시나리오 창작에 앞서 단편 시나리오를 창작하며 자신의 강점을 파악한 후 장편

을 준비하는 것이 더 유용하기 때문에, 단편창작 후 자신이 쓰고 싶은 장편
시나리오를 구상한 후 장편영화 분석 부분들을 공부하면 더 효과적일 것이다.

　반드시 작가가 되지 않더라도, 이 시나리오 창작 과정이 영상작품들을 이
해하고, 자신의 창의력을 발전시키는 방법을 익힐 수 있는 기회가 되었다면
더 많은 분야에서 자신의 창의력이 활용될 수 있으므로, 창의적 사고와 창
의력 개발의 한 방법으로 시나리오 창작이 활용된다면 그것 또한 매우 가치
있는 일이 될 것이다.

차 례

제1장

단편 시나리오

1. 단편 시나리오 창작의 목적들

단편 시나리오 창작에는 여러 목적이 있을 수 있다.

우선 자신이 직접 시나리오를 써서 제작하기 위해 쓸 수 있는데, 이때는 제작비나 제작 여건 등을 고려해야 하기 때문에 시나리오 창작 역량을 마음 껏 발휘할 수 없다는 단점이 있다. 그러나 제작을 해서 시나리오에 생명력을 불어넣은 영상으로 많은 관객들과 만난다면 창작의 기쁨이 더욱 클 것이고, 더 나아가 출품도 하고 상도 탄다면 경력에도 도움이 될 것이다.

그다음으로 순수하게 단편 시나리오를 쓰는 것이 즐거워서 제작 전반을 고려하지 않고 자유롭게 글쓰기에 몰입해서 쓸 수도 있다. 우리가 살고 있는 영상시대는 너무나 많을 양의 영상물들이 나오고 잊히고 있다. 이때 책 속의 글이라는 것은 영상물보다는 시간적으로 긴 생명력을 지니는 특성을 지니므로 자신의 소중한 작품들을 모아 단편 시나리오 창작집을 내는 것도 하나의 좋은 방법이 될 것이다. 아직 개인이 자신의 단편 시나리오를 모아 출판한 경우는 없으므로, 자신의 다양한 단편 작품들을 묶어 낼 수도 있을 것이고, 한 가지 주제나 소재나 인물에 계속 관심을 지니고 여러 편의 단편 시나리오를 써서 옴니버스 스타일의 장편 시나리오로 묶을 수도 있을 것이다. 이러한 창작집도 어느 직업에서 활동을 하던 경력에 도움을 줄 뿐 아니라, 창작 역량을 지닌 사람으로 인정받게 돼 자신을 돋보이게 할 것이다. 우리나라의 경우 장편 시나리오집도 영화진흥위원회 기획으로 매해 그해의 주요 시나리오들을 묶어 내는 『한국 시나리오선집』이 대표적 시나리오집이다.

또한 시나리오 작가나 방송드라마 작가도 될 수 있을 것인데, 장편 시나리오나 방송드라마 대본을 쓰기 위한 목적으로 우선 단편 시나리오를 공부하고 창작해 보는 것이 매우 효과적이다. 단편 시나리오를 창작하면서 자신이 잘 다룰 수 있는 소재나 남들과는 다른 자신만의 독특한 표현방식 등을 알아낼 수 있고, 또한 자신의 부족한 점도 알아내 보완하도록 노력할 수도 있을 것이기 때문이다. 그러나 장편 시나리오나 방송드라마는 단편보다는 등장인물 수도 많고, 에피소드들도 풍부해야 하고, 상업적 측면과 관객층에 대한 고려도 해야 한다는 것을 알아야 한다.

2. 단편 시나리오의 특성

단편 시나리오는 다른 장르의 글처럼 삶을 반영하고, 삶의 경험을 표현하고, 관객의 정서를 이끌어 내, 삶을 풍부하게 하는 것은 같다.

그러나 방송단막드라마가 60~70분 정도의 길이이고, 영화가 보통 100~120분 정도의 길이라면, 단편영화는 국내 영화 진흥법상으로는 40분 이내의 영화를 일컫는다. 그러나 보통 길어도 30분을 넘기지 않는 경우가 많다. 참고로 200자 원고지 2장이 1분에 해당되고, 장편영화의 경우 보통 200자 원고지 200매(A4 30장) 정도를 쓰는데, 요즘은 더 많은 양을 요구한다.

이러한 시간적 차이로 단편은 단편만의 특징을 지니게 된다.

1) 인물이 너무 많으면 관객이 그 인물들을 파악하는 것에 시간을 너무 많이 소요하게 되므로 보통 한두 명의 중심인물을 등장시킨다.

2) 인물이 어떤 목표를 성취해 가는 이야기를 단편 시나리오에 담을 때에는 짧은 시간에 여러 목표를 성취하는 것은 사실감이 떨어지므로, 하나의 중심 목표를 이루어 나가는 중심 이야기에 집중하게 만든다. 그리고 그 목표를 이루어 나가는 데 한 개 또는 몇 개의 장애물들을 놓아 갈등하게 하다가, 그 목표를 이루게 하거나, 실패하게 하거나, 또는 관객의 상상에 내맡긴 채 열린 결말로 마무리를 짓는다.

3) 단편영화는 시간상 압축적이어야 하고, 간결하고 절제미를 지니어야 할 뿐 아니라, 볼거리가 많은 상업영화나 일상적인 방송드라마가 보여 주는 것보다는 내용이나 형식 면에서 자유롭고 개성적인 것들을 담는다.
물론 평범한 일상을 진솔하고 따뜻한 정서로 담아내 공감대와 인간애를 느끼게 하는 좋은 단편영화들도 많이 있는 것도 사실이다. 그러나 이런 경우에는 이야기들이 재미있어야 하고, 어느 곳에선가 일어날 수 있는 이야기이나 아직 들어 보지는 못한 이야기로 만들어야 효과적일 것이다. 단편영화는 상업성에서 벗어나 순수하고 신선한 감각을 지니고 자유롭고 풍부한 상상력이 발휘된 독특한 형식의 영화를 만들 수 있는 것이 단편의 특징 중 하나이므로 시처럼 압축적이고, 상징적이고 모호한 것까지도 허락될 수 있는 것이다.

4) 단편영화도 관객을 인식하며 창작되기는 하나, 단편영화를 보러 오는 관객들은 예술성과 개성을 존중해 주는 지적 수준이 높은 관객들이 많기 때문에 반드시 대중성을 고려하지는 않고, 대중성을 반드시 지닐 필요는 없는 단편영화들도 많다.

결론적으로 단편영화는 직접 시나리오를 쓰고 직접 연출하기 때문에 자신의 개성과 열정을 마음껏 발휘하며 새로운 시도도 마음껏 해 볼 수 있고 자신의 진지한 태도가 영화 속에 묻어나는 좋은 영화를 만들어 낼 수 있는 특성을 지니고 있다.

제2장

단편 시나리오 창작을 위한 필수 과정들

구체적으로 단편 시나리오를 창작하기 위한 공부를 하기에 앞서, 단편 시나리오 창작에 필요한 필수 과정들을 요약하면 다음과 같고, 또한 장편 시나리오를 준비할 때에도 다음과 같은 요소들을 고려하여야 한다.

1. 착상: 좋은 아이디어가 떠오를 때마다 계속 메모하는 습관을 지녀야 한다. 또한 영감은 순간적으로 떠오를 수 있지만 시나리오 완성까지는 끊임없는 구상과 끈기가 필요함도 알아야 한다.
2. 주제: 작품 전체에 적용되는 관념으로, 한 문장으로 만들어 본다.
3. 소재: 주제를 가장 잘 표현할 현실적 또는 상징적 소재를 선택한다.
4. 장르선택: 드라마(사회 드라마, 휴먼 드라마 등), 비극, 멜로, 코미디, 공포, 미스터리, 시대극, 액션, 판타지, 애니메이션, 뮤지컬 등 선택
5. 관객에 대한 고려: 창작은 자기표현이며 동시에 공유의 예술이므로 독자와 관객을 염두에 두고 그들의 삶과 사회, 그리고 세계에 공여할 의미를 생각하며 창작하여야 한다.
6. 인물

<인물을 나누는 여러 방법들>

첫째: 3유형 중 선택
1) 보편적 인물
2) 개성적 인물
3) 보편성과 개성을 동시에 지닌 인물

둘째: 4차원 중 강조할 것을 한두 가지 선택
1) 생리적 차원: 성별, 나이, 신체적 특징을 강조할 것인가?
2) 사회적 차원: 개인은 타인들과 사회, 국가, 세계에 연관된 존재이므로 종교, 국적, 정치적 관심도, 교육수준, 경제수준, 직업, 가

족 사항, 집단 속의 인물의 위치 등을 강조할 것인가?

3) 심리적 차원: 인물의 갈망의 대상, 야심, 의지 또는 좌절, 강박관념, 성격 등을 강조할 것인가?

4) 도덕적 수준: 도덕적 위기에 직면했을 때 취하는 인물의 태도를 강조할 것인가를 선택해 인물을 창조한다.

<인물 배치도>

주인공과 그 외의 인물들과의 관계를 옹호적으로 또는 적대적 또는 무관심 등으로 인물들을 배치해 주인공의 성격을 잘 드러나게 한다.

<인물과 대화하기>

자신이 창조한 인물과 충분히 대화를 하여 친숙해지고, 그 인물의 이력을 잘 알아야 하고, 작품 완성 후 한 인물씩 따로 읽어 보고 제대로 각 인물들이 창조되었나를 확인한다.

그 외 인물의 이름, 의상, 소도구 등도 중요하고, 스토리와 사건에 따라 인물의 성격도 자연스럽게 변화시켜야 한다.

또한 관중이 끝까지 관심을 지니고 볼 만한 인물로 창조해야 한다.

7. 줄거리 창조: 가장 중요한 중심 줄거리를 중심으로 창조한다.

8. 사건의 종류

1) 내면적 사건: 오해, 질투, 비밀, 계략, 실수 등 인간과 인간관계를 변화시키는 여러 심리적 요소들에 의한 사건

2) 외형적인 사건: 교통사고, 천재지변 등 물리적 힘에 의해 인간이 겪게 된 사건

사건의 발생은 너무 우연적이거나, 돌발적이거나, 너무 빈번히 일어나게 하면 안 된다.

또한 사건이 평범할 땐 평범하지 않은 배경에, 사건이 평범하지 않을 땐 평범한 배경에 배치시키는 것도 좋은 방법이다.

복선: 사건의 동기에 해당하는 것이 복선이다. 복선은 사건이 발생하기 이전에 어느 정도의 지식과 정보를 관객에게 미리 줌으로써 사건을 예고하고 암시하는 수법이다.

9. 플롯(구성, 구조, 구성구조라고도 함): 이야기 속에서 사건을 전개시키고 사건을 배열시키는 계획이 플롯이고, 플롯의 구성법은 수없이 많고, 절대적인 법칙이 있는 것은 아니다. 그러나 이야기를 효과적으로 표현하기 위해서는 플롯을 짜 보고, 유형을 선택해 봐야 한다.

<플롯을 나누는 여러 방법들>

1) 원인결과식(시간순, 단순형)/결과원인식(회상 방법 이용, 복잡형)/에피소드식
2) 플롯의 3단계: 처음, 중간, 끝
   플롯의 4단계: 기, 승(진행, 발전), 전(반전, 하강), 결(결말)
   플롯의 5단계:
제시(발단, 도입부): 주요 주제, 인물 소개(인물의 이력, 인물 사이 관계), 현재 상황과 앞으로 전개될 사건을 암시해 앞으로 진행될 얘기에 호기심과 흥미를 지니게 하고 장소, 시간, 시대 제시
전개(갈등, 이야기의 복잡화): (어떤 새로운 것이 개입되어)사건이 발생되어 갈등을 일으킴.
갈등의 종류 1
- 내적인 것(자아와 자아 사이의 갈등)
- 외적인 것(자아와 타인/자아와 사회/자아와 자연/자아와 운명 사이의 갈등)
- 내외적인 것(위의 두 가지가 다 있는 것)

갈등의 종류 2

- 고여 있는 갈등(인물이 우유부단하거나 겁이 많아 상황을 벗어날 아무런 행동도 하지 않아 고여 있는 상태가 계속됨)
- 튀는 갈등(인물이 비약하여 비현실적으로 돌변하면 튀는 갈등이 됨)
- 점진적으로 상승하는 갈등(인물이 자연스럽게 발전하고 서서히 상승하는 것. 주인공과 적대자가 동등한 위치에서 겨룰 때 상승하는 갈등을 보이게 됨)

위기: 주인공과 적대자와의 충돌 직전의 상황이 위기임(복잡화는 새로운 복잡화에 이르러 행위가 위험에 치달으면 위기가 됨. 위기는 짧고 알차야 함)

절정(클라이맥스): 적대자와의 대립에서 한쪽이 쓰러지지 않고는 더 이상 사건이 진전될 수 없는 상황이 절정임(위기와 절정은 같은 말로 통용되기도 하고, 위기와 절정이 동시에 일어나는 경우도 흔함)

대단원(결말): 사건이 해결되어 정리하는 단계. 결말에는 행복한 결말, 불행한 결말, 애매한 결말, 열린 결말 등이 있다.

(플롯의 5단계를 도입 – 전개 – 위기 절정 – 반전(역전) – 대단원으로 나누기도 함)

3) 플롯이 없는 것: 사건 그리고 사건 그리고 사건 ……(사건이 1개 정도 빠져도 지장이 없는 단순한 사건들의 나열로 된 것)

플롯이 있는 것: 사건 그러므로 사건, 그러므로 사건 ……(앞의 사건이 뒤의 사건의 원인이 되고, 계속 결과적 사건이 일어나는 것)

4) 느슨한 플롯: 드라마의 강조점이 사건보다는 인물, 분위기(정감) 그리고 배경 등에 있음

팽팽한 플롯: 지극히 사소한 일도 플롯의 전개를 돕고, 인물의 모든 행

동이 끝에 분명히 밝혀짐.

행동의 동일성을 유지하기 위해 ─ 주제의 여러 측면들을 사건화해 진행시킬 것인가, 주인공을 중심으로 진행해 나갈 것인가를 생각해 본다.

10. 장소, 장면: 현실적 또는 상징적, 함축적인 장소를 선택해 장소 자체가 흥미롭고 의미를 담은 장소를 선택하고, 장면의 분위기를 설정하고, 상징적인 소품들의 배치도 고려해야 한다.

11. 시간: 어느 시대, 어느 시간을 선택하느냐를 정한다(단편의 경우엔 너무 많은 시간 동안의 얘기는 피한다.).

12. 전체적인 분위기를 선택해 글을 쓰는 내내 유지하고, 음악, 날씨, 색조, 전체적인 톤 등을 느끼며 시나리오를 완성한다.

제3장

단편 시나리오 창작의 실제

이제부터 좀 더 구체적으로 단편 시나리오를 창작하기 위한 공부를 하기로 한다.

1. 착상

1) 아이디어

창작을 하려면 우선 무엇을 쓸 것인가 영감이 떠올라야 한다. 아이디어는 언제 발생할지 예측 불허하고, 책상 앞에서보다는 창조성이 구속되지 않는 자유로운 공간이나 시간 중에 떠오르기 쉽다.

<아이디어를 얻을 수 있는 것들>
- 자신이나 타인의 의미 있는 경험들이나 잊히지 않는 기억들에서 아이디어를 얻어 상상을 덧붙여 좋은 작품을 쓸 수 있게 될 것이다.
- 자신이나 타인의, 특별하거나 또는 많은 이들이 공감할 만한, 성격들도 작품에 좋은 아이디어를 제공해 줄 것이다.
- 어떤 장소의 독특한 분위기와 환경에서도 영감이 떠오를 수 있을 것이다. 지하철 안, 교정, 화장터, 무서운 골목, 정감이 가는 서민층 동네, 시골풍경, 간이역 등에서 영감을 얻어, 그곳에 있는 인물들을 상상하고, 그들만의 이야기들을 만들어서 좋은 작품을 쓸 수 있을 것이다.
- 일상 속에서 일어나는 보편적인 것들이나 특별한 사건 또는 기사들 속에서도 아이디어를 얻을 수 있을 것이다.
- 책을 보거나 강의를 들으면서도 아이디어를 얻을 수 있다. 자신이 관심을 갖는 분야의 이론은 앞서 있는데 실제 사회 속 현실은 고정 관념 속에 머물고 있는 것을 인식할 때, 이론을 현실 속에서 잘 제시해 보일 수 있는 진보적인 인물을 창조해 작품을 통해 사회를 한 단계 발전시

킬 수 있을 것이다.

- 어떤 상황 속에서도 아이디어를 얻을 수 있다. 상황은 일이 되어 가는 형편이나 모양이고, 인간과 인간과의 관계, 인물과 사물과의 관계라 정의하는데, 어떠한 상황을 자신만의 독특한 시선으로 작품화하면, 그 시나리오의 주제를 묻지 않을 정도로 시나리오 자체에 빠져들게 하면서, 많은 이들의 공감을 형성할 수 있게 된다.

그 외에도 자신과 주위의 모든 것에서 아이디어는 얻을 수 있다. 어떤 사람은 무엇을 쓸지 아무리 연구해 봐도 떠오르지 않는 사람도 있을 것이고, 어떤 사람은 너무나 많은 것들이 있어 무엇부터 작품화해야 할지 모르겠는 사람도 있을 것이다. 많은 아이디어가 있다 해도 작품으로서의 의미나 가치가 없는 것들은 제외시켜야 한다.

<작품화되기 힘든 아이디어들>
- 너무 빈약하거나 진부한 소재, 이러한 소재를 선정하면 진전이 안 된다.
- 등장인물이 자신보다 너무 나이가 많거나, 특정 전문직이거나 특수한 상황에 처해 있는 등 자신이 생생한 인물로 구현해 내기 힘든 인물
- 조사를 하더라도 작품화하기 힘든 직업이나 사건
- 현실에서는 일어난 일이나 우리사회의 정서나 도덕적 측면에서 믿기 어려운 사건
- 너무 폭력적이거나 선정적이거나 질적으로 수준이 낮은 거부감을 주는 소재
- 접근할 수 없는 장소
- 제작을 고려하여 쓴다면, 제작비가 너무 많이 드는 장면이 나와야 하는 것들은 피한다.

이 외에도 떠오른 아이디어들 중 자신이 지속적으로 관심을 갖고 최대로 노력해서 완성할 수 있고 완성할 가치가 있는 것들만 선정해야 한다. 왜냐

하면 창작은 고통이 따르는 기쁨의 과정인데, 가치가 없는 것에 매달리게 되면 고통만 커지고 고통의 연속으로 끝나기 쉬워 다음 작품을 창작할 의욕이 안 생길 수도 있기 때문이다.

그리고 아이디어는 순간적으로 떠오를 수 있지만 이것이 의미 있고 가치 있는 작품으로 완성되려면 많은 시간과 노력과 관심과 무엇보다도 지속적인 창작의욕과 몰입이 필요하다는 것을 미리 알아야 한다.

아이디어들 중 작품화할 것이 선정되었다면, 아이디어는 순간적으로 떠오르고 사라지기 쉬우므로 항상 기록을 하고, 자신만의 독창적이고 신선한 방법으로 작품화할 수 있는 것들이 무엇일까를 숙고해야 한다.

또한 늘 관찰하고, 적극적인 조사와 주변에서 끊임없이 제공되는 정보들 중 작품에 필요한 부분들을 취사선택하고, 상상의 나래를 펴서 새 아이디어가 떠오르면 계속 기록해 나가며 취사선택을 해야 한다. 그러다 보면 이야기에 몰두한 만큼 시간이 지남에 따라 점차 대략적인 시나리오로 발전될 것이고, 구체적인 중요 장면들이 떠오르다 보면 작품화할 수 있다는 자신감이 생길 것이다.

과제)
자신이 쓰고 싶은 것들 중 가장 쓰고 싶은 2가지를 선정해 볼 것. A4용지에 한 작품당 1장에 자유로운 형식으로 써 볼 것. 간단히 집필의도, 중심인물, 중심이야기까지 쓰면 좋으나, 아직 거기까지 진전되지 않았다면 생각을 정리해 자유형식으로 써 보기만 하면 됨.
한 가지 관심주제나 소재를 다른 각도에서 2편 써도 되므로, 이런 경우에도 각각의 작품을 각 장에 따로 써 보기 바람.

<작품 아이디어 발표>
- 자신이 선정한 작품의 아이디어를 다른 사람들에게 발표해 관객의 관심도와 반응을 미리 알아 작품으로 발전시키기 힘든 것은 제외시켜 시간 낭비를 줄인다. 그러나 관객의 관심이 없더라도 꼭 쓰고 싶은 시나

리오를 투지를 갖고 써 보는 것도 좋고, 다수의 지지만이 반드시 좋은 작품으로 완성되는 것은 아니므로 아이디어를 계속 발전시켜 나가 보는 것도 좋을 것이다.

- 자신과 유사한 이야기가 이미 있는지 조사해 보고, 있다면 유사한 방식으로 쓰는 것을 피하고 자신만의 개성 있는 방식으로 창작해야 한다.
- 좋은 아이디어를 갖고 있으면서도, 창작의 고통 때문에 계속 다른 소재로 쓰겠다고 바꾸는 사람들이 있는데, 계속 다른 소재로 넘어가다 보면 작품을 완성할 수 없으므로 반드시 작품을 쓸 것을 결정해 완성해야 한다.
- 타인 앞에서 자신의 작품 아이디어를 조금은 두서없이 말해도 듣는 사람은 또 다른 아이디어를 주며 창작의욕을 북돋을 것이고, 또 다른 아이디어들을 말하다 보면 생각했던 것보다 자신이 창작해 낼 수 있는 소재들이 너무나 많은 것에 스스로 놀라게 될 것이다.

무엇보다도 중요한 것은 타인 앞에서 자신의 작품 아이디어 발표를 함으로써, 토론과 의견교환을 거쳐 자신의 작품 아이디어를 객관화된 시선에서 분석할 수 있고, 자신의 가장 큰 강점을 극대화시켜 좋은 작품으로 완성하겠다는 의욕과 의지가 생길 수 있다는 것이다.

그런 후 창작 이론과 영상물을 통한 분석 내용들을 자신이 쓸 작품에 적용시켜 보고 계속 자신의 작품을 구체화시켜 나가는 습관을 지녀야 할 것이다.

2) 아이디어에 물음들 첨부해 나가기

무엇을 쓸 것인가 결정하였다면, 그다음으로 계속해서 물음들을 첨부해 나가야 한다.

예를 들어 거리의 노숙자를 보고 영감이 떠올랐다면, 그는 왜 노숙자가 되었을까, 가족은 없을까, 그의 과거는 어떠했을까, 그의 미래는 어떠했으면 좋을까 등 물음을 계속해 나가며 떠오르는 것들을 기록하다 보면 하나의 좋은 시나리오가 될 수 있다.

3) 착상의 예

  서울여대 영상학 전공 고지예나의 <향기>는 자신이 사는 동네에 방랑자를 보고 아이디어를 얻어 쓴 작품이다.

향 기

고지예나

<등장인물>
이재인: 24살의 미술을 전공하는 여대생. 발랄하고 붙임성이 좋으며 남을
        배려하는 마음을 가지고 있다. 박준우에 대해 알아 가며 점차 사
        랑에 빠진다.
박준우: 33살의 거리를 정처 없이 떠도는 방랑자. 한때는 뛰어난 능력을
        가진 조향사였지만, 연우의 죽음으로 충격을 받은 후 모든 걸 버
        리고 세상을 차단한 채 살아간다.
이연우: 피아노를 전공한 준우가 젊었을 때 사랑했던 여자. 준우와 헤어
        지고 난 후 준우와 그의 향기에 대한 그리움에 괴로워하다가 사
        고로 죽게 된다.
강희수: 재인의 친구. 24살이고 재인과 같은 학교의 미대생이다. 유머감각
        이 뛰어나고 낙천적이며 씩씩하다.
차혜진: 한때 준우의 여자 친구였음. 혜진 역시 준우 때문에 힘든 시간을
        보냈지만 다른 여자와는 다른 냉정함과 이성적인 판단으로 준우

의 향수에 대한 정체를 알아낸다.

정민철: 준우의 친구. 연우를 먼저 알고 좋아했지만 준우와 사귀게 되자
　　　　차마 말하지 못하고 혼자 짝사랑을 해 왔다.

박나영: 준우와 사귀다가 채인 여자. 준우를 못 잊어 계속해서 연락을 하
　　　　며 집착한다.

사장: 준우가 다니던 회사의 사장님. 개방적이고 호탕한 성격의 소유자로
　　　틀에 얽매이는 것을 싫어한다.

술집여자, 학생 1, 학생 2

S#1 미대건물 작업실(내부, 자정이 넘은 시각)
재인이 그림 그리는 데 열중해 있다. 이때 희수가 작업실로 문을 열고 들
어온다.

희수: (놀라며) 어? 재인아! 지금까지 계속 작업하고 있었던 거야?

재인: 응? (시계를 보고 놀라며) 어머, 벌써 시간이 이렇게 됐네? 휴(한숨),
　　　요즘엔 시간이 어떻게 가는지도 모르겠다. 근데 너는 이 시간에 웬
　　　일이야?

희수: (붓 등의 미술도구를 챙기며) 과제해야 할 게 있는데 도구들을 다
　　　놓고 가서 가지러 왔어. 혼자 가기 무서웠는데 잘됐다! 같이 가자.

재인: (기지개를 피며 하품을 한다.) 그래, 가자! 근데 아무것도 무서울 거
　　　없는 희수 양께서 웬 약한 모습을~?

희수: (미간을 찌푸리며) 아니야…… 그게 아니구…… 오다가 음대건물
　　　앞에서 웬 이상한 남자 봤단 말야.

재인: 이상한 남자? (눈을 흘기며) 이거 왜 이러셔~ 5살 꼬마든 80세 할
　　　아버지든 학교에서 남자만 보면 소리 지르시는 분이.

희수: 정말 이라니깐! 음…… 뭐라고 해야 할까? 방랑자? 오! 그래! 방랑
　　　자 좋다. 딱 그 필이야. 머리도 길고, 옷은 누더기 옷에 냄새는 어
　　　땠는데! 멀리 있는데도 그 쾌쾌한 냄새가 풀풀 풍기더라니깐?

S#2 음대 건물 주위 (자정이 넘은 시각)
재인과 희수가 음대 건물 쪽으로 가는 언덕을 걷고 있다.

재인: (주위를 살피며) 어디어디! 안 보이는데?

희수: 응? 저쪽에 분명 있었는데……(준우를 발견하고는 놀라 손가락질하
　　　며) 저기 있다! 저기 저 사람이야.

재인: 어머, 정말이네? 야…… 왠지 기분이 조금 그렇다. (코를 막으며 인
　　　상을 찌푸린다) 으…… 근데 이거 무슨 냄새야?

희수: 거봐, 거봐, 내 말이 맞지?

재인: (희수를 잡아당기며) 빨리 가자 희수야.

둘은 걸음을 빨리하더니 발소리를 내며 뛰기 시작한다.
아침에 학교에 도착해서 수업을 듣고 저녁에 작업을 하는 장면이 디졸브
되어 지나간다.

S#3 음대 건물 주위(늦은 저녁)
재인이 혼자 걸어 내려오다가 준우를 발견한다.

재인: (갸우뚱하며) 저 사람 벌써 2주째 저러고 있네?

그때 준우가 우연히 고개를 들었는데 재인과 눈이 마주친다.

재인: (순간 준우의 눈빛을 보고 놀라 잠시 멈칫한 뒤 당황하여 빠르게
　　　뛰어간다.)

S#4 학생식당(내부, 점심)
재인과 희수가 마주앉아 밥을 먹고 있다.

희수: 뭐??? 그래서 지금 그 사람이 무슨 네 운명적인 사람이라도 된다는 말이야?

재인: (고개를 빠르게 저으며) 아니! 그게 아니구, 그냥…… 그냥…… 뭔가 기분이 묘했어. 눈이 마주치는 순간, 가슴이 아프면서 한 번이라도 따뜻하게 안아 주고 싶은 마음이 들었다고 할까. 뭐, 그랬던 거 같아.

희수: (밥을 먹다가 사레에 들려 얼굴이 빨개지면서 기침을 계속한다.)

재인: 왜 그래 괜찮아? (희수에게 물을 건넨다.)

희수: (계속 기침을 하며 물을 마신다.) 휴, 죽는 줄 알았네. 그나저나 얘가 미쳤나! 뭐? 그 사람을 안아 준다고???? 그 냄새나는 더러운 사람을?? 아서라 아서. 말이 되는 소리를 해야지.

재인: 자네와 대화가 안 통하기 시작하는군, 친구. 내가 지금 가서 안아 주겠다는 게 아니고, 그냥 그만큼 깊은 상처가 있는 것 같았다는 말일세, 친구. 너무 슬퍼 보였다구!

희수: (비꼬는 말투로) 그래 알았어. 가서 꼬옥 안아 줘. 꼬~옥 안아 주면 우리의 방랑자님께서는 그 더러운 누더기 옷을 벗고 악취를 날려 보낸 뒤 왕자님으로 짠! 하고 변할 거야.

재인: (한곳을 계속 응시하며 골똘히 생각하는 표정을 짓는다.) 근데 정말, 그 사람은 어쩌다가 그렇게까지 됐을까? 태어났을 때부터 그렇게 살진 않았을 거 아냐. 무슨 사연이 있었던 걸까? 나 요즘 그게 너무 궁금해서 잠이 안 와.

희수: 참 궁금해할 것도 많다. 야! 그럴 시간 있으면 이 언니 아침식사 메뉴는 뭐였는지, 장은 안녕하신지나 물어봐! (혼잣말로 중얼거리며) 아침을 잘못 먹었나? 왜 배가 자꾸 아프지?

재인: (벌떡 일어나며) 결심했어. 오늘은 반드시 물어볼 거야. 나 먼저 간다. 미안~

희수: 야! 야! 이재인! (한숨을 쉬며 고개를 가로젓는다.)

S#5 음대건물 앞(밤)

　재인은 이젤을 들고 준우가 앉아 있는 벤치로 다가가 앉은 후 앞에 보이는 삼각 숲을 그릴 준비를 한다. 준우는 아랑곳하지 않고 가만히 앉아 있다.

　재인: (준우가 들으라는 듯) 후, 이번 그림 완성하는 데는 또 얼마나 걸릴
　　　　까. 왜 하필이면 저녁 숲을 그리라는 건지.

　재인은 눈앞에 보이는 학교 풍경을 그리기 시작하고, 준우는 계속 가만히 앉아 있다. 재인은 멋쩍어하다가 그림을 그리기 시작한다.

(시간경과)

　재인: (머뭇거리다 조심스럽게) 저기요, 혹시 누구 기다리는 사람 있으세요?
　준우: (반응을 보이지 않고 앞만 보고 있다.)
　재인: 음…… 사실 여기에 계신 거 저번부터 봤었거든요. 왜 매일 밤 여
　　　　기 앉아 계시는 거예요?
　준우: (반응이 없다.)
　재인: (멋쩍은 듯) 말하기 싫으시면 모, 말 안 하셔도 돼요. (살짝 입을 삐
　　　　죽이며 그림을 다시 그리기 시작한다.)

(시간경과)

　재인: (눈치를 보다가 갑자기 고개를 홱 돌리며) 저기요…… 혹시 무슨
　　　　일 하세요? 아니 꼭 직업이 아니더라도, 아니 예전에 하시던 일이
　　　　라도……(수습하려는 듯이) 제가 요즘 장래에 대해 진지하게 고민
　　　　중이거든요. 이렇게 그림을 그리고 있지만 왠지 막연하기도 하고……
　준우: (잠시 침묵한 뒤) 향기를…… 만들었어요. (조금 뒤) 예전에.
　재인: 향기요??? 어? 그럼 조향사? 조향사세요?

준우: 예전……에요.

S#6 빈 강의실(내부, 점심)

희수: (깜짝 놀라며) 야! 너 정말 대단하다. 그런데 이재인 어린이. 그런 쓸
데없이 넘쳐 나는 호기심과 용기는 이럴 때 쓰는 게 아니에요. 아니
근데 얘가 남자가 궁하나 왜 이래? 언니가 소개팅 시켜 줄까? 나도
살기 바쁜데. (뭔가 결심한 듯) 에잇, 인심 썼다! 그래 어떤 스타일
을 원해?

재인: 너야말로 왜 이러셔. 내 말 좀 들어 보라니깐, 그 사람 뭐하던 사람
이게~?

희수: (비꼬면서) 뭐, 전직 왕자님이라도 되셨나 보지?

재인: 아니야~ 조향사였대! 조향사!! 내가 선망했던 직업. 나 한때 향수
에 푹 빠져 살았잖아.

희수: 당연히 알죠. 이재인 님. 매일 밥 굶으면서 향수 사 모으고 좋다고,
좋다고~! 그 향수 만든 사람 찾아가겠다고, 찾아가겠다고~ 난리
난리를 치고. 매일 향수에 관한 책에 파묻혀서 나 따위는 사람 취
급도 안 하고. 잘 알지! 내가 그 시절……

재인: (희수 옆에 있던 과자를 강제로 먹이면서) 내가 많이 반성했었잖어.
미안해 미안.

희수: (우물우물 과자를 먹으며) 그건 그렇고, 근데 무슨 조향사가 그런
꼴을 하고 매일 여대 앞에 나타나 그러고 앉아 있냐? 변태도 아니고.

재인: (크게) 아니야! 변태 아니야! 그 아저씨 그렇게 나쁜 사람 같진 않았어.

희수: (놀라며) 아니 근데 이게 왜 발끈하고 난리야! 그 사람이 뭔데 나한
테 화를 내! 얘가 얘가 큰일 날 애네.

재인: (당황해하며) 아니야, 그런 거 아니야. 미안해 순간……

희수: 됐어. (일어서며) 나 갈 꺼야. 언니가 기분 풀리면 연락할 테니깐 자
숙하고 있어.

희수가 강의실 밖으로 나가고, 재인은 스스로를 답답해하며 창밖을 쳐다본다.

S#7 음대건물 앞(밤)

재인은 벤치에 앉아 그림을 그리고 있고 그 옆쪽의 준우는 앞을 보고 앉아 있다.

재인: 아저씨! 음…… 아저씨라고 불러도 되죠?

준우: (미세하게 고개를 살짝 끄덕인다.)

재인: (그림을 옆으로 보여 주며) 아저씨 여기에 이 나무를 없애는 게 나을까요? 답답해 보이지 않아요? 아닌가? 아무래도 있는 게 나을까요?

준우: (약간씩 더듬으며) 지금…… 그대로가, 이렇게…… 그대로가……

재인: (좋아하며) 어? 정말요? 네 그림 이렇게 그냥 둘게요. (입을 꽉 다물고 웃음을 참으며 다시 그림을 그리기 시작한다.)

준우: (앞을 바라보다가 어느 순간부터 재인의 스케치북을 보기 시작한다.)

(시간경과)

재인: 아, 배고파…… (손뼉을 치며) 아참! 도시락 싸 온 걸 깜박했네, (도시락을 꺼내 펼치며) 아저씨! 같이 먹어요. 친구랑 같이 먹으려고 싸 와서 너무 많아요.

준우: 저 아니…… 나는……

재인: 같이 먹어요! 네? 버리면 아깝잖아요. (울상 지으며) 맛없을까 봐 그러세요? 저 음식솜씨 괜찮아요. 못 먹을 정도는 아니에요.

준우: (당황하며) 그게 아니고……

재인: 그런 게 아니면 얼른 드세요. (젓가락을 준우에게 건넨다.)

준우: (망설이다가 건네받아 먹는다.)

재인: 어때요? 맛있죠? 괜찮죠?

준우: (희미하게 웃으며 고개를 끄덕인다.)

재인과 준우는 도시락을 함께 먹는다.

S#8 음대건물 앞(밤)

재인은 벤치에 앉아 그림을 그리고 있고 준우가 옆에 앉아 있다. 재인의 그림은 반 정도 완성이 되었다.

재인: 아저씨, 예전에 조향사였다고 했죠? 나 한때 조향사라는 직업 너무 좋아했는데, 선망의 대상이었어요. (황홀해하며) 어쩜 그렇게 아름다운 향기를 만들 수 있는지……

준우: (분노한 듯 어느 한곳을 강렬하게 쳐다보며) 쓰레기 더미의 악취만도 못해……

재인: (놀라서 준우를 쳐다보며) 아저씨……

준우: (고개를 좌우로 빨리 저으며) 미…… 미안……하다.

재인: 아니에요. 근데 다시 향기를 만들고 싶진 않으세요?

준우: (다시 감정이 격해지며) 절대…… 절대 다시 향기를 만들 일은 없어. 내가 무슨 자격으로. 조향사 박준우는 7년 전에 이연우랑 같이 죽었어.

재인: (잠시 온몸이 굳은 채로 침묵하다가 체면에서 풀려난 듯이 화제를 돌린다.) 어? 나 드디어 아저씨 이름 알았다! 박. 준. 우. 와~ 이름 진짜 멋있다. 음…… 오늘 아저씨 이름도 알고 기분도 좋은데 제가 한턱 쏠게요. 아저씨 먹고 싶은 거 없어요?

준우: (고개를 살며시 가로젓는다.)

재인: (골똘히 생각하며) 그러면…… 맥주? 맥주 어때요? 제가 가서 사 올게요. (일어서며) 안주는 제가 좋아하는 걸로 고를 거예요. 아무거나 잘 드셔야 돼요! 아참! 제 이름은 재인이에요. 이 재 인! (맥주를 사

러 뛰어간다.)

준우: (혼잣말로) 이……재……인…… 재인…… 재인이……

(시간경과)

재인이 마트에 가서 맥주를 사 가지고 기분 좋게 봉투를 흔들며 벤치로 돌아오지만 준우는 없다.

재인: (두리번거리며) 아저씨! 아저씨! (실망하며 벤치에 털퍼덕 주저앉는다.)

S#9 학생식당(내부, 점심)

재인과 희수가 마주 앉아 있다. 희수는 열심히 밥을 먹지만, 재인은 먹지 않는다.

희수: 얘가 왜 안 하던 짓을 하고 그래. 자 그래 세어 보니 밥알이 몇 개든?

재인: 후, 나 어떻게 해……

희수: 왜, 정말 무슨 일 있는 거야? (멈칫하며) 설마 너……

재인: 아저씨만 생각하면 심장이 콩닥콩닥 뛰면서 동시에 가슴이 너무 아파서 아무것도 할 수가 없어.

희수: (머리를 쥐어박으며) 얘가 큰일 날 소리 하고 있네. 정말 그 냄새나는 방랑자를 좋아한다는 말은 아니지?

재인: (흥분하며) 방랑자 아니야. 박 준 우. 박준우라고! 이렇게 좋은 이름이 있는데 방랑자가 뭐냐.

희수: 참나, 김삿갓이 아니고? 이름이야 어쨌든 말도 안 돼.

재인: 뭐가 말이 안 돼?

희수: 야! 이재인! 정신 차려. 그리고 떠돌아다니는 사람을 뭘 믿고 이러는 건데!

재인: 아저씨…… 마음이 너무 아파서 그래. 상처가 깊어서 그래. 아

니…… 그럴 거야, 아마도. 분명 무슨 사연이 있어. 이연우?? 이연
우가 누굴까. 후 답답해……

희수: 누구야 그건 또

재인: 나도 아직은 잘 모르겠어. 알아낼 거야. 아저씨의 상처가 뭔지. 그
래서 꼭 다시 예전으로 돌아가게 할 거야.

희수: 그걸 니가 왜 하냐고!

재인: 좋아하니깐. 좋아하니깐!

희수: 어쭈! 이제 대놓고 좋아한다 말하네. (머리를 짚으며) 아구 머리야.
재인아 정신 차려.

재인: (한숨을 쉬며) 나도 모르겠어. 안 그래야지 하면서 이미 마음은 아
저씨한테 가 있어.

희수: (멍한 표정으로 고개를 저으며) 너를 어쩌니……

S#10 음대건물 앞(밤)
재인은 벤치에 앉아 그림을 그리고 있고 준우가 옆에 앉아 있다.

재인: (무슨 말을 하려다 마는 것을 반복하며 망설인다.) 아저씨……

준우: (잠깐 재인 쪽을 보다가 말을 하지 않자 다시 앞을 본다.)

재인: 아저씨…… 나 있잖아요. 나…… 그림을 그리고 있으면 자꾸 아저
씨 얼굴이 아른거려요. 아니, 잠을 자기 전에도 그래요. 아침에 일
어나서도 그래요. 밥을 먹거나 길을 걸을 때에도 그래요. 저 어떻게
해요.

준우: 나를…… 날 잘 알아? 내가 어떤 사람인지……

재인: (말을 막으며) 얼마나 알아야 하는 건데요? 얼마나 알아야 아저씨를
좋아할 자격이 생기는 건데요? 내가 알고 싶은 거 다 물어보면 대
답이나 해 줄 거예요? 나는 아저씨에 대해서 하나라도 더 알고 싶
어서, 조금이라도 더 다가가고 싶어서 오늘은 무슨 얘길할까, 하루
종일 고민하면서 이 시간만 기다리는데, 나는 안 돼요? 나는 아저씨

한테 자격 미달이에요?

준우: 그런 거 아니야. 그런 말 아닌 거 알잖아.

재인: 아니요. 그래, 아저씨 말대로 나 아는 거 별로 없어요. 아저씨 이름이 박준우고 매일 밤 여기 와서 이렇게 음악만 듣다가 간다는 거, 예전에 조향사였다는 거, 무슨 사연인지는 몰라도 세상 모든 시련 혼자 겪은 사람처럼 세상 등지고 살아간다는 거. 나 그거밖에 아는 거 없어요.

준우: (머뭇거리며) 재…… 재인아.

재인: (눈물 한 방울이 뚝 떨어진다.) 그거 봐, 아저씨도 나 싫지 않으면서…… 안 듣는 척하면서도 내 이름까지 다 기억했으면서.

준우: (한숨을 쉬며) 그랬어…… 그래. 나도 그때였다면 좋아할 수도 있었겠지. (갑자기 이성을 찾으며) 아니. 그러면 안 돼. 그때였다면 더 안 돼.

재인: (준우를 쳐다보며) 뭐가, 왜 안 된다는 거예요.

준우: (한참 동안 입을 굳게 다물고 있다가 결심을 한 듯 어렵게 말을 꺼낸다.) 나는…… 어렸을 때부터 남들과 다르게 유난히 후각이 발달되어 있었어. 우연한 기회에 고등학교를 졸업하고 바로 조향사의 길로 접어들게 됐지.

S#11 한 회사의 사장실(준우의 회상)

사장과 준우가 사장실의 소파에 앉아 이야기를 나누고 있다.

사장: 대학은 가서 뭐해. 자네 정도의 감각이면 가서 배울 것도 없다고. 시간 썩히지 말고 그냥 바로 입사하게.

준우: 하지만 전 아직 너무 어리고, 이 회사에서 조향사가 되려면 4년제 화학 관련 대학을 나와야 한다고 들었는데……

사장: 그런 게 어디 있어. 더 능력 있는 사람 뽑으려고 만들어 논 규정인데, 됐어, 됐어! 그런 학력 상관없으니 우리를 위해서 일 좀 해 주게.

준우: 저는 감사하죠.

사장: 그럼 다음 주부터 나오는 걸로 알겠네.

준우: (고개를 숙이며) 예. 알겠습니다. 감사합니다. 사장님.

S#12 연구실(내부, 오후)

준우가 열심히 연구실에서 향을 만드는 일을 하고 있다.

준우: (내레이션) 나는 그렇게 고등학교를 졸업하자마자 대기업에 스카우
　　　트되어 인정받는 조향사가 되었지.

S#13 술집(내부)

준우가 사람들과 어울려 술을 마시고 여자들을 대하고 있다.

준우: (내레이션) 하지만 너무 이른 나이에 돈, 명예, 여자, 세상을 맛본
　　　걸까, 난 점점 변해 가기 시작했어.

S#14 준우의 집(내부, 아침)

옷을 입은 채로 그냥 잠든 준우는 전화벨 소리에 잠에서 깬다.

준우: (잠이 덜 깬 목소리로) 여보세요.

나영: 오빠. 나야……

준우: 응.

나영: 오빠 또 술 마셨어?

준우: 어.

나영: 오빠 가서 해장국이라도 끓여 줄까?

준우: 네가 왜.

나영: 오빠.

준우: 내 여자 친구 목소리가 아닌데, 근데 너 누구야? 미나? 수진이?

나영: (울먹이며) 오빠!

준우: 끊자. 아침부터 우는 소리 들으니깐 짜증 난다.

벨소리가 들린다. 준우가 문을 열자 연우가 장을 본 봉지를 흔든다.

준우: (반기며) 이 시간에 웬일이야 말도 없이.

연우: 어제 저녁에 연락도 없고, 이러고 있을까 봐 찾아왔죠!

준우: (기지개를 켜며) 와, 오늘 아침만찬 기대되는데.

연우: 얼른 씻고 나와. 밥 하구 있을게.

연우는 요리를 하고, 준우는 씻고 밥 먹을 준비를 한다.

S#15 준우의 집 부엌

준우와 연우가 식탁에 앉아 있다.

준우: (밥을 한 숟가락 먹으며) 와, 꿀맛이야. 밥에다 뭐 넣었어!

연우: (활짝 웃으며) 다행이다. 입에 맞아?

준우: 응. 너무 맛있어.

연우: (미소를 지으며) 많이 먹어.

준우: 우리 주말인데 밥 먹고 나서 어디 놀러 갈까?

연우: 정말? 응! 좋아.

S#16 명동거리(점심)

준우와 연우가 길거리에서 구경도 하고, 사진을 찍고, 쇼핑도 하며 즐거운 시간을 보낸다.

S#17 레스토랑(내부, 밤)

준우와 연우는 근사한 레스토랑에서 저녁을 함께한다.

S#18 준우의 집 앞(밤)

준우는 연우를 데려다 주고 오는 길에 집 앞에서 술에 취해 있는 혜진을
만난다.

혜진: 야. 박준우. 네가 책임져.

준우: (혜진을 그냥 지나치려 한다.)

혜진: (준우의 팔을 잡으며) 뭔가 이상했어. 너만 만나고 오면 기분이 좋
　　　아 어쩔 줄을 모르겠더라고 내가. 널 하루라도 안 보면 못 참겠더
　　　라고 내가. 헤어지고 나서 처음엔 내가 너를 너무너무 사랑해서 그
　　　런 줄 알았지. 근데 이제야 그게 아닌 걸 알았어. 난 네 그 잘난 얼
　　　굴보다 네 향기가 맡고 싶었던 거야. 네가 뿌리고 다니던 향수. 거
　　　기에 뭔가 있지.

준우: (팔을 뿌리치며) 무슨 소리야.

혜진: 뭔가 있어. 어이 대단하신 조향사 박준우 씨. 너 도대체 무슨 장난
　　　을 한 거야? 네 몸에서 나는 이 향기를 못 잊어서 얼마나 고통스러
　　　웠는지 알아? 어떤 일에도 집중 못 하고 다른 사람도 못 만나겠고
　　　(갑자기 소리를 지르며) 네 향기가 맡고 싶어서 말야!

준우: 너 미쳤냐?

혜진: 그래 나 미쳤어. 오늘은 그 향수를 뿌리고 어떤 여자를 만나고 오셨
　　　어? 너 그렇게 사는 거 아니야. 네가 가지고 있는 재능 그렇게 더러
　　　운 데 쓰면 벌받아. 네가 차 버린 수많은 여자들은 아직도 너를 너
　　　무 사랑해서 못 잊는 줄 알고 네 말대로 나처럼 미쳐 가고 있을 거
　　　아냐.

준우: 그만 가라. 매달리는 방법도 가지가지네.

준우가 건물 안으로 들어간다.

혜진: (고래고래 소리를 지르며) 이 나쁜 놈아. 너 진짜 그만둬. 너 가만두
　　　지 않을 거야. 너 반드시 벌받을 거야! 이 나쁜 자식아.

S#19 술집(내부, 밤)

준우는 여자들과 어울려 술을 마시고 있다. 이때 연우에게서 전화가 온다.

준우: (술에 취한 목소리로) 여보세요?

연우: 준우야. 또 술집이야?

준우: 응.

술집여자: (보채면서) 준우 씨. 여기 안주!

준우: (술집여자에게 웃으며) 알았어. 잠깐만.

술집여자와 준우가 말하는 소리가 연우에게 들린다.

연우: 준우 씨. 나 이제 못 참겠다. 정말. 계속 이런 식으로 지낼 거면 헤어
　　져 우리.

준우: (술김에) 헤어져? 그래 헤어져. 그러고 보니 너랑도 그만 만날 때 됐
　　구나. 너는 질질 끌면서 나한테 매달리지 말아라. 매달리는 여자 정
　　말 질색이더라. 그럼 끊는다.

S#20 연우의 방(밤)

연우가 전화를 끊고 하염없이 눈물을 흘린다.

S#21 연구실(내부, 오후)

준우가 향을 만드는 작업에 열중하고 있는데 전화벨이 울린다. 핸드폰에
민철이라는 이름이 뜬다.

준우: 민철이냐? 나 일하는 중이야 나중에 연락할……

민철: (분노에 찬 목소리로) 이 나쁜 자식아.

준우: 뭐야, 무슨 일이야.

민철: (흐느끼며) 나쁜 자식.

준우: 뜬금없이 왜 그래.

민철: (흐느끼며) 연우가…… 연우가 죽었어.

준우: (표정이 굳는다.)

민철: (부르짖는다.) 너 때문에. 너 때문에 연우가 죽었다고.

준우: (수화기를 떨어뜨리며 바닥에 주저앉는다.)

S#22 연우의 집 앞 도로(밤)

준우: (내레이션) 연우는 몇 날, 며칠을 잠도 못 자고 울기만 하다가 갑자기 어디서 내 향기가 난다면서 집 밖으로 뭐에 홀린 듯 나가더래. 그러다 차마 옆에 오는 차를 피하지 못하고……

연우의 사고 장면

S#23 음대건물 앞(현재, 밤)

준우: 난 아무도 사랑할 수 없어. 아니, 안 해. 그런 거 이제 못 해. 그리고 너도 아마 날 좋아한다고 잠시 착각하는 거뿐일 거야.

재인: 아저씨…… 난 아저씨의 향기 때문에 아저씨를 좋아한 게 아니에요. 사실 처음엔 아저씨한테 나는 악취 때문에 옆에 있기도 힘들었어요. 그런데 아저씨를 좋아하기 시작하면서 그까짓 냄새쯤은 아무것도 아니었어요. 그냥 아저씨의 일부라고 생각하니깐, 그건 단지 사랑하는 사람의 체취일 뿐이었어요. 그 여자 분도 아니 또 다른 분들도 단지 아저씨의 향수 때문에 힘들어 한 건 아니었을 거예요. 모두 아저씨의 전부를 너무나 사랑한 거예요. 그냥 아저씨를 정말 사랑했을 뿐일 거라구요. 나처럼…… 아저씨는 여느 남자들처럼 한 여자를 사랑하다 이별을 하고 또 다른 여자를 사랑한 것뿐이구요.

준우: (눈물을 주르륵 흘린다.)

재인: (일어나 준우의 앞으로 가 준우의 눈물을 닦아 준다.)

준우: (멍하기도 하고 약간은 충격을 받은 듯 가만히 앉아 눈물을 흘리다

가 정신을 차리고 일어선다) 잘…… 지내. 고마웠다 재인아. (천천
히 앞을 향해 걸어간다.)

재인: (준우를 향해 울면서 소리친다.) 아저씨! 나 언젠간 아저씨가 만든
향기 꼭 맡아 볼 수 있는 거죠! 언제가 됐든 좋아요. 만들어 주실
거죠? 절 위한 향수 만들어 주실 거죠? 기다릴게요. 기다릴게요, 아
저씨.

S#24 음대건물 앞(낮)
재인과 희수가 벤치에 앉아 이야기를 나누고 있다.

재인: 아저씨는 아저씨가 만든 향기가 사랑했던 사람을 죽였다는 죄책감
에 직장, 집, 가족을 다 버리고 저런 모습을 한 채, 악취로 다른 사
람들이 접근하는 걸 막아 온 것 같아.

희수: 근데 왜 밤마다 여기에 왔었던 거야?

재인: 아, 그 죽은 여자가 피아노를 전공하는 사람이었나 봐. 우연히 이
근처를 지나가다가 피아노 소리에 이끌려 학교로 들어왔는데, 그
후로 매일 피아노 연주를 듣기 위해 여기 오기 시작했대. 그 여자
가 죽었다는 걸 인정하기 싫어서 안에서 흘러나오는 음악이 그 여
자가 연주하는 거라고 믿고 싶어 했던 거 같아.

희수: 아! 난 이해가 안 된다. 근데 왜 가슴이 이렇게 답답하냐. (한숨을
쉬며) 그럼 아저씨는 그 이후로 못 본 거야?

재인: 응…… 근데 아저씨 분명 다시 일어나실 거야. 분명 그럴 거야. 난
그렇게 믿어.

S#25 전시회장 밖(외부, 오전)
졸업 작품전을 하는 첫날, 이른 아침 재인이 전시회장을 향해 걸어가고
있는데, 눈이 오기 시작한다.

재인: (하늘을 잠깐 보고 손을 내밀어 눈을 맞다가 다시 전시회장으로 발걸음을 옮긴다.)

S#26 전시회장(내부, 오전)

재인이 전시회장으로 눈을 털며 들어온다. 학생 1, 2가 그림을 보며 걷다가 재인의 그림 앞에 멈춰 대화를 나눈다.

학생 1: 이거 재인이 그림이지? 여기 학교 삼각 숲 아니야? 삼각 숲에서 나는 향기가 나!

학생 2: 어머, 진짜? 어떻게 한 거야? (옆 작품으로 걸음을 옮긴다.) 야! 이 작품 좀 봐 바.

학생 1: 작품명이 뭐야? 황혼의 들녘? 와~ 그림 좋다.

학생 2: 향기 좀 맡아 봐. 뭔가 오묘하고 신비스러워.

학생 1: (눈을 감고 향을 맡으며) 해질녘 황홀함이 느껴지는 것 같기도 하고…… 왠지 모르게 외로움이 느껴지는 거 같기도 하고……

학생 2: 근데 재인이가 그림에 향수라도 뿌려 논 건가?

학생 1: 이런 향수도 있어? 처음 맡아 보는 향인데?

재인: (학생 1과 학생 2의 대화를 뒤에서 멍하니 듣고 있다.)

학생 2: 이 그림은 뭐지?

학생 1: 재인의 자화상 아니야?

재인: (자신의 자화상 앞으로 넋이 나간 듯 천천히 걸어와 그림 앞에서 향을 느끼며 눈물을 주르륵 흘린다.) 아저씨…… (금세 눈물을 닦으며 미소를 짓는다.)

이 작품은 자신이 사는 동네의 방랑자를 보고 그 방랑자의 실제 삶 자체에 관심을 갖기보다는 그 방랑자에게서 날 악취를 떠올리고, 냄새이긴 하나 악취와 반대되는 향기를 떠올리며

 - 그의 과거의 직업을 조향사라고 설정하면 어떨까?

- 그러한 인물을 등장시켜 가장 쓰고 싶은 이야기는 무엇인가?
- 그의 과거와 현재와 미래는 어떨까?
- 그가 자신이 다니는 서울여대에 온다면 어떨까?
- 여대생과 만난다면 어떤 여대생과 만나고 그 여대생과 어떤 상황들이 일어날까 등 질문을 계속 던지면서 작품을 구상해 나갔을 것이다. 물론 질서정연하게 질문이 던져지진 않았을 것이다.

이 작품은 많은 사람들이 외면하거나 가까이 가기를 꺼리거나 호기심의 대상으로 그칠 수 있는 한 방랑자에게서 얻은 아이디어에서 출발해, 질문들과 상상을 통해, 향기와 사랑과 존재가치를 부어 넣어 작품으로 완성할 수 있다는 것을 잘 보여 주는 작품이다. 이렇듯 착상은 자신과는 상관없는 사람에게서도 떠오를 수 있고, 그 착상을 얻은 대상에만 몰입하기보다는 자신이 그릴 작품과 연관되는 질문들을 던지며 덧붙여 나감으로써 좋은 작품으로 완성될 수 있다는 예를 잘 보이고 있다.

다음으로 누구나 겪는 반복적인 일상에서 착상을 얻어 기발한 아이디어를 첨부해 좋은 단편으로 완성한 노르웨이 마틴 룬드 감독의 작품 <Home game(Hjemmekamp)>(출근 전쟁, 9분, 2004년 작품)을 보기로 한다.

작품내용: 혼자 사는 평범한 직장인인 스티안은 매일 직장에 지각한다. 이 작품의 아이디어가 돋보이는 것은 그의 원룸 한쪽에 그가 직장에 지각하지 않게 그를 독려하고 응원하는 중계방송실이 설치되어 있고, 그의 출근상황을 스포츠를 중계하듯 아나운서와 해설자 같은 두 인물이 생중계한다는 것이다. 목요일인 오늘은 그동안 지각한 날들을 만회해야 한다. 그러나 스티안은 아침 7시에 못 일어나고 다시 자나, 결국 일어나 서둘러 회사에 8시에 도착하는 데 성공한다. 결국 그는 해냈고, 두 명의 중계방송인은 그의 승리로 내일을 기대할 수 있다고 말하고, 스티안은 세상은 거칠다고 말한다.

작가는 어떤 과정을 거쳐 작품을 완성했나를 생각하며 보기 바란다.

- 직장인의 반복적인 출근의 힘듦에서 착안
- 자신만이 표현할 수 있는 방법은 뭐가 있을까?
- 출근을 중계한다면 어떨까?
- 어떤 인물을 주인공으로 할까? 외모는? 나이는? 성격은? 직업은? 등
- 청각적 요소를 첨부한다면?
- 이 작품을 통해 무엇을 말하려고 하는 것인가?
- 전체적 분위기는 어떻게 가져갈까?
- 관객의 반응은?
- 이 작품의 전체적인 평가는?

〈주인공〉

이 작품의 주인공은 외모는, 출근할 때마다 출근하기 싫어하는 허약한 젊은이로, 마르고 작고 못생긴 편이고, 나이는 20대 후반 정도로 보이고, 성격은 주관적이지 못하고 의욕도 없어 보이며, 평범한 직장인이다.

〈청각적 요소〉

이 단편영화는 개성적 요소로 청각적 요소를 첨부해, 마치 축구 경기장에서 선수들의 하나하나의 움직임에 따라 관중이 실망하기도 환호하기도 하듯, 스티안의 행동에 따라 안 보이는 관중들의 절망의 소리나 환호의 소리를 사용하고 있다.

또한 축구경기 중계에서 중요 장면을 되돌리기 해서 다시 보듯, 스티안의 행동들을 되돌리기 해서 다시 보기도 한다.

〈작품의도〉

이 작품은 아침마다 출근시간에 맞춰 직장에 가는 반복적인 일상이 누구에게나 힘들다는 것을 공감하게 하면서, 출근을 독려하고 활력을 주는 사람

들이 있다면 아침출근이 좀 더 수월할 수도 있을 것이라는 것을 말하고 있다. 그러나 그러한 독려자를 어머니나 부인 등으로 설정했다면 잔소리를 매일 듣고 출근하는 분위기로 갈 수도 있었을 것이다.

또한 이 두 명의 중계자는 자신의 내면의 소리로도 볼 수 있는데, 가기 싫은 장소에 반드시 제시간에 도착해야 한다고 스스로를 독려하는 소리로도 볼 수 있기 때문이다.

〈전체적 분위기〉

이 영화의 전체적 분위기는 재미있고 코믹하다. 그래서 관객은 재미있게 웃으면서 볼 수 있다.

〈전체 평〉

이 작품 아이디어는 매우 좋고 공감대도 형성되고, 가기 싫은 곳을 갈 때나 매일 출근할 때 이 영화식으로 자신의 행동을 중계한다면 어느 곳이든지 웃으면서 갈 수 있는 힘을 주는 영화이다.

그러나 특별한 내용이 없는 것이 단점이다.

〈그 외 사항들〉

- 그 외 직장인의 반복적인 출근 전쟁과 스포츠 중계를 같이 배치시킨 아이디어가 기발했다.
- 주인공과 다른 인물들과의 관계는 옹호적이다.
- 플롯은 시간순으로 배치되었으며, 어제도 오늘도 그리고 내일도 반복될 일상이므로 플롯이 느슨하다.
- 이 작품을 통해 누구나 매일 겪어 진부할 수 있는 것에서도 작품의 아이디어를 얻어, 계속 질문을 던지며 기발한 아이디어들을 첨부해 나간다면, 단편의 특성을 잘 살린 개성적인 작품으로 완성돼 빛날 수 있음을 알 수 있다.

2. 주제

1) 주제의 중요성

주제는 작가들이 가장 힘들어하는 부분이고, 학생들도 가장 대답하지 못하는 부분이다.

애리조나 주립대학 연극학과 샘 스밀리(Sam Smiley) 교수는 『희곡창작의 실제』에서 작품으로 성장할 아이디어는 삶을 충만하게 만들 수 있어야 한다고 말한다. 즉 작가 자신뿐 아니라 등장인물과 관객 하나하나의 삶을 더욱 강화시킬 가능성을 지니고 있어야 작품까지 완성된다는 것이다. 주제는 작가가 힘든 과정을 극복하고 계속해서 작품을 쓸 창작의욕을 지니게 하는 중요요소임을 말하는 것이다.

하나의 작품에는 가장 중요한 중심 주제가 있고, 이 주제에는 작가의 인생관이나 세계관, 자신이 속한 사회의 사상과 삶의 방식에 대한 자신의 시선들이 작품 전체를 통해 들어 있으므로 주제의 중심을 작품을 마칠 때까지 잊지 말아야 한다.

일반적으로 주제를 생각하지 않고 일상에서 포착한 재미있는 이야기들을 담아낸 작품들은 재미는 있어도 보고 난 후 남는 것이 없고, 주제가 선명하지 않은 작품은 보고 난 후에도 무엇을 말한 것인지 이해할 수가 없게 돼 관객의 감동을 얻어 내지 못하게 된다. 그러나 주제만 강조된 작품은 지루하고 설교를 듣고 나온 기분을 들게 해 효과적이지 못하다. 그러므로 주제는 작품 내부에 스며 있어 지혜와 깨달음을 주는 동시에 관객 스스로 능동적으로 생각할 여유를 주면서 효과적이고도 예술적으로 전달되어야 한다.

2) 관념과 작품의 주제와의 차이

주제는 관념적이고 대체적으로 추상적이어서 주제가 곧 스토리가 되지는 않는다. 예를 들어 정의라는 것은 관념이다. '우정은 소중하다'도 우정에 대한 생각일 뿐이다. 그러나 관념에 자신이 작품을 통해 보이려는 구체적인 방향이 주어져서 '정의도 상황에 따라서 죄를 낳는다.'고 한다면 이 구체화된 관념은 주제가 되는 것이다. '진실로 맺은 우정은 모든 이해를 초월한다.' '문화가 다른 사람끼리 싸움이 일어나기 쉬우나 동심으로 돌아가면 평화를 얻을 수 있다.'처럼 창작에서의 주제는 사랑, 우정, 희망 등 단어로 쓰지 말고 구체화된 하나의 문장으로 써 보아야 한다.

過제)
- 자신의 작품의 중심 주제를 생각해 기록해 보고, 자신과 관객에게 가치 있는 주제인가 생각하기
- 중심 주제와 관련되지 않는 중요하지 않은 부분들은 제외시키기

3) 주제를 잘 살린 작품들 분석

유사한 주제를 담고 있는 두 편의 단편영화, 장명숙의 <오후> (13분, 2001년 작, 제2회 전주 국제 단편영화제 대상 수상작, 한국영상자료원 소장)와 서강대학교 영상대학원 심세윤의 <눈>(15분, 한국영상자료원 소장)을 보기로 한다.

장명숙의 <오후>

착상: <오후>는 환한 햇살은 긍정적이고 아름다운 이미지지만 이물질처
    럼 무언가 끼어 있다고 생각하고, 거짓말을 하고 있는 사람 얘기를
    하고 싶어 창작했다고 한다.

작품 내용: 여주인공은 일상 속에서 무언가 특이한 것을 사진에 담는 사
    진작가이다. 오늘도 지하철에서 나오는 바람을 쐬며 정신이
    이상한 듯한 남자를 계속 따라간다. 주택가 골목에서 화장을
    짙게 한 한 중년 여자가 어느 집 앞에서 신문이 덮인 이상한
    것에 관심을 갖다 떠난 뒤, 여주인공은 그냥 지나치려다 다시
    와 그것을 들춰 보게 되고, 거기엔 아직 죽지 않았으나 거의
    죽어 가는 개가 있는데, 주인공은 그것을 살리려 노력하기보
    단 사진에 담는다. 공원에 온 주인공은 한 청년의 인사를 받
    는다. 주인공은 그가 누구인지 기억이 잘 나지 않는다. 청년
    의 얼굴에 난 상처를 보고 5년 전 자신이 아무에게도 안 보
    여 준다며 사진을 찍기 싫어하는 소년의 사진을 찍어 잡지에
    발표했던 그 소년이었음을 알게 된다. 청년은 잡지에 실린 사
    진을 봤다 하고 간다. 걷고 있는 여주인공의 어깨 위에서 가
    방끈이 내려오려 하자 가방끈을 다시 올린다. 걷는 모습에서
    뭔가 의식의 변화가 있을지도 모른다는 생각을 하게 하며 끝
    난다.

심세윤의 <눈>

착상: <눈>은 이산가족 상봉 때 실신한 할머니를 찍는 기자나 굶어 가
    는 아이 사진을 찍어 상을 타고 자살한 기자 등에서 아이디어를 얻
    어 창작했다고 한다.

작품내용: 국제적으로 명성을 얻은 사진작가였던 양아버지는 사진기자인

양아들에게 영정사진을 찍어 달라 한다. 사진을 찍는 동안 폐암으로 누워 있던 양아버지가 사망해 양아들은 형사의 질문을 받게 된다. 형사는 그의 양아버지가 유명해진 계기가 놀랍다며 아이부터 살려야 했다는 비난을 받기도 했던 사진을 보여 준다. 아이는 굶어 죽어 가고 있는데 독수리가 다가오는데 그의 양아버지는 그것을 사진에 담아 이 사진으로 유명해졌다는 것이다. 형사는 자신의 양아버지가 돌아가신지도 모르고 계속 사진을 찍었던 양아들에게 병원에 연락부터 했어야 하지 않았느냐고 한다. 그러면서 그는 아직 공개되지 않은 작품이라며 그의 양아버지가 찍은 슬라이드 사진을 보여 준다. 그의 양아버지는 죽기 전까지도 양아들에게 하수도 구멍에 있던 아이를 주워 키워 준 거라 얘기했었으나 그것은 사실이 아니었음이 이 슬라이드로 밝혀진다. 슬라이드는 영상으로 전환되어 과거 젊었을 때 양아버지가 양아들의 생모 사진을 찍던 과거영상으로 돌아간다. 상복을 입은 어느 젊은 여인이 목매달아 죽는데 양아버지는 그것을 사진에 담는다. 죽어 가는 여자에게서 아기가 태어나고 양아버지는 그 아기를 안는다. 양아들이 늘 하고 있는 목걸이는 그의 생모가 죽을 때 하고 있던 목걸이였음도 알게 된다. 형사는 그에게 혐의는 없다고 판단되니 돌아가도 좋다고 한다.

두 작품에 대해서 다음 사항들을 생각해 보기 바란다.
- 두 작품의 주제
- 두 작품의 주제 전달방식
- 전달방법의 차이성에서 오는 효과

〈주제〉
두 작품은 모두 사진작가 또는 예술가에게도 윤리의식이 있어야 한다는 것을 말하고 있다. 작가들은 작품을 위해 인간을 중요시하지 않을 때도 있는데 이런 문제에 대해 생각하게 만드는 작품들이며, 더 나아가서 현대인들은 목적달성을 위해 중요한 것들을 외면하곤 하는 것에 대한 문제의 심각성까지도 생각하게 만드는 작품들이다.

〈전달방식〉

<오후>의 전달 방식은 무겁고 미묘한 주제를 쉽게 전달해 이해하기가 쉽고, <눈>은 무겁고 어려운 주제를 주제에 맞는 분위기로 심각하게 다루면서 추리형식을 취하면서 예술성은 더 강하게 전달된다. 충격적이고 좀 더 자극적인 영상을 요구하는 시대에 맞는 영상으로 전달하면서, 작가들은 좀 더 인간적으로 변해야 한다는 의미전달을 더 강렬하게 관객에게 전달한다.

〈효과〉

<오후>는 덜 비극적이며, 일상의 평범함 속에서 우리가 쉽게 저지를 수 있는 문제들의 심각성을 되짚어 보게 만들고, 편안하고 쉽게 의미를 파악할 수 있는 영상을 좋아하는 관객들이 선호할 수 있다.

<눈>은 비극적 분위기에서 특정인을 다루고는 있으나 예술 전반에 대해 좀 더 깊이 있게 생각하게 만드는 효과를 지니면서 작품성 높은 작품을 선호하는 관객들에게 잊히지 않는 영화로 남게 한다.

그 밖의 두 작품에 대해 생각해 볼 점들을 정리해 보자.

〈주인공의 차이〉

유사한 주제를 두 작품이 다루고 있으나 <오후>의 주인공은 젊은 사진작가이며 여성이고, 자극적인 사진을 찍으려 하나 일상 속에서 만나는 인물이나 사물들 속에서 그것을 찾는다.

<눈>의 주인공은 입양아라는 특별한 과거를 지니고 있고, 양아버지의 슬라이드 사진을 통해 충격적으로 자신의 과거를 알게 되는 인물로 두 작품의 주인공의 설정부터 차이가 난다.

<인물배치>

　인물배치 측면에서도 <오후>는 주인공과 그녀의 사진모델이 되는 대상들로 인물들이 배치되어 있고 주인공과 모델들 사이의 친밀도가 없다.

　<눈>에서는 주인공을 양아들로 볼 수도 있고, 양아들과 양부 두 사람으로도 볼 수 있다. 그리고 양부, 양아들, 생모 이들은 모두 얽힌 관계들이다. 양부는 양아들을 키워 주었으나 양아들의 생모를 살리려 하기보단 죽게 방관하여 적대적일 수도 있으나 양부가 죽은 뒤 이 사실을 알게 되었고, 양부는 앞으로의 양아들 자신의 직업관에 대한 자세를 인식시키고 떠난 인물이며, 양아들 자신도 양부가 부탁한 영정사진을 찍느라 양부의 죽음을 의도적이지는 않았으나 방관했었기 때문에, 그간 죄의식이 없었으나 양부의 과거와 유사한 행동을 자신도 했다는 것을 인식함으로써 죄의식을 느끼게 되었으므로 절대적인 적대관계가 아닌 매우 복잡하고 미묘한 관계로 설정해 놓고 있다.

　생모는 그녀의 상복을 통해 삶이 힘들었음을 짐작하게 만들고, 자살함으로써 아들의 생명을 포기하려 했으므로 아들과 생모와의 관계도 생모에 대해 연민의 정을 느낄 것이나, 죽었을 수도 있었을 자신을 키워 주며 속죄했을 양부도 잊을 수는 없게 만든다.

　형사는 양아들의 과거를 알게 해 주며, 양아들에게 직업과 자신의 양부 그리고 생모에 대해 많은 생각을 할 계기를 마련해 주는 인물로 적대적이거나 옹호적이거나를 정확히 말할 수 없는 양아들에게는 인생의 많은 부분에 대해 생각하게 만든 매우 중요한 인물로 배치되어 있다.

<플롯>

　플롯 면에서 <오후>는 시간순-회상-시간순으로 구성되어 있고, 이야기와 이야기 사이의 연관 관계는 없지만, 비슷한 행동들이 반복되면서 주인공의 예술관의 문제점이 드러난다.

　<눈>도 시간순-회상-시간순으로 구성되어 있으나, 사건들 사이의 원인

결과가 긴밀히 연결되어 있어 플롯이 <오후>보다 긴밀하다.

〈장소〉

<오후>는 길거리, 주택가 골목, 공원 등 일상적인 장소이다.

<눈>은 일상적이지 않은 장소들이고, 소품 중 목걸이가 중요 소품으로 쓰이고 있다.

〈시간〉

<오후>는 날씨도 평범한 특별하지 않은 날로, 그 속에서 특별한 것을 찾아 돌아다니는 한 사진작가의 일상적인 오후이다.

<눈>은 자신의 출생의 비밀과 직업의 윤리의식에 대해 숙고하게 하는 특별한 날로 되어 있다.

이렇듯 두 작품의 주제는 유사해도 인물들, 이야기, 플롯, 전달 방식 등의 차이로 다른 작품들이 창작될 수 있으므로, 유사한 주제를 가지고 두 편을 창작해 보는 것도 창작력 향상에 도움이 될 것이다.

3. 소 재

1) 소 재

주제는 관념성을 띠고 있어 작품은 구체적인 소재를 통해 보이게 된다. 소재는 현실성을 띠고 있으므로 작품의 소재가 될 대상들은 우리 주변에 무수히 많이 있다. 그러나 모든 소재가 작품의 소재로 적당한 것은 아니다. 자신이 말하려는 주제를 가장 효과적으로 표현해 낼 수 있는 가장 좋은 소재를 선택해야 하고, 그 소재를 자신만의 독특한 시선으로 새롭게 그려 내야 한다. 또한 실제의 삶이 우리에게 보여 줄 수 있는 것보다 더 의미 있는 것들로 작품화시킬 수 있는 소재를 선택해야 한다.

2) 소재를 잘 살린 작품들

  다음의 두 작품은 유사한 소재로 다른 주제와 이야기를 담고 있다.
  우선 호남대학교 다매체영상학과 이창주의 <등잔 밑이 어둡다>는 MP3
에 중독되어 있는 한 학생을 통해 현대 젊은이들이 인간보다는 기계에 더
애착을 갖고 있는 현상을 그리고 있다. 그런 현상은 가장 가까운 가족과의
소통을 스스로 차단해 비극을 맞을 수도 있다는 것을 보임으로써 짧은 작품
에 기계로 인한 인간 비극의 문제를 잘 담아내고 있다.

등잔 밑이 어둡다

이창주

<등장인물>
현수: mp3에 중독되어 있는 남자아이
현수 아버지: 50대의 엄한 아버지
의사

s#1 현수의 방(밤)
화면은 어두운 채 무언가를 찾는 소리만 난다.

현수: 어? 이게 여기 있었네.
종이가 불에 타는 소리. 어둠의 중간부터 불길이 시작되면서 제목이 나온다.

s#2 거실
현수가 MP3 플레이어를 손에 들고 웃으면서 자신의 방에서 나온다. 감겨

있는 이어폰 줄을 풀면서 소파에 앉는다. 옆에 앉아 있던 현수의 아버지가 현수를 빤히 쳐다본다.

　　아버지: 뭐가 좋아서 실실 웃냐?
　　현수: 한 달 전부터 안 보이길래 잃어버린 줄 알았는데 이게 책상 밑에 있더라고요. 등잔 밑은 어둡다더니

현수가 못마땅한 듯 쳐다보는 현수의 아버지.

　　아버지: (리모컨으로 채널을 돌리면서) 짜식아. 니 정신머리가 나간 거지. 젊은 놈이 참…… 너 그래 가지고 어디다 쓸려고 그러냐? 하라는 공부는 안 하고.

귀에 꽂은 이어폰을 다시 빼는 현수. 무언가 말하려고 아버지 쪽을 보다가 그만두고 자리에서 일어난다. 자신의 방으로 들어가는 현수. 문이 쾅 하게 닫힌다.

　　s#3 교실(오후)
칠판 가득히 무언가 적고 있는 선생. 앞줄 몇 명을 제외하고는 대부분 책상에 엎드려 자고 있는 학생들. 현수는 가장 앞자리에 앉아서 열심히 칠판을 보고 있다가 손이 책상 속으로 들어가더니 MP3 플레이어를 꺼낸다. 이어폰을 귀에 꽂는 현수.

　　s#4 거실(밤)
　　아버지: 내일 목욕 가게 일찍 일어나.
　　현수: (싫은 듯) 밤에 가면 안 돼요?
　　아버지: 잔소리 말고. 6시에 갈 거니까, 알아서 일어나.
　　현수: 네…….

s#5 탈의실(새벽)

아버지: 뭘 그리 꾸물거려. 빨리빨리 와. 그리고 목욕하는데 그건 또 뭐야?

현수는 이어폰을 귀에 꽂고 팬티를 벗어 옷장에 넣는다.

현수: (탈의실이 다 울리도록) 방수라서 상관없어요.

목욕탕 안으로 들어가는 현수 아버지.

s#6 목욕탕 안

목욕탕 안에는 아직 사람이 한 명도 없다. 현수는 아버지와 함께 온탕에 있다가 먼저 나와서 온탕이 보이지 않는 끝자리에 가 앉는다.
한편 현수 아버지는 따뜻한 기운에 깜빡 잠이 들고 만다. 그 순간 흉통이 찾아와서 눈을 부릅뜨는 현수 아버지. 손으로 가슴을 움켜쥐며 발버둥을 친다.
리듬을 타며 때를 밀고 있는 현수. 그와 동시에 물 튀기는 소리가 조용한 목욕탕 안에서는 크게 들린다. 점점 작아지는 소리.

s#7 병원 응급실

의사: (혀를 차며) 좀 더 빨리 왔으면 간단한 응급치료를 받고도 살았을 텐데. 뭐 하느라 이렇게 늦게 온 거예요? 같이 목욕탕에 있었다면서.

다음으로 서울여대 영문과 조유진의 <이어폰>도 온갖 기계의 노예가 된 현대인의 현상을 소재로 가져왔으나, 거기에 꿈이라는 요소를 넣어 <등잔 밑이 어둡다>와는 달리 그 비극성을 몽환적으로 표현한다.
그리고 비극적인 현상을 담는 것에 머물지 않고, 기계에 스스로를 가두어 버린 현대인들이 되찾아야 할 것들을 벌을 등장시켜 제시함으로써, 현대인의 현실 상황뿐 아니라 세상과 단절된 사람들이 마음을 열고 주변에 귀를 기울이면 세상이 달라질 수 있다는 밝은 결말을 제시해, 위의 작품과는 다른 분위기의 작품으로 완성한다.

이어폰(애니메이션 제작용)

조유진

<등장인물>

신지: 20살, 대학생, 음악 감상을 좋아하는 평범한 여학생, 인내심이 부족하고 공상을 좋아하며 기분이 얼굴 표정에 잘 드러난다.

엄마: 48살, 주부, TV를 끼고 사는 신지의 엄마로 집안일을 할 때마다 화면에서 눈을 떼지 못한다.

사람들

버스기사

벌

#1. 버스 안(아침)

검은 화면에 선 하나가 꼬불꼬불 무언가의 형상들을 만들어 나간다. 핸드폰과 이어폰, MP3, DMB 등의 윤곽이다. 형상이 구체적이 되면서 선의 색은 네온 불빛처럼 여러 색으로 서서히 변화한다. 네모난 DMB의 형상 속에 제목이 깜빡깜빡 뜨고 사라지면서 선의 형상들은 실제 물건이 되고 그 물건들을 착용한 버스 안의 사람들의 모습이 전체적으로 보이기 시작한다. 만원버스다. 시끄러운 차 소리들이 들린다. 대부분의 사람들은 이런저런 기계를 한 개 이상씩은 사용 중이다. 그 사이를 벌 한 마리가 날아다니지만 이어폰을 끼고 있는 사람들에게는 벌 소리가 들리지 않는다. 버스 창문에 앉는 벌. 창가의 사람은 창밖을 보며 음악을 즐기느라 바로 눈치 채지 못하다가 잠시 후 벌을 보고는 놀란다. 쫓으려 손짓하지만 벌은 주위를 맴돌기만 한다. 얼른 창문을 여는 사이 벌은 그 손을 쏘고 창밖으로 날아간다.

#2. 도심길거리 - 아파트(아침)

화면이 벌을 따라 날아간다. 길거리에도 온통 기계에 뒤덮인 사람들이 거
닌다. 거리의 분위기는 기계 속같이 회색빛이 강하다. 벌은 윙윙 소리를 내
며 도심을 날아가다가 어느 아파트 창가에 내놓인 화분의 꽃에 앉는다. 이
제 화면은 화분이 놓인 창 너머 부엌으로 들어간다.

#3. 부엌(아침)

그릇 소리가 달그락달그락 나면서 설거지하는 엄마. 부엌에 놓인 TV에
넋이 나갔다. 눈을 떼지 않은 채 고개를 살짝 돌리며 방 안에 있는 신지를
재촉한다.

엄마: 신지야 늦겠다! 안 나가니?

대답이 없다.

엄마: 신지야! 내 말 안 들려? (더 큰 소리로) 음악 끄고 이제 나가야지!
신지: (목소리) 네 ~나가요~
목소리를 따라 화면은 문이 살짝 열린 방으로 이동한다.

#4. 신지의 방(아침)
온통 어지럽혀진 방. 음악을 좋아하는 신지답게 좋아하는 공연 포스터들
이 여기저기 붙어 있고 큰 스피커와 튜닝한 컴퓨터
가 책상의 대부분을 차지하고 가사집들이 널려 있
다. 서랍과 침대 밑, 바닥 등을 들추며 무언가를 찾
고 있다.

신지: 아 어디 있는 거야. (큰 소리로) 엄마, 내 Mp3 못 봤어?
엄마: 글쎄다. 시계나 봐라 늦겠다.

시계를 보고는 놀래서 가방을 챙겨 들고 나가 버린다.

#5. 버스 정류장(아침)
버스 정류장으로 걸어가면서 가방을 뒤져 보는 신지. 얼굴이 잔뜩 찡그러
져 있다.
거리는 시끌시끌하다. 버스가 온다.

#6. 버스 안(아침)
카드를 찍고 자리에 앉는다. 사람들의 떠드는 소리가 시끄럽다. 가방 속을
다시 찾아보던 신지는 드디어 Mp3과 이어폰을 찾고는 이어폰을 얼른 귀에
꽂는다. 소음이 안 들리며 음악이 흘러나온다. 만족스러운 표정을 짓는다.
노래를 선곡하면서 짧게 10초가량씩 들려오는 전주에 맞춰 신지의 눈으로
버스 속 사람들의 움직임이 달라 보인다. 신나는 음악에서는 다들 춤을 추
는 것 같고 록 음악이 흘러나오면 균형 잡느라 비틀대는 사람들이 록커로
보인다. 테크노, 힙합, 클래식, 록, 댄스곡 등 리듬이 강한 노래로 가득하다.
노래를 넘기는 신지는 마음에 드는 노래가 없어 지쳐서 그냥 듣는다. 멍하
니 창밖을 바라보다가 꾸벅꾸벅 존다. 음악이 흐른다.

(시간경과)

음악 소리가 들리지 않는다.

#7. 꿈 - 버스 안
문득 잠에서 깬 신지는 창밖을 보니 전혀 모르는 곳이다. 칙칙하던 도시
와 버스는 어느새 밝고 여러 색으로 물들어 있고 장난감같이 동글동글해져

있다. 시각적으로 변해 있다. 주변 사람들도 장난감 로봇같이 변했다. 당황하여 어디에 왔는지 버스 방송을 들으러 이어폰 한쪽을 빼려 하는데 이어폰이 온데간데없다. 그리고 정적만이 흐른다. 아무 소리도 들리지 않는다. 멀뚱멀뚱 황당한 신지는 버스 기사에게 가서 여기가 어디냐고 묻지만 자신의 목소리마저 들리지 않는다. 장난감같이 생긴 기사아저씨가 어떤 버튼을 누르더니 신지 눈앞에 '내리세요'라고 적힌 번쩍이는 푯말이 나온다. 어리둥절 내린다.

#8. 꿈 – 거리

버스에서 내려도 주변은 온통 화려한 색깔들로 둥글둥글해졌다. 여전히 아무 소리도 나지 않는다. 지나다니는 사람들이 뭔가 이상해서 보니 다들 기계와 하나가 된 로봇 같아 보인다. 눈 대신 DMB 같은 영상기기가 눈 부위에 붙어 버려서 영상을 감상하는 듯 즐거운 얼굴로 장님같이 지팡이로 더듬으며 길을 가는 사람들, 손이 전화기로 변해서 통화하는 사람들 등등 정신이 없다. 엄마의 뒷모습이 보여 다가가지만 엄마의 눈은 이미 TV 화면으로 덮여 있다. 놀래서 당황한 신지 앞으로 귀 대신 이어폰이 귀 자리에 이어져 있는 사람이 지나가자 신지는 넋을 놓는다. 순간 귀가 간지럽다. 귀를 후비려 하는데 귀 속에서 줄이 나온다. 놀래서 귀를 털어 보니 이어폰들이 우두두 끝없이 쏟아져 나온다. 양쪽 귀에서 나오며 당황한 신지. 갑자기 주변에 땅과 나무 등에서도 이어폰들이 쏟아져 나온다. 이어폰 산더미에 파묻혀 버린다. 갑자기 몇몇 귀가 있는 멀쩡해 보이는 사람 몇 사람과 귀 말고 다른 부위가 변한 사람들이 하나둘씩 그 산더미 위를 올라오더니 귀를 자르고 이어폰을 집어서 꿰맨다. 신지의 눈이 휘둥그레진다. 얼른 귀에서 나오는 이어폰들을 끊어 버리려 잡아당기는데 이어폰을 귀에 꿰맨 사람들이 점점 다가와 신지의 귀도 자르고 꿰매려 한다. 소리 나지 않는 비명을 지르며 눈을 질끈 감는다.

#9. 버스 안(아침)

눈을 뜨는 신지. 잠에서 진짜로 깼다. 주위를 둘러보니 현실이다. Mp3을 보니 건전지가 나가서 꺼져 있다. 귀에서 이어폰을 뺀다. 소리가 들린다. 안심한다.

#10. 길거리 – 공원(아침)

버스에서 내린다. 바깥도 정상인 것을 살펴보고 안심한다. 혹시나 해서 귀를 만져 보는데 정상이다. 소리가 반가우니 주변 차 소리들과 사람들 소리가 예전처럼 귀에 거슬리지 않는다. 신지 얼굴을 벌이 스쳐 지나간다.

(E): 윙 (벌이 날아가는 소리)

흠칫 놀래지만 벌이 날아가는 곳을 눈으로 쫓으며 천천히 따라간다. 공원이다. 공원에는 여유롭게 책을 보는 사람들이 있다. 가족들과 놀이를 즐기는 사람들도 있고 개를 산책시키는 사람들도 있다. 벌은 예쁜 빛깔의 꽃 속으로 들어간다. 아침의 새소리들이 들리고 바람이 휙 불며 바람소리를 느낀다. 얼굴이 환해진다. 핸드폰이 울리지만 건전지를 빼 버리고 벤치에 앉아 바람과 햇살을 느낀다. 그때까지 목에 걸쳐 두었던 이어폰을 가방에 넣어 버리고 바람을 들이켜자 꽃내음까지 맡는다. 미소가 얼굴에 번진다.

다음의 호남대 다매체영상학과 선현철의 작품은 우리가 거리에서 쉽게 볼 수 있는 붕어빵에서 소재를 가져와, 붕어빵 같은 인생의 반복성 속의 가치 있는 삶의 의미까지 음미하게 만드는 작품으로 형상화한다.

붕어빵 인생

선현철

<등장인물>

경구 - 30대 초반의 직장인

어린 경구 - 5살(프롤로그 80년대)

경구 부 - 30대 초반의 직장인(프롤로그 80년대)

경구 모 - 20대 후반의 주부(프롤로그 80년대)

경구 조부 - 50대 후반의 할아버지(프롤로그 80년대)

경구 처 - 20대 후반의 주부

경구 아들 - 5살

붕어빵 아저씨 - 30대 아저씨

신 1. 경구네 집 거실(1981년 12월, 프롤로그)

거실의 모습이 비춰진다.

달력이 비춰진다. 때는 1981년 12월

경구: (내레이션) 오늘은 학교를 안 간다. 왜냐면 휴일이기 때문이다. 하지만 나는 즐겁지 않다. 왜냐면 용준이는 아빠랑 자연농원 간다고 했는데 우리 아빠는……

자고 있는 아빠의 모습이 보인다.

경구: (내레이션) 이렇게 잠만 잔다.

아빠는 바쁘게 출근 준비 중이다. 엄마는 아빠의 겉옷을 들고 아빠는 넥타이를 맨다.

경구: (내레이션) 매일 우리 아빠는 아침 일찍 나가서.

아빠가 술 마시고 아내와 아들의 이름을 부르면서 집으로 들어온다. 아들을 보자 아들 얼굴에 수염을 부비면서 즐거워한다.

경구: (내레이션) 늦게 들어온다. 어휴 ～ 술 냄새.

아빠의 잠자는 모습 C.U.

경구: (내레이션) 휴일인데도 역시 잠만 잔다.

엄마가 거실에 앉아서 전화를 받는다.

경구: (내레이션) 우리 엄마는 매일 전화만 한다.

아빠를 출근 보내고 엄마는 소파에 앉아 TV를 본다. 그리고 전화를 한다.

경구: (내레이션) 무슨 할 말이 그렇게도 많은지. 경구 배고픈 것은 신경
　　　도 안 쓴다. 엄마 배고파.
엄마의 전화받는 모습 C.U.

경구: (내레이션) 오늘도 엄마는 역시 전화를 건다.

할아버지가 밖에서 들어온다. 할아버지의 손에는 뭔가가 있다.
경구: (내레이션) 아 참 우리 할아버지가 빠졌네.

신 2. 동네 거리(낮)
할아버지가 장기를 둔다. 장기를 두고 있는 표정이 심각하다. 상대방이 장

을 외친 후 돈을 가져가려 하자 할아버지가 손을 치면서 역으로 공격해서 이긴다.

신 3. 거실(저녁)

경구: (내레이션) 우리 할아버지는 참 좋다. 돈을 많이 따는 날이면 할아버지 손에.

할아버지의 손 C.U.

경구의 내레이션: 오늘같이 경구의 간식이 있다. 오늘도 역시 할아버지는
　　　　　　　　돈을 따셨나 보다.
가족들 붕어빵을 먹으며

경구: 근데 아빠…… 붕어빵은 뭐로 만들어?
아빠: 붕어빵? 붕어로 만드니까 붕어빵이겠지!
붕어빵 C.U.
붕어빵이 점점 애니메이션화되면서 붕어빵이 폴짝 뛴다.
타이틀 <붕어빵 인생>이 뜬다.
타이틀이 뜨고 나면 붕어빵이 멈춘다.

신 4. 거리의 포장마차(현재, 저녁)

굽고 있는 붕어빵과 애니메이션 붕어가 겹치면서 배경이 보인다.
붕어빵을 굽고 있는 아저씨의 손과 기계가 C.U.

신 5. 거리(저녁)

전화를 하면서 걸어가고 있는 경구.

경구: (힘없이) 여보세요.

경구: 어. 우리 아들. 아빠 지금 가고 있다.

경구: 맛있는 거? 그래. 알았어.

경구: 어. 알았다니깐.

경구는 포장마차를 보지 못하고 그냥 지나간다.

신 6. 거실

집으로 돌아온 경구..

아내와 아들은 TV를 보다가 경구가 들어오자 반긴다.

하지만 먹을 것을 안 사온 걸 알고 아들은 실망을 한다.

신 7. 경구의 방

겉옷을 벗어 침대에 놓는다.

넥타이를 풀다가 침대에 털썩 앉는다.

그러고는 담배를 꺼내 불을 붙인다.

담배를 피우는 경구는 무척 피곤한 기색이다.

아내가 방에 들어온다.

아내: 방에서 담배 피우지 말라니까.

경구: 집에서도 내 맘대로 못 하냐?

신 8. 버스정류장(아침)

회사에 가려고 버스를 기다리는 경구.

아직도 피곤한 기색이 보인다.

주머니에서 담배를 꺼내고 불을 붙인다.

한 모금 피웠는데 그때 버스가 온다.

경구: 에이 짜증 나 (담배를 버리고 재빨리 버스를 탄다.)

신 9. 버스 안

버스가 움직이자 앞뒤로 사람들이 민다.

경구가 주위를 둘러보자 버스 안은 텅 비어 있고 전부 경구 주변에 모여 있다.

사람들은 일부러 경구 주변에 모인 양 경구를 쳐다보고 있다.

경구의 짜증 나는 얼굴이 C.U.되고 나면 경구 주변에 있는 사람들은 표정의 변화가 없다.

신 10. 사무실(낮)

전화벨이 울린다.

경구: 네. 친절하게 모시겠습니다.
　　　SJ 텔레콤 설경구입니다. 무엇을 도와드릴까요?
　　　예. 고객님.

그때 전화가 또다시 걸려온다. 경구는 2개의 전화를 붙잡고 상담을 한다.

이때 사람들이 몰려온다. 경구에게 제품에 대해서 항의를 하면서 환불해 줄 것을 요구한다.

경구의 당황스러운 표정이 보이고 갑자기 많은 사람들이 경구 주변에 둘러서서 경구에게 쏘아 댄다.

신 11. 거리(저녁)

거리에 차가 꽉 막혀 있어 답답한 모습이다.

꽉 매진 넥타이를 푸는 경구.

지친 모습으로 걷다가 붕어빵을 들고 오는 母子를 바라본다.

신 12. 붕어빵 포장마차

경구가 포장마차 안으로 들어온다.

경구: 붕어빵 좀 싸 주세요.

아저씨: 얼마어치 줄까요?

경구: 우리 아들 줄 건데. 조금만 싸 주세요.

아저씨: 네. 그럼 2000원어치 싸 드릴까?

경구: 네. 그러세요.

아저씨: 조금만 기다리세요.

붕어빵을 굽는 모습을 지켜보는 경구.

경구: 아저씨 지루하지 않으세요?

아저씨: 지루해도 어쩌겠어요. 먹고살려면 이 짓이라도 해야죠.

신 13. 거실

아들은 TV를 보다가 경구가 들어오자 고개만 끄떡 할 뿐 TV를 본다.

경구: 우리 잘생긴 왕자님이 좋아하는 붕어빵 사 왔지.

아들: 우와!

붕어빵을 사 왔다는 소리를 하자 아들은 아빠에게 달려간다.

경구: 우리 왕자님 오늘 뭐 하고 놀았어?

아들: 엄마가 그림 그려 줬어요.

경구: 무슨 그림 그렸는데?

아들 그림을 가져온다. 그림에는 어항 속의 물고기 한 마리가 그려져 있다.

어항 속 물고기 그림 C.U.

어항 속 물고기 그림과 실제 어항 속 물고기가 디졸브해서 생기 없게 헤엄친다.

신 14. 방안(밤)

경구와 아내가 침대에 누워 있다.

경구가 피곤한 듯 뒤로 돌아눕는다.

아내: 여보 자?

경구: 아니. 왜?

아내: 그냥. 요즘 당신을 보니깐 많이 피곤해 보여서.

경구: (……)

아내: 여보. 동원이를 봐서 힘내요.

경구는 아무 말 없이 살짝 미소를 보낸다.

신 15. 붕어빵 포장마차(낮)

경구와 아들이 붕어빵을 사 먹으러 포장마차에 들어온다.

경구: 붕어빵 좀 주세요.

　　　붕어빵이 좀 달라졌네요?

아저씨: 이거? 어제 새로 개발한 건데 한번 먹어 봐. 아주 맛나.

아저씨의 표정에는 생기가 있어 붕어빵에 대한 자부심이 있어 보인다.

익은 붕어빵을 후후 불며 아들에게 건네는 경구.

아들이 붕어빵을 받아먹자 경구도 먹는다.

아들과 경구는 똑같이 꼬리부터 먹는다.

아저씨: 아들이여?

경구: (웃으며) 아! 네. 우리 아들 잘생겼죠?

아저씨: 아빠랑 완전히 붕어빵이네.

　　　　아들은 커서 뭐가 되고 싶어?

아들: 우리 아빠가 될 거예요.

경구는 웃는다.

신 16. 거실(저녁, 에필로그)
경구와 아들이 스케치북에 어항 속 붕어를 그린다.
경구와 아들의 표정이 매우 밝다.
그림이 다 그려지면서 어항 속 물고기는 생기 있게 돌아다닌다.
크레딧이 뜬다.

위의 작품들에서 보듯 좋은 주제는 반드시 거대한 소재에 담아야 하는 것이 아니고, 작은 소재에서도 좋은 주제를 담아낼 수 있고, 주제를 먼저 정하고 소재를 찾는 경우도 있으나, 소재부터 시작해 그 안에서 좋은 주제를 끌어낼 수도 있는 것이다.

무엇보다도 중요한 것은 주제를 가장 잘 드러낼 수 있는 소재를 선택해야 한다는 것과, 선택한 소재를 통해 주제를 잘 드러내야 한다는 것이다.

3) 소재 선택할 때 주의할 점들

초보 작가들은 자신이나 주위의 잘 아는 사람의 경험들을 소재로 가져와 쓰는 경우들이 많은데, 이때 너무 주관적이 되어서 중요하지 않은 것들을 나열하기 쉬우므로 주제를 부여해 재구성하여야 한다. 윌리엄 필립스 (William H. Phillips)는『단편영화 시나리오 이렇게 쓴다』에서 경험이 연속적이고 연대기적이고 중요한 디테일과 사소한 디테일이 모두 뒤섞여 있다면, 작가는 상상을 통해 이것에 인물이나 이야기를 추가 또는 변형시키거나 삭제하거나 재배열해, 행위들을 다시 정열하고, 의미 있는 디테일은 부각시키고 그렇지 않은 것은 삭제해 픽션스토리를 만들어야 한다고 말하고 있다.

그다음으로 기사나 매체를 통해 본 것을 소재로 선택할 때에는, 제공된 것들은 사건만 보여 주므로, 조사를 하더라도 인간의 내면과 구체적인 상황을 표현해 낼 수 없는 소재라면 포기하는 것이 낫다. 조사를 해 쓸 수 있다 해도 자신이 그 과정에 바친 열정과 시간이 아까워 조사한 것들을 나열하는 것으로 작품을 쓰면 안 된다. 이때에 조사한 것 중 작품의 중심 주제에 맞지 않는 부분이나 조화가 잘 안 되는 부분들은 과감히 삭제를 하고, 작품과 긴밀히 연관된 부분만 선정한 후, 그 외의 부분들은 보충해 나가야 한다.

그 외의 주의할 것들은 착상 부분에서 이미 언급한 <작품화되기 힘든 아이디어들> 부분을 참고하기 바란다.

과제)
자신이 설정한 주제에 가장 적합한 소재 선택하기 또는 자신이 선택한 소재에 주제 부여하기

---

4. 장르의 선택

자신이 쓰려는 시나리오를 드라마(사회드라마, 휴먼드라마 등), 비극, 코미디, 공포, 미스터리, 시대극, 액션, 판타지, 애니메이션, 뮤지컬 등 어떤 장르로 창조해 낼 것인가를 생각해야 한다.

5. 인 물

시나리오 속 사건이나 이야기는 인물들의 행동과 말에 의해 발전되므로 인물은 매우 중요하다. 인물을 형성하기 위해서는 여러 요소들이 합쳐져야 한다.

1) 인물을 나누는 유형

- 보편적 인물(회사원처럼 개성 없이 특정집단을 대표하는 인물)
- 개성적 인물
- 보편성과 개성을 동시에 지닌 인물(햄릿은 왕자라는 보편성과 지나치게 심사숙고하는 개성적 성격이 잘 합쳐진 인물이다.)

2) 인물을 형성하는 방법들

다음의 몇 가지 차원들 중에서 하나 또는 그 이상의 차원을 강조해 창조할 수 있고, 몇몇 사항들을 다른 요소들보다 더 강조해 집중적으로 그림으로써 인물의 뚜렷한 성격을 형성할 수 있다.

첫 번째 차원) 생리적 차원: 성별, 나이, 신체적 특징, 외모, 신체적 결함 여부, 유전적 요소, 특별한 몸자세 등을 염두에 두고 창조한다(예: 이창동 감독의 <오아시스>의 뇌성마비 장애인인 여주인공 공주).

두 번째 차원) 사회적 차원: 모든 개인은 개인으로 존재하며 동시에 타인들이나 사회, 국가 등에 연관된 존재이므로 이 요소를 인물을 창조할 때 강조할 수 있다. 즉 인물의 국적, 정치참여도 내지는 관심도, 종교, 직업, 교육수준, 가문, 가족관계, 가족상황, 경제적 수준, 문화수준 등 그가 속한 집단들 속에서의 그의 위치 등을 알 수 있게 해, 그가 속해 있는 사회의 상황을 인물을 통해 나타내거나, 그를 현재의 위치에 있게 한 원인들을 주위 관계에서 찾아내 인물의 개인적 사회적 성격을 창조해 낸다(예: 장진 감독의 <간첩 리철진> 북한의 식량난을 해결하기 위해 슈퍼 돼지 유전자 샘플을 훔쳐 오라는 지시를 받고 난파된 간첩 리철진은 사회적 차원이 강조돼 창조된 인물이다.).

세 번째 차원) 심리적 차원: 그 인물이 갈망하는 대상들, 목표, 야심, 의지, 욕구불만, 좌절, 기질(낙관적, 비관적, 신경질적 등), 그의 삶의 태도(적극적, 무관심, 도전적, 패배주의적 등), 그의 콤플렉스(강박관념, 억압, 공포심 등), 성격(내향적, 외향적, 감정적, 이성적, 현학적 등), 능력(언어, 재능 등), 특성(습관적 태도, 상상력, 판단력, 기호 등), 취미, 과거의 경험, 사랑받는가, 사랑하는가 등인데 이 심리적 차원은 신체적, 사회적 차원보다 내면의 심리 작용을 드러내 주므로 인물성격을 더 뚜렷이 드러나게 한다.

네 번째 차원) 도덕적 수준: 이것은 심리적 수준에 넣기도 한다. 도덕적 수준은 인물이 도덕적 위기에 직면했을 때, 인물의 선택 속에서 이기적인가 위선적인가 정직한가 등이 나타나고, 이것을 복합적으로 그리면 인물의 이중성 내지는 복잡한 의식세계, 혼돈 세계가 나타나게 된다(예: 장명숙 감독의 <오후>).

이렇게 구축된 인물을 그 인물의 행동과 대사를 통해 표현함으로써 구체화된 인물이 등장하게 된다. 그리고 인물들의 기억하기 쉽고 서로 구별되는 이름들, 스토리와 사건에 따른 인물의 성격의 변화, 대사량, 언어의 특색, 옷차림, 소품들과, 주인공과 그 주위 인물들의 구성 등도 인물을 창조하는 데 고려해야 할 요소들이다.

과제)
자신이 창조할 중심인물을 정하고, 위의 이론들을 적용시켜 보고 자신이 강조할 인물의 성격을 기록해 보자.

---

3) 중심인물과 주위 인물들의 배치

단편 시나리오는 중심인물이 1~2명이므로 작가가 중심인물에 대해 잘 알지 못하면 모호한 인물에 그쳐 인물을 제대로 창조해 낼 수 없다. 그래서 이론서들은 생생한 인물을 창조하려면 이력서를 만들어 보라고 한다. 그리고 그 인물과 대화함으로써 친숙해지라고 한다.

중심인물이 정해졌다면 그다음으로 중심인물 주위의 인물들을 배치시켜야 한다. 일반적으로 주인공을 중심으로 적대자 또는 반대자, 옹호자 또는 도움을 주는 자 등으로 배치시키는데, 반대자는 한 명일 수도 있고 여럿일 수도 있고 아니면 반대자 없이 주인공과 유사한 인물들만 배치해 그 부류의 문제를 강조할 수도 있다. 또한 대립적인 남과 여, 부자와 가난한 자, 노인과 젊은이, 개인과 국가권력자를 배치시켜 갈등과 대립 등을 강조하면서 주제를 드러내 보일 수도 있을 것이다.

그리고 관객이 자신이 창조한 인물에게 어떤 반응을 보일까도 생각해 봐야 한다.

- 관객이 인물과 동일시되어 공감하겠는가?
- 인물의 위기의 순간 관객도 인물을 돕고 싶고, 지지하고 싶은 충동을 느끼겠는가?
- 인물이 관객에게 호감을 주겠는가?(인간적이고 선하고 완벽하지는 않으나 매력적인가 등)
- 관객이 인물을 보며 즐거워하겠는가?
- 관객이 낯설어하겠는가?
- 관객이 거부감을 느끼겠는가 등

위의 반응 중 어떠한 것이 자신이 창조한 인물에게 원하고 기대했던 것들인가도 생각해 봐야 한다.

4) 인물을 잘 살린 작품들 분석

다음의 영상들을 보면서 구체적으로 인물이 어떠한 점들이 강조되어 창조되었고, 인물들의 배치의 특징들은 무엇인가 등을 보며 인물에 관한 것들을 분석해 보자.

박종철 감독의 <스빠꾸(spark)>(21분, 2001년 작, 빌바오 국제 영화제 한국 영화 파노라마 부문, 한국영상자료원 소장)를 보기로 하자.

작품내용: 가족이 있으나 홀로 사시는 주인 할머니와 남편 없이 23살부터 딸 하나 키우며 살았으나 이제는 나이 들어 홀로 사시는 세든 할머니는 함께 사나 세 든 할머니는 사소한 일에도 자주 서운함을 지닌다. 혼자 식사를 하며 TV광고에서 스파크 가루비누 광고를 본 세 든 할머니는 장날 스파크를 사 오고, 부엌에 놓고 뜯지 않는다. 그런데 어느 날 '스빠꾸'가 절반이나 준 것을 본 세 든 할머니는 주인집 할머니를 의심하지 않는다면서도 의심하고, 이에 주인 할머니도 흥분하며 글을 몰라 읽어 주는 것으로 유세냐며 세 든 할머니에게 화를 내고, 세 든 할머니는 그 집 식구들 오면 집에 있기도 민망하고 나가기도 눈치 뵈고 텃밭을 같이 갈아도 눈치가 보인다고 말한다.

주인 할머니는 가족이 있어도 병원에 가려 해도 며느리들이 싸우고, 딸들은 맞고 온다며 신세를 한탄한다. 같이 의지하고 사는데 의심을 한다며 서로의 다툼은 계속된다. 그러나 실제 범인은 여자아이가 앉아 비눗방울을 날리는 영상에서 드러나고, 주인할머니는 세 든 할머니의 빨래를 빨래비누로 해 주는 모습을 통해 불만은 있으나 고체비누처럼 잘 날라 가지 않는 정이 많은 할머니의 마음을 보인다. 아이들 4명이 돌아가며 비눗방울을 날린다.

영상을 보며 다음 물음들을 생각해 보기 바란다.

– 중심인물은?

– 인물들은 보편적인가, 개성적인가?

– 인물들은 4차원 중 어떤 것이 강조되어 창조되었나?

– 인물의 배치는 어떤가?

– 주제는 무엇인가?

– 소재는 주제를 잘 전달하고 있나?

– 관객은 인물들에게 어떤 느낌을 지니며 보게 되는가?

- 인물들과 다른 세대와 환경의 사람들에게 어떤 의미와 느낌을 주는가?
- 작품에 대한 평

〈중심인물〉
중심인물은 두 할머니이고, 인물들은 보편적인 농촌의 할머니들이다.

〈인물 창조의 강조점들〉
생리적 차원: 인물들은 생리적 차원에서 나이와 성별이 강조되어 남편 없이 홀로 생활하시는 할머니들임이 강조되어 있다.

사회적 차원: 교육 수준이 낮고, 직업도 없고, 경제적 수준도 낮으며 문화적 수준도 사회적 위치도 낮은 농촌의 할머니들의 사회적 위치를 한눈에 알아볼 수 있게 창조되었다.

심리적 차원: 특히 세 든 할머니의 욕구불만, 비관적 기질과 감정적인 성격, 사랑받지 못하는 데서 오는 열등감 등이 강조되어 창조되었고, 두 할머니 모두에게서 외로움의 감정이 강조되어 있다.

도덕적 수준: 실제 범인이 아니므로 도덕적 위기에 직면했을 때의 인물의 선택 속에 나타나는 성격 등은 보이지 않는다.
두 인물의 성격의 변화도 크게 보이지 않는다.

〈인물배치〉
인물의 배치는 겉으로는 적대적일 때도 있으나 내면까지 적대적이지는 않고, 성격이 다른 대조적인 두 할머니를 배치시켜 갈등이 생기게 만들며 이야기를 이끌어 나가는 가장 일반적인 배치방법을 선택했다.

〈주제〉
주제는 노인 사이의 정은 겉으로 드러나기보다는 속으로 매우 깊다. 또는 농촌의 할머니들은 가족이 있어도 외롭다 등으로 볼 수 있겠다.

〈소재〉

소재는 농촌의 외로운 두 할머니의 이야기로 일상 속에서 사소한 다툼이 있으나 그 다툼 속에서도 확인되는 깊은 정이 잘 드러나 소재는 주제를 잘 전달하고 있다.

〈관객〉

관객은 영화 속 할머니들을 보며 멀리서 홀로 살고 계신 자신들의 할머니들을 떠올릴 수 있고, 영화를 본 후 할머니께 안부 전화를 드리거나, 찾아뵙게 만드는 효과를 지닌다.

다른 세대에게는 자신의 할머니의 외로움을 생각하게 만들며, 도시 속에 사는 관객에게는 농촌의 정감 있는 풍경과 두 노인 사이의 깊은 정이 정감 있게 잘 전달된다.

〈전체 평〉

이 영화의 장점은 감독과는 다른 세대인 할머니들의 대사가 생생하게 잘 표현되어 작가의 대사능력이 매우 좋고, 어린이들의 비눗방울 날리는 영상이 매우 아름다우며, 의미전달이 쉽게 되어 공감대가 형성된다. 또한 제목도 좋다.

단점은 사소한 일상과 사소한 다툼 등으로 이루어진 작품 속 이야기가 전체적으로 약간 지루한 면이 있다는 것이다.

그러나 젊은 감독이 할머니들의 외로운 일상을 따뜻한 마음으로 담아내며, 소외된 할머니들에게 관심을 지니고 영화를 만들었다는 점이 높이 평가될 수 있다.

다음으로 이형곤 감독의 <엔조이 유어 써머>(23분, 2000년 한국 필름 페스티발 최우수 단편영화상 수상작, 2001년 프랑스 클레르몽페랑 국제 단편영화제 공식 경쟁부문, 한국영상자료원 소장)를 보기로 하자.

작품내용: 음악을 하고 싶으나 현재는 직장에 다니고 있는 주인공은 매일 같은 시간 출근버스를 타야 한다. 회사 퇴근 후에도 직장상사들과 노래방에 가기도 해야 하므로 지쳐 있다. 휴일에 자신이 속해 활동했던 인디밴드친구들과 만난다. 다음 날 아침 또다시 검은 가발 속에 염색한 노랑머리를 숨기고 출근 버스를 타나 버스의 작은 고장으로 출발이 늦어지고, 주인공은 자신이 예전에 만든 곡이 담긴 테이프를 틀며 춤추자, 직장 상사들도 따라 춘다. 마지막 장면은 한강에서 주인공이 아버지가 준 골프공을 날리고 직장상사들도 넥타이를 날리는 것으로 자신들 속에 감춰져 있던 자유를 갈망하는 모습으로 끝난다.

영상을 보며 다음 사항들을 생각해 보기 바란다.
- 주인공의 유형과 특징
- 4차원 중 어떤 것이 강조되어 창조되었나?
- 주인공과 인물 배치의 특색
- 주제는 무엇인가?
- 소재는 주제를 잘 보이고 있나?
- 소품들(동전, 넥타이, 골프공, 가발 등)
- 관객은 주인공에게 어떤 느낌을 느끼며 보게 되는가?
- 같은 세대에게 어떤 느낌과 의미를 주나?
- 다른 세대에게는 어떤 의미와 느낌을 줄 것인가?
- 그 이유는?
- 전체 평

⟨주인공⟩

일반 젊은이나 예술적 기질이 있는 개성적인 젊은이로 반복적인 일상에서 벗어나고 싶어 하는 음악인이다.

〈인물 창조의 강조점〉

생리적 차원에서는 나이와 성별이 강조되어 있다. 20대 후반 정도로 보이는 주인공은 남자로 음악을 하고 싶으나 경제적으로는 도움이 안 되므로 자신의 삶을 책임져야 하고 앞으로 가정도 가져야 하므로 직장도 음악도 완전히 버릴 수가 없다.

사회적 차원에서는 교육은 남들만큼 받았으나 특별하지 않은 보편적인 직장인이 되어 매일 반복적인 일상의 반복을 겪는 사회 초년생으로서 우리나라의 직장인의 모습을 잘 드러내고 있다.

작가는 직장경험이 없는데도, 짧은 개성 없는 단정한 머리, 흰 와이셔츠, 넥타이 등으로 한 번에 직장인임을 알 수 있게 했고, 매일 같은 시간에 출발하는 통근버스, 업무 후 직장인들이 가는 곳 등으로 직장문화를 잘 표현해 주고 있다.

심리적 차원에서는 주인공의 음악에 대한 갈망과 현실 사이의 갈등이 대사보다는 행동으로 잘 표현되어 강조되어 있다.

〈주인공과 인물배치의 특징〉

주인공은 반복적인 일상에서 벗어나고 싶고, 그의 꿈인 음악생활과 직장 사이에서 안 보이는 갈등을 지닌 인물이다.

인물배치의 특징은 적대적이거나 호의적인 그룹으로 배치시키지 않고, 주인공의 현실과 이상을 보여 주는 직장인들과 인디밴드 두 부류를 주인공 주변에 배치시켜 주인공의 자아와 자아 사이의 갈등이 간접적으로 강조되게 배치시킨 것이 매우 특징적이다.

〈주제〉

주제는 꿈을 지닌 인간은 반복적인 일상에서 벗어나고 싶어 한다로 볼 수 있겠다.

〈소재〉

소재는 한 직장인의 반복적인 일상과 자유로운 창작 음악 세계 사이의 내면적 갈등으로 주제를 잘 나타낼 수 있는 소재이다.

〈소품들〉

소품들 중 동전은 일시적인 이탈을 나타내고, 넥타이는 숨 막히는 일상을, 골프공은 자유를, 가발은 자유욕구를 감추는 장치로 쓰이고 있다.

〈관객〉

관객은 주인공의 문제에 공감하면서 보게 되고, 주인공과 같은 세대 중 특히 사회 초년생은 현실에 밀려 잃어버릴까 두려운 자신의 꿈과 반복적인 직장 생활의 일상이 자신의 문제와 같아 공감할 수 있게 되고, 다른 세대들도 누구나 현실과 이상, 일상과 자유 사이의 갈등이 있으므로 누구나 공감할 수 있을 것이다.

〈전체 평〉

전체적으로 일상에서 적절한 소재를 가져와 공감할 수 있는 주제를 개성적인 방법으로 신선하게 잘 그려 낸 수준 높은 작품이라 하겠다.

다음으로 우민호, 이석근의 공동작품 <누가 예수를 죽였는가>(18분, 2001년 작, 2001 전주 국제 영화제 단편 본선, 2001 부산 아시아 단편영화제 국내 필름부문 본선)를 보기로 한다.

착상: 감독은 친구인 의사에게서 크리스마스이브 때 거리에서 예수라고 해서 경찰에 잡혀 온 사람들 얘기를 듣고, 예수가 부활하여 죄지은 이를 벌하러 온다면 인간은 누구나 죄를 짓는데 인간은 어떻게 대처할까를 표현하고 싶었다고 함.

작품내용: 꿈인지 현실인지 진실인지 거짓인지를 감독들은 의도적으로 모

호하게 처리해 관객의 몫으로 남기며 영화는 진행된다. 크리스마스이브에 소란을 피워 경찰이 데려온 세 명의 예수라는 사람들이 입원해 의사 폴은 이들을 만나게 된다. 환자복을 입은 예수 1은 정신병자 같아 보이고, 신사복을 입고 있고 있는 예수 2는 자신은 죄지은 이를 벌하러 온 것이 아니라고 말하면서, 하나님에게 진심으로 죄를 고백하는 것이 중요하며 그 죄는 저항할 수 없는 힘에 의해서고, 소년시절로 돌아가서는 안 되고, 당신은 나와 함께 이겨 낼 수 있다고 말한다. 환자복을 입은 예수 3은 의사를 악마라고 생각하고, 이번에 온 것을 십자가를 지러 온 것이 아니라 죄지은 자를 벌하러 온 것이라고 말한다. 의사는 예수 2에게 자신의 어린 시절의 죄를 고백하게 된다. 모두 형을 좋아했으나, 형이 자신에게 한 짓을 참을 수가 없었고 오두막에서 참을 수 없는 일이 일어나 형에게 단지 겁을 주려고 불을 질렀는데, 자신의 이름을 부르며 죽어 가던 형의 비명소리를 잊을 수가 없다고 고백한다. 예수 2는 죄를 고백했으니 용서받았다고 한다. 예수 2는 악마가 조종한 것인데, 그 악마가 또 와 있다며 예수 1을 이용해 예수 3을 죽이게 만든다. 그런 후 예수 2는 넌 또 살인을 저질렀다며 의사를 비웃는다. 의사는 잠에서 깨고 간호사는 문을 두드린다.

다음 사항들을 생각해 보자.
- 주제는?
- 소재는 주제를 가장 잘 드러낼 수 있는 것으로 선택되었나?
- 인물들의 특징?
- 인물배치의 특색은?
- 전체 평

<주제>

이 작품의 주제는 인간의 죄는 용서받을 수 있을지 없을지 알 수 없다. 또는 죄를 지은 인간들은 인간을 벌하러 온 예수를 죽이고 싶어 한다. 또는 인간이 그리는 예수상은 여러 모습으로 존재한다 등으로 볼 수 있겠다.

자칭 예수라고 말하는 여러 예수들과 죄를 지은 의사의 대면을 통해 주제를 잘 드러내고 있다.

<인물들>

의사: 확고한 예수상을 지니고 있지 않은 현대 사회의 종교적 측면을 반영하고 있다.

심리적 차원에서는 과거의 죄에 대한 강박관념을 지니고 있다.

도덕적 차원에서 자신의 죄를 벌하러 온 예수 3을, 예수 1을 이용해 죽임으로써 또 죄를 짓게 되어 도덕적 위기에 직면하자, 누구나 다 안 좋은 상황은 차라리 꿈이길 바라듯 꿈으로 처리되어, 죄지은 인간의 복잡한 의식세계를 드러내 주는 인물이며, 인간의 나약한 측면을 보이는 인물이다.

예수 1: 무조건 자신을 믿으라는 크리스마스이브 때 흔히 볼 수 있는 정신병자로 환자 취급을 받는 인물이다.

예수 2: 감독은 이 인물을 이미 세상에 왔던 예수이며 자비롭고 죄를 용서하고 올라가신 예수라고 했으나, 의사에게 또 죄를 저지르게 한 후 비웃음으로써 모호하고 이중적이며 악마적으로도 보이는 인물로 의사에게 호의적이었다가 적대적으로 변하는 인물이다.

예수 3: 무섭고 분노하는 앞으로 올 예수로 죄를 벌하러 올 예수로서 안 오길 바라는 예수상이다.

예수 1, 2, 3은 신인지 악마인지 의사가 만든 상상 속 인물인지 예수의 여러 모습인지 명확히 그려지지 않고 있다.

<인물 배치의 특징>

인물 배치의 특징은 의사에게 결국은 모두 적대적인 인물들이고, 예수 2

의 비중이 가장 크게 배치되어 있으나, 예수 1, 3도 없어서는 안 되는 중요
인물들로 배치되어 있다.

특히 예수라고 자칭하며 각각의 특성을 지닌 인물들을 한 인물 주변에 배
치시켜 의사의 죄에 대한 강박관념을 더욱 강화시켰고, 예수의 여러 이미지
들을 관객 스스로 생각해 보게 만들었다는 점이 이 작품의 장점이라 볼 수
있다.

〈시간〉

이 작품의 시간은 예수에 대해 가장 많이 생각해 볼 수 있는 시간인 크리
스마스이브이다.

〈플롯〉

원인과 결과가 있는 플롯이 있는 영화로서, 형이 잘못된 행동을 해서 형
을 죽였고, 지워 버릴 수 없는 죄의식에 시달렸기 때문에 그를 용서해 준다
는 예수 2에게 죄를 고백했고, 예수 2를 믿었기 때문에 그의 말대로 간접살
인을 저질러서 벗어날 수 없는 죄의식을 또다시 지녀야 하는 결과에 이른다.

〈결말〉

열린 결말로 이 모든 이야기가 진실인지 거짓인지 꿈인지의 판단을 관객
의 몫으로 하고, 또한 꿈으로 설정해 많은 이들 속에 숨어 있는 죄에 대한
강박관념을 공감하게 했다.

〈조명〉

감독들은 전통 느와르 장르를 해 보고 싶었고 흑백영화로 만들어 진실과
거짓 사이 갈등의 애매모호함을 표현했고, 명암을 잘 살려 암울함을 표현했다.

〈전체 평〉

인간이면 누구나 알게 모르게 지은 죄에 대한 생각을 하게 되는데, 고백

하는 것만으로 죄를 용서받을 수 있다는 것을 믿을 수 있을지, 그렇게 믿었다고 해서 죄에 대한 사후의 심판은 없는 것인지, 이러한 문제는 종교를 믿던 안 믿던 누구나 한 번쯤 생각해 보는 문제일 것이다.

이러한 문제를 한 작품에 압축해서 잘 담아냈고 결론을 내릴 수 없는 문제이므로 열린 결말로 잘 마무리하였다.

단 너무 무거운 내용을 너무 심각하고 어둡게 다뤄 관객에게 쉽게 다가가지 못하는 면이 있다.

그러나 전체적 톤을 잘 유지하며 수준 높은 단편영화로 완성한 좋은 작품이다.

유사하지 않은 위의 세 작품들을 분석하면서, 인물유형과 인물 창조에서 강조한 점들, 그리고 인물 배치의 다양한 방법들을 통해 자신의 영화를 가장 효과적으로 표현할 수 있는 인물들을 창조해야 함을 인식하였을 것이다.

과제)
자신의 작품의 중심인물을 정하고, 그 중심인물을 중심으로 꼭 필요한 인물들을 창조하고, 필요 없는 인물들을 삭제한 후, 인물들을 배치시켜 보고 가장 효과적인 배치인가 생각해 보자.

---

6. 스토리

1) 스토리 창작

스토리는 시간적 순서대로 어떤 일이 일어났느냐고, 극적 요건이 포함되지 않은 이야기의 흐름이다.

일반적으로 인물이 떠오르면서 이야기가 만들어지기도 하고, 스토리를 쓰면서 인물이 떠오르기도 하는데, 가장 중요한 것은 자신과 관객이 관심을 가질 만한 이야기여야 한다는 것이다.

그래서 평범한 이야기는 따뜻하고 정서적으로 담아내거나, <출근전쟁>처럼 평범한 이야기를 특이한 상황 속에 배치시켜 개성적인 시나리오로 완성하는 것이 좋다. 평범하지 않은 이야기는 평범한 일상 속에 넣으면 낯설거나 거부반응 없이 친숙한 얘기가 되어 공감대를 형성할 수 있다.

호남대 다매체영상학과 이윤호의 <우리 엄마는 남자보다 강했다>를 보면 동성끼리 결혼한 부부를 평범한 일상 속에 넣어 그들도 예외적인 사람이 아니라 우리와 비슷한 일상을 사는 사람들이라는 것을 보여 주고 있다. 그렇게 창작함으로써 일반인들이 그들을 편견의 시선으로만 보는 시각에서 벗어나게 만들고, 더 나아가 그들이 꿈꾸는 소박한 소망은 평범한 사람들과 이웃이 돼 아이를 키우며 평범한 가정생활을 하길 원한다는 것을 간접적으로 제시하고 있다. 그러나 마지막 장면에서 보듯이 성전환을 한 엄마가 아들이 남자친구와 엄마 아빠 놀이를 하는 것을 야단침으로써, 세상 사람들의 편견의 대상자인 이들도 편견의 벽을 쉽게 넘기는 힘들다는 것도 동시에 보여 주고 있다.

우리 엄마는 남자보다 강했다

이윤호

<등장인물>

이윤호: 유치원생. 자신이 입양아인 줄 모름

윤호 모: 구관성. 30대 성전환자. 체격이 좋다.

윤호 부: 이봉만. 30대 회사원. 관성과 고교 때부터 사랑해 결혼

철수: 윤호 친구

유치원 선생님: 20대 초반의 전형적인 유치원 선생님

경비원: 60대 초반

1. 윤호의 방(아침)

윤호 모: (o.s.)우리 아가 얼렁 일어나 아침 먹고 유치원 가야지!

침대에서 눈을 비비며 억지로 일어나려는 윤호

윤호: (내레이션) 나는 아침이 싫다. 엄마는 8시만 되면 나를 깨우고 꼭
      아침을 먹으라고 한다. 유치원 가는 건 좋지만 아침은 정말 싫다.
      그래도 난 엄마가 너무 좋다. 우리 엄마는 다른 엄마들보다 키도
      크고 힘도 세다. 다른 아이들과 싸움을 해도 언제나 내 편만 들어
      주고 야단도 안 친다. 다른 엄마와 싸워도 우리 엄마는 항상 이긴
      다. 그래서 난 엄마가 좋다.

2. 거실

아침상을 차리는 윤호 모. 양치질하면서 이리저리 돌아다니는 윤호, 넥타
이를 매고 쫓아다니는 윤호 부.

3. 아파트 앞

윤호가 사는 아파트 앞으로 다가오는 유치원 버스

선생님: 윤호 어머니 안녕하세요!

엄마: 네. 안녕하세요!

윤호: 다녀오겠습니다.

엄마: 우리 윤호! 친구들하고 잘 놀고! 선생님! 수고하세요!

선생님: 예! 들어가세요!

버스는 출발을 하고 윤호 엄마는 화분을 옮기고 있는 경비원을 본다.

윤호 모: 아저씨 제가 도와드릴게요! (단숨에 화분을 빼앗아 들고 충계를 오르며) 현관 안으로 옮기면 되죠?

경비원: (놀라며) 예! 윤호 엄마는 힘이 장사셔!

윤호 모: 이 정도 가지고 뭘요……(화분을 내려놓는다.) 저것도 마저 옮겨 드릴게요!

경비원: 어이구 고마워서 어쩌나!

윤호 모: (화분을 나르며) 아저씨 무거운 거 옮기실 일 있으면 절 부르세요.

경비원: (웃으며) 남자로 태어났음 장군감이셔! 거 여자 역도선수라도 하시지 그랬어……

윤호 모: (웃으며 화분을 내려놓으며 애교스럽게) 저 겉보기만 그렇지 천상 여자예요……

4. 거실(오후)

윤호 모: 선생님 말씀 잘 들었지?

윤호: 응.

윤호 모: 엄마 잠깐 볼일 있어서 나갔다 올 테니까, 앞집 철수랑 비디오 보고 있어. 엄마가 후레쉬맨 빌려 났으니까. 알았지!

윤호: 응

윤호 모: (거실 탁자 위에 과자와 주스 두 잔을 놓으며) 엄마가 과자 구워 논거 주스하고 먹으면서 봐라! 싸우지 말고……

(시간 경과)

윤호와 철수는 테이프를 넣는다.

철수: 어! 이거 후레쉬맨 2탄이다.

윤호: 엄마가 3탄 빌려 온 줄 알았는데……에이! 철수야! 우리 그냥 총싸움이나 하자!

철수: 그래.

윤호와 철수는 총싸움을 한다.

총싸움을 하다 물건들을 호기심 삼아 꺼내 보고 늘어놓는다.

윤호: 야 우리 안방에 가 보자.

5. 안방

윤호와 철수는 이 서랍 저 서랍을 뒤진다. 의료보험증이 펼쳐진 채 방바닥에 떨어진 것도 모른 채 서랍을 닫고, 서랍장 위의 앨범들을 내려놓는다. 둘은 침대에 걸터앉아 사진들을 대강 본다. 거기에는 윤호의 어릴 적 사진과 1년 전 놀이동산에 가서 찍은 가족사진이 있다. 둘은 재미없는 듯 앨범을 덮고 다른 앨범을 본다. 앨범을 펼치면서 사진 아래 쓰인 글씨를 윤호가 읽는다.

윤호: 우리 사랑 영원히!

철수: (사진을 가리키며) 야 니네 아빠다!

사진들 속에는 윤호 아빠와 성전환전 예쁘장한 윤호 엄마의 고교시절 사진들이 있다.

철수: (사진첩을 한 장 더 넘기고) 재미없다. 우리 다른 놀이 하자.

윤호: 그래

둘은 앨범들을 침대 위에 펼쳐 놓은 채 거실로 나간다.

6. 거실

철수: 우리 엄마 아빠 놀이 하자!

윤호: 그래! 그럼 내가 아빠 할게!

철수: 싫어 내가 아빠 할래.

윤호: 그럼 가위, 바위, 보 해서 지는 사람이 엄마 하자.

둘은 가위 바위 보를 한다.

철수: 내가 이겼으니까 니가 엄마 해.

윤호: 에이…… 아빠 하고 싶었는데……

윤호와 철수는 한참을 엄마 아빠 놀이를 하다가 철수가 윤호에게 다가온다.

철수: 뽀뽀하자! 내가 아빠니까 엄마한테 해야지. 우리 아빤 엄마한테 매
     일 뽀뽀해.

윤호: 그래도 남자끼리 어떻게 뽀뽀하냐?

철수: 넌 엄마잖아. 자 한다.

이때 문을 열고 들어온 윤호 모는 이 광경을 보고 놀라 달려든다.

윤호 모: (윤호를 때리며) 뭐 하는 짓이야!

윤호: (한 번도 매를 맞아 본 적이 없는 윤호는 서럽게 운다.) 난 안 한다
     는데 쟤가 하자 그랬단 말야! (계속 운다.)

철수는 겁에 질려 집으로 도망치듯 집으로 간다.

7. 안방

거실에서 들리는 윤호의 우는 소리가 계속되면서 카메라는 방바닥에 떨어
져 있는 의료보험증을 클로즈업한다. 거기에는 부: 이봉만, 모: 구관성, 자:
이윤호라고 적혀 있다.

다시 카메라는 펼쳐져 있는 앨범 속 사진을 클로즈업한다. 사진 속에는
두 남학생이 어깨동무를 하고 있고, 밑에는 봉만이와 관성이가 영원히 사랑
하길……이라고 적혀 있다.

거실에서 윤호 모가 윤호를 야단치는 소리가 들려온다.

윤호 모: (o.s.) 다신 남자애랑 뽀뽀 안 한다고 빌어!
윤호: (o.s.)뽀뽀 안 했단 말야! (억울해 더 크게 운다.)

2) 사건

사건은 스토리를 전개시키는 극적 요인이다. 사건에는 내면적 사건과 외형적 사건이 있다. 작가들 중에는 정치적·사회적 사건 등 외부 현실에 관심을 지니는 경향이 짙은 작가들이 있고, 반대로 내적 진실에 더욱 관심을 갖는 작가들이 있는데 이들은 사회 환경이나 외적 사건들의 사실성을 무시하거나 변형시켜 내적 진실의 상징적 장소나 사건들을 사용하기도 한다.

(1) 내면적 사건

내면적 사건은 오해, 질투, 비밀, 계략, 실수 등 인간과 인간관계를 변화시키는 여러 심리적 요소들에 의한 사건이다.
다음의 서울여대 영문과 정명희의 <가시는 걸음>은 내면적 사건인 귀찮음과 방관이 치매 할머니의 죽음으로까지 이르게 하고, 자책감에 힘들어하다가, 따뜻한 마음으로 할머니를 천국으로 보내드리는 이야기로, 내면적 사건의 예를 잘 보이고 있다.

가시는 걸음

정명희

<등장인물>

현진: 고등학교 1학년의 감수성 예민한 소녀. 치매에 걸리신 할머니와 같이 산다. 할머니를 사랑하면서도 가끔 이해하지 못할 때가 있다.

할머니: 82세의 치매노인. 건강은 좋으시지만 정신적으로 치매 증세를 자주 일으키신다. 손녀딸 현진을 매우 사랑하신다.

엄마: 40대 초반의 주부. 현진의 엄마이자 치매 할머니의 며느리로 정신력이 강하고 이해심이 많은 지혜로운 어머니다. 현진이와 할머니, 두 명의 정신적 안식처이다.

아빠: 40대 중반의 회사원. 어머니(할머니)를 보살펴야 한다는 책임감을 가진 가장.

고모: 현진이 고모.

큰엄마, 큰아빠: 현진이의 큰집 식구들.

#1. 아파트 거실(내부, 1998년 11월 오후 5시 무렵)

할머니의 뭉툭하고 못생긴 발이 비춰진다. 그 위로 할머니의 긴 치마가 바람에 날리고 있다.

(E): 창문 밖에서 들어오는 바람소리. 할머니의 치마가 사락사락 소리를 내며 날린다.

카메라가 현진이의 코를 비춘다. 코를 벌름거리며 냄새를 맡는다.

(E): 현진이가 코를 쿵쿵대는 소리.

현진: (할머니를 물끄러미 바라보다, 엄마에게 속삭인다.) 엄마, 엄마!

엄마가 현진이에게 다가온다.

엄마: 왜, 왜 그래.
현진: (엄마에게 얼굴을 가까이 대고 속삭인다. 얼굴을 찡그리며) 엄마, 할
　　　머니 또 오줌 저리셨나 봐. 바람 때문에 냄새가 안으로 들어와.

엄마가 일어서서 할머니에게 다가간다.

엄마: 어머니, 바람이 찬데 왜 이렇게 문 열어 놓고 계세요.
할머니: 응, 아, 저기 좀 가 보려고. 어떻게 가야 되나.
엄마: (부드럽게) 어머니 바지 갈아 입으셔야겠어요.
할머니: 응? 바지는 왜?
엄마: 들어오세요, 어머니.

엄마가 할머니를 모신다. 현진이는 그런 할머니와 엄마를 고개를 돌리며
쳐다본다. 엄마가 할머니를 방으로 모시고 들어가서 문을 닫는다. 현진이는
다시 한 번 코를 킁킁대며 코를 한 번 잡았다 놓는다.

#2. 아파트 부엌과 식탁(내부, 오후)
엄마는 부엌에서 밥을 차리고 있고 현진이는 차려 놓은 식탁에 앉아 있다.

엄마: 현진아, 앉아만 있지 말고 할머니 진지 드시라고 해.
현진: 응.
현진이가 방문을 열고 할머니를 들여다본다.

현진: 할머니, 진지 잡수세요.
할머니: (반갑게) 응? 밥이요? 밥 먹어야지.

할머니는 천천히 걸어 나오셔서 자리에 앉으신다. 엄마도 와서 자리에 앉는다.

엄마: 어머니 좋아하시는 나물 많아요. 많이 드세요.
할머니: 네, 우리 손녀딸도 많이 먹어요.
현진: (무관심한 듯) 네.

세 식구는 모여서 점심을 먹는다. 할머니는 진지를 드시다가 현진이가 손이 가는 반찬이 있으면 현진이 앞에 놓아 주신다. 김치면 김치, 나물이면 나물, 손이 가는 것마다 현진이 쪽으로 옮기신다.

현진: 할머니 괜찮아요. 나 안 멀어요.
할머니: 아이고, 먹어요. 먹어.
(시간경과)

모든 반찬이 현진이 앞에만 모여 있다.

현진: (지겹다는 듯) 엄마 이것 봐, 또 이렇게 됐어. 할머니, 가운데 놓고
　　　같이 먹으면 되잖아요.
할머니: 아이고, 나는 여기서도 먹을 수 있어요. 자 봐! (김치를 하나 쏙 집
　　　어서 드신다.)
엄마: (타이르듯) 됐다, 현진아. (살짝 얼굴에 미소 짓는다.)

현진이는 답답하다는 듯 괜히 심통 내며 중얼중얼거린다.

#3. 아파트 거실(내부, 오후)
현진이는 거실에 앉아 숙제를 하고 있고 멀찌감치 할머니 방문이 열려 있다.

할머니: (방에서 거실에다 대고) 저기, 저기, 나 여기 전화 좀 넣어 봐.

엄마: (부엌에서 큰 소리로 부르며) 현진아, 할머니 뭐라고 하신다.

현진: (다소 퉁명스럽게) 아니야, 엄마한테 그러시는 거야.

할머니: (다급히) 여기 전화 좀 넣어 봐.

엄마: 어서 가 봐, 현진아.

현진: 아니야, 엄마한테 그러는 거라니까. 그리고 엄마가 더 가까이 있잖아.

엄마: (현진이를 보며) 아이고 진짜. (할머니에게) 네, 어머니 어디 전화해
　　　드려요?

할머니: 여기, 첫째 애한테 전화 좀 넣어 봐. 집에 있나. 좀 오라구.

엄마: 아, 고모 댁이요? 그럼 현진이가 하면 되겠네. 현진아, 이리 와 봐.

현진: (큰 소리로) 아, 왜?

엄마: 할머니 전화 좀 대신 해 드려. 어서.

현진: (짜증 난다는 듯이) 아, 진짜. 꼭 공부할 때만.

현진이가 할머니 방으로 간다.

엄마: 고모 댁에 전화해서 할머니 바꿔 드려. 엄마 하던 것 마저 좀 하게.

현진: (귀찮다는 듯이) 어.

엄마는 할머니 방을 나간다.

현진: 할머니, 고모한테 전화하시게요?

할머니: 응, 좀 오라고 해야겠어.

현진: 왜요?

할머니: 응. 볼 때가 됐어.

현진: (의아하게) 저번 주에도 왔다 가셨는데?

할머니: 아니 그래도 전화해 봐.

현진: 엄마! 고모네 전화 번호 뭐지?

엄마는 답이 없다.

현진: (거실 쪽을 향하며) 엄마! 베란다 나갔나……

할머니: 여기, 여기. 수첩에 적혀 있어. 봐봐.

현진: 뭐예요 이거? 이거 할머니 거예요? (수첩을 뒤적거리며) 헤에 - 이게
　　　할머니 글씨야?

현진이는 작고 까만 수첩을 뒤적거린다. 거기에는 현진이가 처음 보는 할
머니 글씨가 빼곡히 있다. 모두 삐뚤빼뚤하고 못생겼다.

현진: (신기하다는 듯이) 아, 할머니도 글씨 쓰시는구나. (수첩을 찾다가)
　　　어, 여기 있네, 고모네 전화번호.

현진이는 수화기를 들고 전화번호를 누른다.

현진: 아, 고모 안녕하세요. 현진인데요, 할머니가 전화 좀 해 달라고 해
　　　서요. 바꿔드릴게요. (할머니를 보며) 할머니, 여기.

할머니: 아이고, 고마워. 우리 현진이가 걸어 줬네. (웃으며)

할머니가 수화기를 받아 들자마자 현진이는 방을 빠져나온다. 다시 거실
로 나와서 앉은 현진은 숙제를 하고 있던 공책을 들고는 할머니 방을 한 번
쳐다본 뒤 공책을 본다. 카메라가 현진이의 공책의 글씨를 비춘다.

#4. 현진이의 방(내부, 오후)

현관문에서 벨소리가 울린다. 현진이는 뛰어나가서 문을 연다. 카메라는
계속 현진이의 방에 고정돼 있다. 화면은 현진이의 방이고 대화가 소리로만
진행된다.

현진: 안녕하세요.

엄마: 어머, 형님 금방 오셨네요.

고모: 응, 그래. 현진이도 잘 있었니.

현진: 네.

고모: 할머니는?

현진: 방에 계세요.

현진이는 방으로 들어와 책상에 앉아서 다시 손거울을 본다. 할머니 방에서 들리는 대화를 듣는다. 할머니와 고모의 대화가 소리로만 들린다.

고모: 엄마, 저 왔어요.

할머니: 으응? 누구세요?

고모: 아이고, 우리 엄마 또 이러시네. 나 왔어, 엄마 딸.

할머니: 어디서 오셨수?

고모: 엄마 나 섭하게 자꾸 이럴래? 오라고 불러 놓고 또 몰라라야?

할머니: 난 누군지 모르겠구만. 그러게 왜 왔어요?

고모: (섭섭해하시면서 멋쩍게 웃으며) 이거 이거 처음부터 다시 시작해야겠네.

할머니: (멀리서 부르며) 현진아, 이거 누구여? 너 알어?

현진: (방에 앉아서 크게 대답한다.) 고모잖아, 고모. 할머니 딸!

엄마: 아이고, 형님. 어머니 매번 이러시는데요, 뭘. 앉으세요. 마실 것 좀 드릴까요?

현진이는 대답하고는 방문을 살그머니 반만 닫아 버린다.

#5. 거실(내부, 저녁)

현진이가 거실에 앉아서 텔레비전을 보고 있다. 할머니께서 천천히 걸어 나오시더니 현관문 쪽으로 가신다.

(E): 텔레비전 소리. 너무 크지 않게 들린다.

현진: (할머니를 바라보며) 할머니, 어디 가요?

할머니: (대답 없이 그냥 현관문 앞에서 신을 신으려고 한다.)

현진: (큰 소리로) 할머니 어디 가요?

할머니: (여전히 대답 없다.)

현진: (일어서서 할머니 쪽으로 간다.) 할머니 어디 가냐니까요?

할머니: (힘없이, 약간 풀린 눈으로) 나 집에 가지.

현진: (답답하다는 듯이) 지금 어딜 가요. 할머니 외투도 안 걸쳤잖아. 그
　　　리고 집이 여기지 어디예요?

할머니: 나, 내 집에 가야 돼. (자꾸만 나가려고 몸을 현관문 쪽으로 튼
　　　다.)

현진: 아니, 아니. 할머니 집이 어딘데. 일단 들어와 봐요. 일단. (할머니를
　　　이끌어서 소파에 앉힌다.)

할머니: 거기 있어. 나 예전에 살던데. 그 언덕배기 넘어가면 나와.

현진: 할머니, 할머니 고향 북한이라며. (할머니 옆에 앉는다.)

할머니: 응, 그래. 거기 함경도야. 아이고. 그 동네 이름이 뭐였더라. 이젠
　　　기억도 안 나네.

현진: 기억도 안 나면서 거길 어떻게 가요? 가는 방법도 모르잖아.

할머니: 아니야, 그건 걸어가면 돼. 그건 내가 알아.

현진: (답답하다는 듯이) 할머니, 이제는 북한 못 가요. 할머니 집이 여기
　　　라니깐.

할머니: (슬프고 한이 맺힌 듯이 허공을 보며) 아이고. 내가 가야 되는데.
　　　내가 거길 가야 사는데.

현진: 할머니, 딴 데 안 가고 여기 있으면 돼요. 그냥 여기서 살면 돼.

그때 엄마가 밖에서 장을 보고 들어온다.

현진: (엄마를 보자마자) 엄마, 할머니 또 집에 간다고 막 그러셨어.

할머니: (아이처럼 조급하게 엄마를 보며) 나 가야 돼 집에. 가야 돼.

엄마: (장 본 것을 문간에 내려놓고) 아이고 어머니. 또 집에 가려고 그러

셨구나.

현진: (일어서며) 엄마, 할머니 자꾸 어디 가신다는 거야?

엄마: (현진에게만 말하듯이) 할머니 예전에 사시던 동네 같애. 엄마도 잘
몰라. (할머니를 보며) 어머니, 지금은 저녁이라 못 가시는데.

할머니: 아, 그럼 언제 가아.

엄마: 어머니, 나랑 내일 같이 가요. 응? 내일 날 밝으면 가요 같이. 일단
오늘은 주무시고.

엄마는 할머니를 모셔서 다시 방으로 데려간다. 엄마도 할머니 방에 들어
가고 문을 닫는다. 현진은 거실에 혼자 남아 있다. 텔레비전은 아직도 켜져
있다.

#6. 현진이의 방(내부, 오후)

현진이의 방문은 반 정도 닫혀 있다. 현진이는 집에 찾아오신 큰집 식구
들과 할머니가 하는 이야기를 들으려고 방문 쪽으로 가서 선다. 대화가 소
리로만 들린다.

큰엄마: (o.s.) 어머니, 저희 왔어요.

할머니: (o.s.) 누구 왔어요. 누구세요?

큰아빠: (o.s.) 어머니 아들하고 며느리 왔잖아요.

할머니: (o.s.) 아이고, 난 누군지 몰라요. (정색하시며) 왜 이렇게들 두 명
이나 오셨대.

큰엄마: (o.s.) 어머니께서 보고 싶다고 오라고 하셨잖아요.

할머니: (o.s.) (당황한 듯) 아이고, 여기야. 여기, 나 이 사람들 모르는데,
좀 나가라고 좀 해 줘요.

큰아빠: (o.s.) 어머니, 정신 좀 차리셔야죠.

할머니: (o.s.) (힘들다는 듯) 아이고, 현진이 엄마야. 이분들 좀 나가라고
하셔. (짜증 난다는 듯이) 왜 자꾸 모르는 사람들이 여기 들어와
서 이래.

엄마: (o.s.) 어머니, 큰아들 오셨잖아요. 큰며느리하고.

할머니: (o.s.) 난 몰라. 이 사람들, 몰라. 난 그냥 집에나 갈래. 왜 이렇게
여기들 와서 이러세요. (격양된 목소리로) 나 집에 갈 거니까 오
지 마슈.

큰엄마: (o.s.) (속상하다는 듯) 어머니. 저희들인데.

현진이는 대화를 듣다가 방문을 닫아 버린다.

현진: (혼잣말) 아휴, 또 저러셔. 도대체 어딜 가겠다는 거야.

#7. 현진의 방(내부, 밤)

방 불이 꺼져 있고, 현진이는 요를 바닥에 깔고 이불을 펴고 누웠으나 아
직 잠들지 않았다. 방문은 조금 열려 있어서 거실의 빛이 방안으로 희미하
게 들어온다.

O.S: 엄마, 아빠의 두런두런 이야기하는 소리가 들린다.

할머니가 집을 나가려고 현관문 쪽으로 걸어가신다.

엄마: (놀라며) 어머, 어머니 어디 가세요?

아빠: 어머니, 어디 나가요?

할머니: (대답이 없다.)

엄마: 아휴, 빨리 가서 어머니 좀 붙잡아 봐요.

아빠: 엄마, 지금 어딜 나갈라 그래?

할머니: (매우 힘없게) 나, 집에 가려고.

아빠: 지금 가긴 어딜 가. 이 늦은 시간에. 엄마 지금 몇 신 줄 알아요?

할머니: 몰라.

아빠: 지금 12시도 넘었어. 깜깜한데 나가서 길도 안 보이잖아. 갈려면 내

일 가.

엄마: 어머니, 일단 들어가세요. 오늘은 주무세요.

할머니: (아쉬운 듯) 아이고. 내가 가야 되는데. 지금 가야 되는데.

아빠: 어여, 들어가. 어여. 내일 나랑 어떻게 갈지 얘기하자고. 알았죠?

할머니: 아이고 이걸 어쩌나.

아빠: (엄마에게) 저기, 문 좀 잘 잠가 놔.

엄마: (아빠에게) 어머니 원래 잘 열고 잠그고 하시는데. 괜찮을까?

아빠: (엄마를 향해) 우리가 단단히 잠근 거 보시면 나가려고 안 하실 거야. 혹시 문 여셔도 너무 추워서 나갈 엄두도 못 내실걸. 지금 12월인데.

엄마: (걱정하듯) 그러시겠지?

엄마가 현관문으로 다가가서 자물쇠를 잠그는 소리가 들린다. 아빠가 할머니를 모시고 방으로 들어가는 소리가 들린다. 현진이는 그 소리들을 들으면서 계속 뒤척인다.

아빠: 엄마, 주무세요. 나랑 내일 얘기해. 응?

할머니: (힘없이) 그래, 어서 자라.

아빠가 할머니 방문을 닫는다. 엄마 아빠는 방에서 걱정스러운 듯한 목소리로 대화한다. 현진이는 한바탕 소란이 다 끝나고 나자 한숨을 한 번 크게 쉬고 이불을 뒤집어쓴다.

(시간경과)

현진이는 아직 잠이 들지 않았다. 계속 뒤척이고 있다. 어디선가 발소리가 들린다.

(E): 할머니의 거칠고 두꺼운 발바닥 피부가 바닥을 스치는 소리가 들린다. 현진이의 방문은 아직 조금 열려 있고 발소리가 나자 현진은 덮고 있던

이불을 걷는다. 방으로 새들어 오는 거실의 노란 불빛 쪽으로 고개를 든다. 현진이의 얼굴과 눈동자에 불빛이 비친다. 할머니의 걸어가는 발이 보인다. 이끄는 발이 매우 무거워 보인다. 할머니는 맨발이다. 할머니의 발의 움직임에 따라 현진이의 눈동자도 함께 움직인다. 할머니는 현관에 다다르셨고 자물쇠가 달그락거리는 소리가 난다. 현진이의 눈동자가 갈등하는 듯이 보이다가 다시금 지겹다는 듯 다시 자리에 누워서 눈만 말똥말똥 뜨고 있다. 문이 열리는 소리가 들린다. 현진이는 될 대로 되라는 듯이 다시 한 번 한숨을 푹 쉬고 이불을 뒤집어쓴다. 문이 닫히는 소리가 들린다.

화면이 어두워진다.

#8. 부엌(내부, 다음 날 아침)

엄마는 부엌에서 아침을 준비하고 있다. 할머니의 아침상을 식탁에 차리고 할머니 방문을 연다. 방안에는 아무도 없다.

엄마: 어머니, 어머니? 안 계시네. 화장실에 계시나?

엄마는 화장실로 가서 문을 홱 연다.

엄마: 어머니 여기 계세요? 어머니! 어머니!

할머니는 온데간데없다. 엄마는 계속 '어머니'를 크게 부르면서 집 안을 급히 돌아다닌다.

#9. 현진이의 학교 교실(내부, 오전)

쉬는 시간이라 아이들이 떠드는 소리로 매우 시끄러운 교실. 현진이가 가만히 앉아 있다.

현진이의 삐삐가 울린다. 엄마의 번호다.

#10. 학교 운동장(외부, 오전)

현진이가 공중전화기를 들고 전화를 건다.

(E): 신호가 가다가 삐삐 안내 멘트가 나온다.

안내멘트: 호출은 1번, 음성녹음은, 띠. 비밀번호 네 자리를 눌러 주세요.
     띠, 띠, 띠, 띠. 한 개의 음성메시지가 있습니다. 들으시려면 1
     번, 띠.

엄마: (E) 현진아, 너무 놀라지 말고 안정하고 들어. (울먹이는 목소리) 할
     머니 돌아가셨다. 오늘 아침에 사라지셨는데 길가에 쓰러져 계시는
     걸 누가 병원으로 옮겼대. 사거리에 성모병원 알지? 거기로 학교에
     말하고 오렴. 서둘지 말고 와.

엄마의 메시지를 들은 현진은 그 자리에서 굳어 버리고 멍하니 서 있다가
갑자기 소리 없는 울음을 터트린다.

#11. 병원의 시체 안치실(내부)

엄마는 현진이를 데리고 시체 안치실로 천천히 들어온다. 할머니는 차가
운 시체 안치대에 누워 있고 흰 천이 덮여 있다. 주위에서 친척들이 구슬피
우는 소리가 들린다. 현진이와 엄마는 하얀 소복을 입고 있다. 현진이의 얼
굴에는 믿을 수 없다는 듯한 표정과 슬픈 표정이 마구 섞여 있다. 할머니를
덮고 있던 흰 천이 벗겨지고 얼굴이 드러나자 가족들은 오열한다. 현진이도
입을 틀어막고 울기 시작했다. 할머니의 얼굴은 주무시고 계시는 그 모습
그대로다. 현진이는 울면서 할머니를 바라보다 할머니의 발로 눈길이 간다.
할머니의 거칠고 못생긴 발끝에 온통 피가 고여 딱지가 붙어 있다. 현진이
는 그날 밤의 할머니가 겪었을 일들이 떠오르는 것 같아 흐느껴 운다.

#12. 현진이의 꿈 장면(외부, 어두운 밤)

(E): 강한 바람소리

할머니의 발이 천천히 콘크리트 바닥을 걷고 있다. 맨발이고 할머니는 내복 상하의만 입은 상태다. 칠흑같이 어두워서 할머니의 형체는 불분명하다. 바람소리가 들린다. 걷고 있는 할머니의 발 위로 눈이 내리기 시작한다. 눈은 매우 빠르게 바닥에 쌓인다. (CG를 이용한 비현실적인 효과) 할머니의 발은 점점 더 천천히 움직이고 발은 벌겋게 달아올랐다. 할머니가 눈보라 속을 힘겹게 헤치며 걸어간다. 걸어가던 할머니는 한 번 고꾸라진다. 할머니의 거친 손이 바닥을 한 번 짚더니 다시금 일어난다. 바닥은 눈이 가득 쌓였고 이제 할머니는 눈밭을 걷고 계신다. 다시 한 번 쓰러진 할머니는 일어나지 못한다. 할머니의 발은 피로 물들었다. 할머니 발 주위의 눈들도 피로 젖었다. 할머니는 웅크리고 쓰러졌다. 쓰러진 할머니 위로 눈이 빠르게 쌓인다. 눈보라 소리가 점점 더 강해지고 무서워진다. 할머니의 형체는 눈에 쌓여서 사라진다.

#13. 현진이의 방(내부, 밤, 신 11의 O.L.)

할머니가 웅크려서 돌아가신 자세와 현진이가 웅크려서 잠자고 있는 자세가 오버랩되고 눈보라 소리도 현진이가 꿈에서 깨어 몸을 한 번 부르르 떨며 눈을 뜨는 순간 멈춘다. 현진이는 눈물이 번진 얼굴로 잠에서 깨서는 벌떡 일어나 문을 열고 방을 나간다. 카메라는 계속 현진이가 박차고 나간 이부자리에 앵글을 고정시킨다. 현진이는 엄마 아빠 방문을 열고는 울기 시작한다.

O.S. 소리로만 대화가 들린다.

현진: (크게 흐느껴 울면서) 엄마, 내가 잘못했어. 내가 잘못했어.
엄마: (자다 깬 목소리로) 아니, 얘야. 갑자기 자다 말고 그게 무슨 소리니?
현진: (울면서) 내가 다 잘못했어. 나 때문이야.

아빠: (자다 깬 목소리로 걱정하며) 너 왜 그러니? 무슨 일 있어?

현진: 내가 할머니 그렇게 만들었어. 할머니가 나가시는 걸 알면서도 그냥 자고만 있었어.

현진의 울음 섞인 고백과 엄마 아빠의 걱정하는 소리는 화면과 함께 F.O. 된다.

#14. 현진이의 두 번째 꿈(외부, 낮)

화면이 갑자기 환해지면서 웅크려서 쓰러졌던 할머니의 모습이 밝게 비춰진다. 눈을 감고 쓰러졌던 할머니는 밝은 햇살에 잠을 깨듯 일어나서 두 발로 선다. 할머니는 여전히 맨발이지만 발에 핏자국은 없다. 평소에 입고 있으시던 치마를 입으셨다. 몸을 가다듬으시고 뒤돌아서 걸으려고 한다.

현진: (o.s.) (할머니의 뒷모습에 들리는 현진의 목소리) 할머니!

할머니가 뒤를 돌아본다.

현진: (눈물 번진 얼굴로 할머니에게 다가서며) 할머니, 어디 가요?

할머니: 나? 집에 가지.

현진: (할머니를 부축하며) 할머니 얼른 같이 가요! 추워요!

할머니: (현진의 팔을 빼며) 니 집 말고 내 집! 할머니 집에 가는 거야.

현진: (울먹이며) 할머니, 신발도 안 신었잖아.

할머니: 신발이 뭐 필요해? 내 집에 가는데. 신발은 없어도 돼 현진아.

현진: 정말요?

할머니: (웃으며) 그럼.

현진: 할머니, 미안해. 내가 할머니 나가게 했어.

할머니: (웃으며) 그래서 현진이가 할머니 집에 가게 해 줬잖니. 우리 현진이를 못 봐서 슬프지만 얼른 저쪽에서 오란다. (걸음을 옮긴다.)

현진: (울먹이며) 할머니!

할머니: 할머니 간다! (손을 흔들며 뒤를 돈다.)

현진: (울먹이며) 할머니! 할머니!

할머니의 뒷모습이 빛 속으로 들어간다. 빛은 점점 환해져서 하얗게 된다.

#15. 현진이의 방(내부, 아침)

하얀 빛이 태양 빛으로 바뀌며 현진이가 아침잠에서 깬다. 눈부신 햇살에 얼굴을 찡그리며 눈을 천천히 뜬다. 눈을 몇 번 깜빡인다.

화면이 어두워진다.

#16. 할머니의 방(외부, 낮)

현진이가 할머니의 방문을 슬그머니 열고 들어온다. 주위를 찬찬히 둘러보며 몇 개 없는 할머니의 물건들을 바라본다. 할머니 장롱, 탁자, 전화, 거울, 작고 낡은 텔레비전 등을 보다가 검은색 수첩에 눈이 간다. 현진이는 바닥에 앉아서 수첩을 앞 장에서부터 한 장씩 천천히 본다. 앞 장에는 집 전화 번호, 큰집 식구들 전화번호, 작은집 식구들 번호 등 중요한 번호들만 아주 크고 삐뚤빼뚤한 초등학생 같은 글씨로 써 있다. 종이는 매우 낡고 바랬고 수첩의 겉가죽도 헐었다. 몇 장을 넘기고 나니 한 면 가득히 큰 글씨로 현진이의 삐삐 번호가 쓰여 있다. '손녀딸 정현진 015 – xxx – xxxx' 번호를 본 현진이는 수첩을 접고 가슴에 갖다 대고 소리 없이 흐느낀다.

#17. 할머니의 납골당 앞(외부, 낮)

카메라가 현진이의 코를 비춘다. (#1같은 구도. 같은 설정) 현진이는 코로 숨을 크게 들이마셔 꽃의 향기를 맡는다. 꽃은 다발이 아닌 작은 한 송이 꽃이다. 바람이 불어서 작은 꽃이 흔들린다. 현진이가 향기를 맡고 할머니의 납골당 앞에 놓는다. 납골당을 바라본다. 잠시 후 엄마가 나타나 현진이 옆에 선다.

엄마: 할머니한테 인사 잘 드렸니?

현진: 응. (잠시 후 엄마를 바라보며) 엄마.

엄마: 응?

현진: 내가 만약 그날 할머니를 말렸으면 할머니는⋯⋯(말을 흐린다.)

엄마: (걱정하지 말라는 듯이) 가실 때가 돼서 그런 거야. 할머닌 하늘나라 가셔서 보고 싶은 사람 다 만나시고 할머니 바람대로 훨훨 날아다니고 계실 텐데. (현진이의 머리를 품에 안으며) 그러니까 이제 걱정 마.

현진: (말없이 엄마에게 안긴다.)

(시간경과)

현진이는 가져온 가방에서 무언가를 꺼낸다. 작고 예쁜 모카신이다. 현진이는 신발을 한 번 쳐다보고는 모양을 잘 잡아 할머니가 나와서 신으시기 편하시게 뒤꿈치를 납골당 쪽으로 향하여 신발을 놓는다. 그리고는 한 번 쓰다듬는다.

현진: (얼굴은 납골당을 향하고 말은 엄마에게) 할머니 우리랑 같이 있을 때도 항상 밖에 나가서 산책하셨잖아. 그래서 할머니 산책할 때 신으시라고. 밖에 나올 때는 꼭 예쁜 신 신고 나오시라고.

엄마는 현진이를 바라보고 웃으며 손으로 어깨를 쓰다듬는다. 두 모녀는 잠깐 납골당 앞에 서 있다가 뒤를 돌아간다. 납골당 앞에는 작고 예쁜 꽃 한 송이와 모카신 한 켤레가 놓여 있다. 모녀는 화면에서 점점 멀어진다.

(E): 은은하고 오르골 소리 느낌의 잔잔한 음악.

크레딧이 올라간다.

(2) 외형적인 사건

외형적인 사건은 교통사고, 천지지변 등 물리적 힘에 의해 인간이 겪게 된 사건이다.

호남대 다매체영상학과 이길규의 <분홍색 보자기>는 5·18이라는 외형적인 사건이 배경이고, 민주화 운동으로 인해 처형당하게 된 아들들을 둔 나이 든 부모님의 애잔한 심정이 잘 그려져 있다. 뿐만 아니라, 5·18이라는 외형적 사건으로 인해 노부부는 비극적 심정을 지니게 되고, 그로 인해 노부부 자신들의 목숨까지도 스스로 버리는 내면적 사건으로의 이동을 잘 보이고 있다.

분홍색 보자기

이길규

<등장인물>

할머니: 70대 노인

할아버지: 70대 노인.

상호: 젊은 청년. 노부부의 둘째 아들.

그 외 경관들, 교도관, 버스승객 등

신 1. 프롤로그

화면이 밝아지면 오래된 미닫이식 흑백텔레비전이 테두리에서부터 화면 한가득 보인다. 전체적인 화면의 색깔은 흑백텔레비전이 주는 느낌과 흡사하다. 흑백텔레비전에서 나오는 화면은 5·18 20주년 기념식 장면······ — 눈물을 흘리는 가족들······단상의 관계자 연설모습······학생들······기념 다큐 (?) 등······ — 이 보인다. 다큐 영상은 그날의 모습이 재현되고 국립묘지의 묘비가 클로즈업되어 보인다.

화면이 어두워진다. 타이틀이 뜬다.

신 2. 부엌(내부, 1980년 5-6월 어느 날 아침)

석유곤로에서 노릇노릇 구워지는 조기. 정성스럽게 썰리는 야채들……그리고 용기에 담기기까지 할머니의 주름진 손에 의해 만들어지는 음식의 모습이 클로즈업된다. 정성스럽다. 부엌에서 음식을 만드는 모습이 부엌을 타고 들어온 햇살과 함께 정성이 배가된다.

신 3. 신발장 앞(외부)

구두를 정성스럽게 손질하는 할아버지의 주름진 손이 클로즈업된다. 손질을 마치고 자신의 한편에 내려놓으면 먼저 손질되어 있던 흰색 구두와 가지런하게 된다.

신 4. 부엌

정성스럽게 담겨진 반합을 분홍색 보자기로 싸는 할머니.

신 5. 방안

특정 날짜에 붉은색으로 동그라미가 쳐진 달력이 보인다. 앉아서 보는 낡은 자개로 된 거울 앞에 앉아 뭔가를 담고 있는 할아버지의 뒷모습이 보이고 자신의 코트 바깥 주머니에 집어넣는다.

신 6. 집 밖 현관문 앞

허름한 70년대식 건물에 조그만 마당이 보인다. 마당에는 나무 몇 그루가 있다. 현관문 앞에는 두 개의 난 화분이 놓여 있다. 현관문이 열리고 노부부가 분홍색 보자기를 들고 나온다.

할머니: (난을 보며) 잠깐 이것들 좀 넣읍시다.
할아버지: 관둬요. 이러다 죽으면 이놈의 생이 여기까진 게요……

갑시다……

할머니: ……

집을 나가는 노부부의 모습

신 7. 버스 정류장으로 가는 언덕길

주택가 주변의 언덕길이 아닌 조금 큰 도로의 언덕길. 하얀 연기가 언덕길에 자욱하게 깔려 있다. 할머니가 흰 손수건으로 입을 막고 기침을 하며 걸어온다.

할아버지: 많이 힘들어요.

할머니: (대답 없이 기침으로 대답을 대신한다.)

할아버지: 조금만 참아요. 버스 타면 괜찮아질게요……

신 8. 버스 정류장

이곳저곳에 깔린 찌라시들이 정류장 바닥을 채운다. 5·18의 부당성과 민주정신. 구속자 석방. 타도 정부 등의 내용이 적혀 있다. 멀리서 들리는 호각 소리들……

쫓기 듯 달리는 학생들……

찌라시를 보는 듯한 노부부의 모습이 희미하다. 정류장으로 들어오는 버스

신 9. 버스 안

긴장한 듯한 할머니의 표정. 감춰 보려는 할아버지의 표정이 보인다. 버스의 몇 명의 승객들…… 라디오에서 5·18 관련 뉴스가 흘러나온다.

승객 1: 다 필요 없어…… 일단 그놈부터 죽고 봐야 된다고!

승객 2: (목소리를 낮추며) 아휴 왜 이래요…… 당신 미쳤어요…… 누가 들으면 어떻게 할려고…… 놈들이 어디 숨어 있을지 어떻게 알아요……

승객 1: (사그라들며) 쳇…… 잡아가 보라지 누가 겁이나 낼까 봐……
(이들의 대화를 듣는 듯한 깔끔한 옷차림을 한 남자의 뒷모습이 보인다.)
창밖을 바라보는 노부부
도로변을 채운 5·18 관련 현수막들

신 10. 교도소 안 면회소 면회신청서 데스크
면회 신청서 용지가 클로즈업되어 보이고 기입을 해 나가는 주름진 손

신 11. 교도소 안 면회소 대기실(낮)
초조와 불안으로 분주한 대기실의 모습 한쪽에 나란히 앉아 있는 노부부
의 모습. 점점 줄어드는 면회소 사람들…… 시간이 지나고 노부부만 남은
대기실……
할아버지가 일어나 안내 데스크 내부의 경관에게 향한다.
어렵게 나지막한 목소리로 말을 청하는 할아버지……

할아버지: 저…… 저…… 아까 오전에 와서 신청했는데…… 우리 큰아들
        손병호 면회 신청한 지 한참 됐는데……
안내 경관: 예…… 곧 나올 겁니다. 잠시 의자에 앉아 기다리세요…… 알
        아보겠습니다……
할아버지: (힘없이 돌아서서 의자로 향한다.)

(30분 경과 후)

(할아버지의 시선) 경관 세 명이 모여 종이를 보며 대화를 나누고 있다.
대사는 들리지 않는다.
경관을 주시하는 할아버지의 얼굴
(할아버지의 시선) 이야기를 끝마친 경관들이 자리를 비운다.
경관을 주시하는 할아버지의 얼굴. 경직된 모습. 할아버지에게 다가온 경

관. 할아버지와 이야기를 나눈다. 대사는 들리지 않는다. (카메라는 할아버지의 표정이 보이지 않도록 찍을 것)

할머니의 손을 잡고 있는 할아버지의 모습

신 12. 교도소 감방 문 앞

교도소문의 창살을 통해 내부가 보인다.

교도관: 1119번 면회다.

감방 안의 벽에 기대어 벽 쪽을 바라보고 있던 탓에 1119번의 얼굴이 보이진 않는다. 면회라는 소리에 몸을 돌리는 상호.

신 13. 교도소 안 면회소 대기실

초조한 모습의 할머니. 체념한 듯한 할아버지의 모습. 한쪽엔 서기관이 위치해 있다.

면회소 문이 열리고, 교도관의 팔짱을 끼고 들어온 상호. 노부부를 보고 발걸음을 멈춘다. 들고 있던 분홍색 보자기를 내려놓는 할머니.

테이블에 놓이는 소리가 할머니의 힘이라고는 믿어지지 않을 만큼 대기실을 가득 채운다. 말없이 자리에 앉는 할아버지.

테이블 옆에 무릎을 꿇는 상호. 힘겹게 말문을 여는 할아버지……

할아버지: 불편한 곳은 없느냐……

상호: ……(울기는 하나 애써 감춘다…… 눈물을 보이지 말 것)……

상호를 일으켜 앉히는 할아버지……

상호: …… 죄송합니다…… 죄송합니다……

눈물만 흘리는 할머니……

할아버지: (나지막하게) …… 상호야!!!……

할머니: (싸 들고 온 음식을 내밀며) 니가 나올 줄 알았더라면 니가 좋아
　　　　하는 것도 같이 만들어 오는 건데……(눈물을 떨구며) 입맛에 맞
　　　　을런지 모르겠구나……

음식을 꾸역꾸역 입에 넣는 상호. 입으로 들어가는 게 음식 반 눈물 반이다.

신 14. 교도소 안 면회소 안내 데스크 의자

잠시 전, 신 11에서 경관과 할아버지가 나눈 장면

경관: 저……저…… 송구스럽게 됐습니다…… 사실…… 손병호는 며칠 전
　　　에 집행이 됐거든요…… 오늘쯤 댁으로 통지서가 갈 텐데…… 송
　　　구스럽습니다……

할아버지: ……

신 15. 교도소 안 면회소 대기실

할아버지: 여보 상호 물 좀 줘요. 이러다 채하겠어요……

보온병의 물을 건네는 할머니의 손이 떨린다.

할아버지: 잘 가더냐……

상호: ……(주머니에서 쪽지를 꺼내 할아버지에게 내민다.)……

쪽지를 읽은 할아버지의 눈시울이 이제야 젖는다.

　(쪽지 내용 – 죄송합니다. …… 다음 세상에선 아버지의 아버지로 태어나
겠습니다. 불효자식을 용서하여 주십시오……)

　번져 있는 글씨들. 지켜보던 교도관의 눈에서도 눈물이 흐른다.

신 16. 버스 정류장(오후)

아침의 날씨와는 다르게 추적추적 내리는 비. 의자에 앉아 있는 노부부. 할머니의 손을 잡고 있는 할아버지의 손. 허름한 버스 정류장 탓에 분홍색 보자기가 내리는 비에 젖는다. (잔잔한 음악 − 5 · 18 관련 음악이 아니었으면 함)

신 17. 버스 안

비 내리는 버스 유리창을 가르는 버스 와이퍼의 움직임으로 밖이 희미하다. 몇 명의 승객들. 비를 맞으며 데모를 하는 학생들과 저지하는 전경들의 모습이 창밖을 통해 보인다. 데모로 인하여 서행하는 버스. 버스에서 들리는 라디오 소리. 데모 광경을 쳐다보는 승객들. 할아버지에게 기대어 눈을 감고 있는 할머니의 모습이 앞모습과 뒷모습에서 보인다.

신 18. 거리
빗속의 데모 풍경들

신 19. 버스 안

서행을 하는 버스. 승객이 오르내린다. 할머니와 할아버지가 서로 기대고 있는 뒷모습이 보이고, 내리던 승객이 할아버지의 어깨를 툭 치고 지나간다. 할아버지의 몸에서 굴러떨어지는 병이 문이 열리자 밖으로 떨어진다. 미동이 없는 할아버지와 할머니의 뒷모습.

신 20. 버스 정류장
떠나는 버스를 뒤로 비를 맞고 있는 굴러떨어진 병의 클로즈업.

신 21. 노부부의 집 앞
집 앞을 지나가는 우체부가 멈춰 선다. 마당으로 던져지는 편지봉투. 발송란에는 광주 교도소라고 적혀 있다. 내리는 비에 글씨가 점점 지워져

간다.

신 22. 에필로그

최신 H.D TV가 프롤로그와 같은 화면으로 잡혀 있다. 프롤로그에서 보였던 다큐가 보이고, 노부부의 사진이 스치듯 지나가며 묘지 클로즈업에서 F.O.

위의 작품은 기사와 작품의 차이성을 잘 보이는 작품이기도 하다. 기사는 외형적 사건들을 주로 다루며, 그 속의 수많은 이들의 이야기는 작은 기사 몇 줄로 구석에 적어 낼 수밖에 없지만, 작품은 외형적 사건 속의 개인의 내면의 아픔을 잘 담아낼 수 있는 것이다.

3) 사건을 창조할 때 주의할 점들

- 사건을 작품에 담을 때에는 사건의 발생을 너무 돌발적이거나 너무 우연적이거나, 지나치게 빈번하게 일어나게 하면 비현실적으로 느껴지게 되므로 주의해야 한다.
- 사건은 반드시 동기를 가지고 있어야 하는데 그 동기에 해당하는 것이 복선이다. 복선은 사건이 발생하기 이전에 어느 정도의 지식과 정보를 관객에게 미리 줌으로써 사건을 예고하고 암시하는 수법으로 사용된다.
- 사건의 동기는 사건을 발생시키고 이것을 수습해 그다음 이야기로 연결시켜야 하고, 여러 개의 사건이 발생해도 서로의 사건들 사이에 연속성이 있어야 한다.

> **과제)**
> 자신의 시나리오의 중심 줄거리를 중심으로 스토리를 생각해 보고, 상황, 내면적 사건, 외형적 사건 또는 복합형 중 어느 것에 치중할지를 숙고해 보자.

7. 플롯

1) 플롯과 스토리의 차이

플롯은 구성, 구조, 구성구조라고도 표현된다. 스토리가 시간적 순서대로 배열된 사건의 진술이라면, 플롯은 사건의 진술이지만 인과관계에 중심을 두고 이야기에 극적 요소를 더한 것이고, 이야기 속에서 사건을 전개시키고 사건을 배열시키는 계획이다. 그러므로 스토리보다 한 단계 발전한 것이 플롯인 것이다.

　스토리: 왕이 죽었다. 그다음에 왕비가 죽었다.

　플롯: 왕이 죽자 왕비도 슬퍼서 죽었다.

플롯의 구성법은 수없이 많고 절대적인 법칙은 없다. 플롯은 인물 상호간에 일어난 일의 결과이므로 너무 잘 짜인 플롯은 작품의 나머지 요소인 사상과 인물을 희생시키게 된다. 그러므로 플롯부터 미리 정하고 주제나 인물들을 맞추면 안 되고, 플롯은 자연스럽게 생겨나야 한다. 그런 후 이야기를 보다 효과적으로 표현하기 위해 플롯을 점검하고 유형을 선택해 봐야 한다.

2) 플롯을 나누는 여러 가지 방법들

하나의 작품에는 여러 개의 플롯을 나누는 법들이 혼합되어 있다.

(1) 〈원인결과식〉(시간순, 단순형): 사건을 시간적 순서로 배열하고 진행하는 것으로 사고력을 필요로 하지 않기 때문에 단순하게 느껴지는 측면이 있어 일반적으로 동화에 많이 쓰인다. 그러나 단순하지 않은 많은 영화들도 이 방법을 쓴다.

(예) 르네 끌레망 감독의 <태양은 가득히>(1960년)는 시간 순서대로 사건을 배치한다. 가난하나 외모가 특출한 주인공은 부자친구의 멸시를 받고, 친구의 돈과 애인을 탐해 친구를 죽이게 되고, 친구의 서명을 위조해 친구의 재산과 애인을 차지하나, 결국 친구의 시체가 떠오르고 경찰이 찾아오는 것으로 영화는 끝난다.

관객은 친구의 멸시로 인한 주인공의 내면적 불만을 공감하게 되지만, 친구의 재산과 애인을 탐한 그의 행동에 위태로움을 느끼며 긴장하면서 보다가, 결국 세상은 순리대로 돌아가는 것을 느끼며, 탐욕은 쓸데없는 것이고, 부당한 방법으로 얻은 잠시의 행복은 더 큰 불행을 낳을 뿐이라는 것을 느끼며 극장을 나오게 된다.

〈결과원인식〉

(회상방법 이용, 복잡형): 추리적 기법으로 회상을 이용하며 의식의 흐름을 중요시한다.

(예) 이창동 감독의 <박하사탕>(1999)은 주인공이 회상방법을 빌리지 않고 현재에서 계속 과거의 시선으로 넘어가다가, 결말 장소가 영화의 시작 장소와 동일한 장소에서 과거시점에서 끝나는 독특한 형식을 취하고 있다.

영화의 시작은 주인공 영호의 생애 중 가장 고통스런 1999년 봄에서 시작되고, 영화의 끝은 1979년 가을 주인공의 생애 중 가장 순수하고 아름다웠던 시간에서 끝난다.

이 영화는 20년간 주인공의 생을 거슬러 올라가면서 우리 현대 역사의 격동 속에서 그가 파멸되어 갔음을 보인다. 1990년대 말 증권과 사채업자와 동업자로 인해 경제적 파멸을 했고, 이혼도 당했으며, 1980년대에는 고문경찰 생활을 했었고, 더 거슬러 올라가 그의 순수한 영혼이 처음으로 파멸되기 시작한 것은 1980년 광주사태 때 진압군으로 투입돼 실수로 한 여학생을 죽게 한 것에서 비롯됨을 보이고 있다.

주인공의 가장 비참한 현재를 영화 첫 부분에 배치시키고, 순수한 영혼을 지닌 주인공이 첫사랑 순임을 만난 과거의 장면을 영화의 끝에 배치시킴으로써, 박하사탕처럼 순수했던 주인공이 쉽게 부서지는 박하사탕처럼 짓밟혀, 거슬러 올라갈 수 없는 기차선로 위에서 "나 다시 돌아갈래."를 외치는 주인공의 현재의 모습이 더욱 안타깝게 느껴지게 하고 있다.

〈에피소드식〉

(옴니버스 스타일, 단편적 계속형): 시간순이든, 회상적 수법을 사용하든 에피소드에 집중케 하는 것이다. 염주 알 하나로도 개체를 이루지만, 그 하나하나가 모여 염주 목걸이라는 별개의 개체를 이루는 것과 같고, 독립된 한 편 한 편이 주제나 인물이나 사건이나 소품 등으로 의식이나 사상의 연결을 해 주어야 한다.

이것은 한 작가가 혼자 만들어도 되고, 여러 작가가 하나씩 따로 만들어도 된다. 또한 그 안에서의 형식도 제각각이어도 된다.

(예) 고은 원작, 장선우 각본 감독의 <화엄경>을 예로 보면 우선 전체적으로 원인 - 결과식으로 시간순으로 되어 있다. 아버지가 돌아가시자 소년 선재는 어머니를 찾아 나서는데, 결국 어머니를 찾지 못한다. 그러나 어머니는 여러 모습으로 나타나 선재 곁에 있다는 것을 깨닫는 것이 이 영화의 줄거리로, 모든 진리는 마음에서 비롯된다는 원효의 가르침을 잘 보여 주고 있다.

영화는 9개의 에피소드로 나누어 보인다. 각각의 에피소드를 보기로 하자.

첫 번째 에피소드: "진리의 큰 바다는 믿음으로 나아가고 지혜로써 건넌다."라는 자막으로 시작된다. 이것은 세상은 거친 바다와 같으므로 믿음과 지혜만이 그 험난한 바다를 건너게 한다는 의미의 에피소드이다. 어머니를 찾아 나선 선재에게 스님은 "믿음이 있으면 찾겠지만, 허나 지혜로 마음의 눈을 닦지 못하면 어찌 찾을까."라고 말하는데, 이것은 실재 현실 속에서 존재하는 어머니보다는, 지혜의 눈으로 보면 어머니는 늘 만날 수 있고 세상 곳곳에서 만날 수 있다는 것을 제시하는 것이다. 연꽃을 든 여인이 지나가는데 이 여인이 스님이 말하는 늘 만날 수 있는 어머니상임을 이 영화의 끝에서 알 수 있게 된다.

두 번째 에피소드: "모든 것은 낮아서 바다가 되고, 하늘도 거기에 내려

와 있느니"라는 자막으로 시작된다. 가장 높은 하늘과 가장 낮은 바다가 결국 하나라는 의미로, 가난한 어촌마을에서 무료로 치료를 해 주는 의사가 등장하는데, 이 의사는 하늘과 같은 존재이고, 그런 그가 가장 낮은 민중을 돌보니, 이 의사의 존재는 높이 초월해 있는 하늘이 아니고, 가장 낮은 서민의 바다에 깊이 잠겨 있는 하늘인 것이다. 그래서 하늘과 바다는 결국 하나가 된다는 것을 보여 주고 있다.

세 번째 에피소드: "허무처럼 큰 공간은 없다."라는 자막으로 시작되며 이 에피소드에는 장님 여인이 나온다. 이 장님 여인은 남자에게 배신당하고 불구가 된 여인인데, 남자를 용서하는 사랑의 노래를 부른다. 허무의 공간은 큰 공간이고, 그래서 그 허무만이 모든 것을 다 받아들일 수 있어 가장 미운 이도 용서하게 된다는 역설이다.

선재는 평등이란 무엇인가를 알기 위해 또 다른 스님을 만나고, 스님은 모든 이의 얼굴이 다르듯 사는 것도 다 다르나, 모든 중생은 모두 평등하고, 빛과 어둠, 실체와 그림자 이 모두가 결국 하나라는 것을 가르쳐 준다.

네 번째 에피소드의 자막은 "흐르는 것을 따르세요. 흐르지 않는 것을 따르지 마세요."로 시작된다. 선재는 다시 장님 여인을 만나고, 그녀는 선재에게 흐르는 것을 따르라 한다. 자신의 모든 것을 잃었어도 그 대상을 원망하지 않는 대승적 삶을 그녀가 따르듯, 선재에게도 그런 삶을 따르라는 것이다.

다섯 번째 에피소드는 "애욕을 비웃지 마라. 보살의 씨앗이다."라는 자막으로 시작된다. 선재는 아버지가 돌아가셨을 때 화장터에서 만났던 소녀를 만나게 되는데, 소녀는 이제 여인이 되었고, 선재는 11살 때의 모습 그대로이다. 선재는 어머니를 찾겠다는 집착에 매달려 있어 정신적 성장이 멈춘 의미로 그렇게 설정했을 것이다.

선재는 그 여인과 잠시 인연을 갖게 되나, 어머니를 찾아 다시 길을 떠난다. 장님 여인이 그러했듯 소녀도, 자막처럼, 선재를 원망하지 않고 집착을 버리고 보살적 삶을 살 것이다.

여섯 번째 에피소드의 자막은 "있다. 그러나 없다."이다.

선재는 별을 탐구하는 우주 천문학 박사를 만나고, 우주의 광대함을 느낀다. 그 안에서 인간은 있는 듯 없는 듯 존재함을 깨닫는다.

일곱 번째 에피소드의 자막은 "불가사의한 중생의 업"이다.

선재는 여인을 찾아가나 여자는 떠났고, 어머니를 찾는 일도 절망적으로 느껴져, 선재는 물속에 뛰어들어 자살을 기도하고, 연꽃을 든 여인이 보인다.

여덟 번째 에피소드는 "이 세상의 홀로 있는 것은 없다."이다.

등대지기 할아버지가 선재를 구해 줬고, 선재는 돈도 없고, 어머니를 찾는 것도 다 소용없다는 생각이 들어 슬펐다고 하자, 할아버지는 돈이 전부는 아니고 네가 죽으면 바다, 물고기, 하늘, 그리고 나도 슬퍼할 것이고, 이 세상에 혼자 있는 것은 아무것도 없다며 먹을 것을 싸 준다. 결국 이 할아버지처럼 세상 곳곳에 부처의 마음이 깃들어 있는 것이고, 선재의 어머니도 세상 곳곳에 있어 선재는 혼자가 아니라는 것이다.

아홉 번째 에피소드는 "세상은 자신을 잃어 가면서 세상이 되는구나."라는 자막으로 시작된다. 선재는 쓰러지고, 연꽃을 든 여인이 환상 속에서 다시 나타나 "난 언제나 여러 모습으로 나타나 네 곁에 있었다. 난 모든 이의 어머니란다."라고 말한다.

즉 선재가 찾았던 어머니는, 부처가 세상 곳곳에 있듯, 세상 곳곳에 있어, 지혜의 눈으로 보면 다 볼 수 있다는 의미이고, 현실 속 어머니를 찾아 헤매던 선재는 현실과 마음속의 구분된 어머니의 경계를 벗어나 깨달음을 얻게 된다.

더러움과 깨끗함, 가진 것과 가지지 못함, 높은 것과 낮은 것, 있는 것과 없는 것 등 모든 분별심을 버리게 된 선재는 더 이상 어머니를 찾아 헤매지 않는다.

그리고는 배가 고파 먹을 것을 찾는 자기보다 더 어린 아이에게 빵을 사 주려 빈 병 등을 줍는다. 즉 이 비천한 일은 신성한 노동으로, 이 숭고한 일은 곧 사랑으로, 선재 스스로 세상의 어머니의 모습을 실천하기에 이른 것이다.

이 영화는 불교의 교리를 삶 속에서 깨닫게 하는 영화로 매우 한국적인 영화로 꼽히나, 그 비유가 가장 적절하게 표현되지는 못했다. 그러나 원효 사상에 영감을 받아 작품화하려고 할 때, 관념을 제대로 작품화해 내기가 쉽지 않은데, 작가 나름대로 공들여 쓴 작품임을 알 수 있다.

위의 9개의 에피소드들은 각각의 에피소드에 집중하게 만들면서 서로 연결돼 선재가 지혜의 눈을 뜨게 되는 과정을 잘 보이고 있고, 전체적으로 있고 없음에 대한 현실적 집착에서 벗어나 없음과 있음이 같다는 지혜의 눈이 뜨이자, 어머니를 곳곳에서 만났음을 인식하게 되고, 더 나아가 자신 안에 있는 모성애로 따뜻함을 세상에 퍼뜨리기에 이르는 것으로 연결시켜, 에피소드식 구성의 효과를 잘 보여 주고 있다.

(2) 플롯을 단계별로 나누는 법

〈플롯의 3단계〉: 처음, 중간, 끝으로 구성됨.

가장 단순한 형태이지만, 초보자는 중간 부분이 없는 시나리오를 쓰기 쉽다.

〈플롯의 4단계〉: 기, 승(진행, 발전), 전(반전, 하강), 결(결말)로 이루어지는 것

〈플롯의 5단계〉: 제시(발단, 도입부): 주요 주제, 인물 소개(인물의 이력, 인물 사이 관계) 등이 소개 되고, 현재 상황과 앞으로 전개될 사건을 암시해 앞으로 진행될 얘기에 관객이 호기심과 흥미를 지니게 하고, 장소, 시간, 시대도 제시되어야 한다. 단편에서는 시작 몇 분 안에 관객의 관심을 끌 수 있게 제시 부분을 잘 써야 한다.

전개(갈등, 이야기의 복잡화): 어떤 새로운 것이 개입되어, 사건이 발생되어 복잡화되어 갈등을 일으키는 단계이다.

(예) 로미오는 원수 집안인 줄리엣을 사랑

해 그들의 사랑에 복잡화가 일어난다.

갈등의 종류 1
- 내적인 것(자아와 자아 사이의 갈등)
- 외적인 것(자아와 타인/자아와 사회/자아와 자연/자아와 운명 사이 등
  외적인 것과의 갈등)
- 내외적인 것(위의 두 가지가 다 있는 것)

레이조스 에그리는 『희곡작법』에서 갈등의 종류에는 고여 있는 갈등, 튀
는 갈등, 점진적으로 상승하는 갈등이 있다고 말하고 있다.

갈등의 종류 2
- 고여 있는 갈등: 인물이 자신이 무엇을 하고 있는지 모른 채 고여 있는
  상태이다. 인물이 삶의 의미를 상실했거나, 무능력하거나, 우유부단하거
  나, 겁이 많거나, 생각이 없거나 하면 이야기 진전이 매우 느리게 진행
  되고, 자신의 상황을 벗어날 아무런 행동도 하지 않으므로 갈등이 조성
  되지 않아 고여 있게 된다(예: <8월의 크리스마스>의 남자 주인공 정
  원은 주차 단속 요원인 다림을 좋아하나 자신의 병의 심각함을 알고,
  남아 있는 짧은 시간 동안 다림과의 사랑을 인위적으로 만들려 하지
  않아 갈등이 조성되지 않는다.).

갈등을 조성하지 않는 인물 두 명이 대립되면 두 인물 사이 공격도 반격
도 일어나지 않아 지루하게 된다.

레이조스 에그리는 이러한 갈등을 나쁘게 보았으나, 인물의 성격이나 영
화의 전체적 분위기 등 영화에 필요하다면 이 갈등도 효과적으로 사용될 수
있다.
- 튀는 갈등: 인물이 비약하여 비현실적으로 돌변하면 튀는 갈등이 되는
  데, 예를 들어 옷이 초라하다고 은행 강도를 하거나, 고결한 인물이 어
  떤 이유도 없이 악인으로 돌변한다면 튀는 갈등이 되는 것이다.
- 점진적으로 상승하는 갈등: 인물이 자연스럽게 발전하고 서서히 상승하

는 것이다. 주인공과 적대자가 동등한 위치에서 겨룰 때 상승하는 갈등을 보이게 된다. 점진적으로 상승하는 갈등이 조성되려면, 상호 간에 팽팽하게 대치한 힘들의 관계를 통해 사전에 갈등의 암시가 따라야 하는데, 서로 상반된 것들이 맞부딪치면 갈등이 자연스럽게 발생하게 된다. 예를 들어 강한 두 축구팀 둘이 경기를 한다면 흥미 있는 갈등이 조성되고, 또는 가난한 자와 부자, 절약자와 낭비를 좋아하는 부부 등이 강렬하게 부딪치면 갈등이 자연스럽게 조성될 수 있을 것이다. 이때 긴장 신 다음에 편안한 신, 다시 긴장 조성, 빠른 신 다음에 느린 신, 다시 빠른 신 등을 배치시켜 긴장과 이완, 이완 후 다시 긴장 등을 하게 한다.

점진적으로 상승하는 갈등의 예: 박철관 감독의 <달마야 놀자> (2001년)에는 피할 곳을 찾아 산사로 들어온 조직폭력집단과 스님들 간의 상승하는 갈등 속에서의 팽팽한 대립이 이루어진다. 그러나 주지스님은 인간은 모두 불완전한 존재이므로 무조건 조직폭력집단을 가슴으로 안고, 묵묵히 그 사랑을 실천해 결국은 두 집단이 화합하게 된다.

위기: 주인공과 적대자와의 충돌 직전의 상황이 위기이다. 복잡화가 새로운 복잡화에 이르러 갈등이 쌓여 위기가 되는데, 행위가 계속 위험에 치달으면 위기에 이르게 되는 것이다. 일반적으로 위기는 짧고 알차야 한다고 한다.

절정(클라이맥스 climax): 적대자와의 대립에서 한쪽이 쓰러지지 않고는 더 이상 사건이 진전될 수 없는 상황이 절정임(위기와 절정은 같은 말로 통용되기도 하고, 위기와 절정이 동시에 일어나는 경우도 흔함).

(플롯의 5단계를 도입/전개/위기 절정/반전(역전)/대단원으로 나누기도 하는데, 절정으로 진행되다가 반대로 뒤집히는 반전이 있다가 결말에 다다르는 것을 말한다.)

대단원(결말): 사건이 해결되어 정리하는 단계. 결말에는 행복한 결말, 불행한 결말, 애매한 결말, 관객의 상상에 맡기는 열린 결말 등이 있다.

(3) 그 외의 플롯을 나누는 법

〈플롯이 없는 것과 있는 것〉

플롯이 없는 것: 사건 그리고 사건 그리고 사건 등 단순한 사건들의 연속에 그쳐, 사건이 1개 정도 빠져도 지장이 없는 구성

플롯이 있는 것: 사건 그러므로 사건, 그러므로 사건으로, 앞의 사건이 뒤의 사건의 원인이 되고, 계속 결과적 사건이 일어나는 것을 말한다.

〈느슨한 플롯과 팽팽한 플롯〉

느슨한 플롯: 드라마의 강조점이 사건보다는 인물, 분위기(정감) 그리고 배경 등에 있어 정서적 상태와 경험의 상태를 표출하는 것을 목적으로 할 때 쓴다.

팽팽한 플롯: 지극히 사소한 일도 플롯의 전개를 돕고, 인물의 모든 행동이 끝에 분명히 밝혀지는 플롯이다.

〈단순 플롯과 복잡한 플롯〉

단순 플롯: 반전이나 발견 없이 주인공의 변화가 이루어지는 것

(반전: 급전, 역전. 예기하는 것과 반대 현상이 일어날 때 생기는 변화, 발견: 사랑에서 증오로, 부자에서 가난한 이로 변해 공포와 애련의 정을 일으키는 것)

복잡한 플롯: 반전과 발견이 많이 활용된 것을 말한다.

〈단일 구성과 이중 플롯〉

단일 구성: 한 가지 얘기만 제시하는 것으로 모든 사건이 동일한 한 얘기

에 관련되게 하는 것이다.

이중 플롯: 별개의 두 얘기가 함께 진행되는 것으로 중심 구성에 부차적
구성을 넣는다고도 하며(큰 이야기에 작은 이야기를 넣음),
비극적 사랑 얘기에 희극적 사랑 얘기를 같이 진행시킬 때에
도 사용된다.

위에서 보았듯 플롯을 나누는 방법은 다양하나, 가장 중요한 것은 어떤
이론도 절대적인 것은 없으며, 플롯은 이야기를 가장 효과적으로 표현해 내
기 위해 사용한다는 것이다. 그러므로 자신이 쓸 이야기에 가장 적합한 플
롯 유형을 적용시켜 보고, 지금까지 정리된 플롯의 유형들 중 자신의 이야
기를 가장 효과적으로 표현할 유형이 없다면, 변형키거나 무시하거나 새로
운 플롯의 형태를 창조해도 된다. 그러나 계속 창작을 하게 된다면 여러 이
야기들이 구상될 것이고 거기에 적절한 플롯은 모두 다를 수 있으므로 기존
에 정리되어 온 이론들을 아는 것은 필요하다.

8. 그 외 시나리오를 쓸 때 고려할 요소들

1) **장소, 장면:** 현실적 또는 상징적, 함축적인 장소를 선택해 장소 자체
가 흥미롭고 의미를 담은 장소를 선택하고, 장면의 분위
기를 설정해야 한다. 어떤 장소나 장면에서 이야기가 일
어나고, 주인공이 어디서 살고, 어디서 일하고, 어떤 장소
에서 인물의 어떤 상황이 보이고 있느냐 등은 중요하다.
장소나 장면은 인물이 어떤 인물인가를 잘 드러나게 해
주는 요소이고, 영화의 분위기를 결정하는 한 요소이기
때문이다.
일반적으로 단편영화에서 너무 많은 장소가 나오면 관객
이 혼란스러울 수도 있고, 제작비용도 늘어나므로 더욱

꼭 필요한 장소와 장면들을 숙고해야 한다.

2) **시간:** 어느 시대, 어느 계절, 어느 시간을 선택하느냐에 따라 시나리오
는 달라진다.

일반적으로 단편영화에서는 너무 많은 시간 동안의 얘기는 극
적 효과도 떨어질 수 있으므로 피한다. 지나치게 여러 해에 걸
쳐 일어난 각각의 사건을 짧은 시간에 담으면 통일성과 활기가
떨어지기 때문이다.

또한 너무 짧은 시간 동안 너무 많은 것을 성취하게 해서도 안
된다.

3) **의상:** 의상이나 의상의 색, 액세서리 등도 인물의 성격과 분위기를 알
려 주는 기능을 하므로 시나리오에 언급해 줄 수도 있다.

4) **소품:** 상징적이거나 의미를 지닌 중요한 소품들은 시나리오에 반드시
써야 한다.

5) **전체적인 분위기:** 전체적 분위기는 글을 쓰는 내내 염두에 두고 시나
리오에 잘 스며들도록 하고, 주된 분위기를 변화시
키는 전환도 고려하며 써야 한다. 음악에서도 강약
중간약이 있듯이, 시나리오의 중심을 지키면서 강
한 신이나 무거운 신 다음에 재미있고 편하거나 밝
은 신을 넣어 긴장 후 이완을 시키고, 빠른 템포의
신 다음에는 조금 느린 신을 넣어 변화를 주거나
해서 시나리오의 중심을 효과적으로 보이게 창작
하여야 한다.

또한 음악, 날씨, 색조, 전체적인 톤 등도 고려하며
시나리오를 완성하여야 한다.

6) **제목:** 단편영화에서 특히 제목은 중요하다. 제목은 작품을 착상할 때 선정될 수도 있고 작품을 모두 쓴 후 결정할 수도 있다. 제목을 정하는 법도 다양한데 일반적으로 시나리오에서 가장 중요하게 다루어진 점을 의미하는 제목을 선정하는 것이 좋다. 제목은 일반적으로

- 주제를 나타내거나(장선우 감독의 <화엄경>(1993))
- 배경을 나타내거나(강우석 감독의 <실미도>(2003): 1971년 8월 23일 대방동 유한양행 앞에서 인천 시내버스를 타고 나타나 군경 합동 진압군과 총격전을 벌이다 자폭한 북파 특수부대원들의 실화를 바탕으로 그들이 혹독한 훈련을 받은 장소인 실미도를 제목으로 했다. 작품의 중심 이야기에 잘 맞는 제목이지만, 영화 자체만을 놓고 볼 때 북파 특수 부대원들 개개인의 내면의 고통들은 정밀히 담아내지 않았고, 그들의 실미도에서의 훈련과정과 생활이 영화 전반을 차지해 아쉬운 점이 많은 영화이다.
- 시간이나 시점을 나타내거나(장명숙의 <오후>)
- 주인공의 특징이나 개성적인 이름을 나타내거나(김진환의 <햇빛 자르는 아이>)
- 중요 상징적 소품을 나타내거나(이창동의 <박하사탕>)
- 주인공의 직업을 나타내거나(장진 감독의 <간첩 리철진>) 한다.
- 그 외에도 제목을 정하는 법은 다양할 것이나, 중요한 것은 자신의 시나리오를 가장 요약적이고 효과적으로 전달할 수 있는 제목이어야 한다는 것이다.
- 초보자들은 제목에 멋을 내기 위해 시나리오와 전혀 상관없는 제목을 쓰는 경우가 많으니, 그러지 않도록 주의해야 한다.

9. 작품 분석을 통해 이론 익히기

지금까지 시나리오를 쓸 때 필요한 전반적인 요소들을, 대사와 지문을 제외하고, 공부하였다. 이것을 바탕으로 단편영화들을 보면서 분석해 보자. 특히 플롯이 느슨한 작품과 긴밀한 작품의 차이를 인식하기 바란다.

상명대 영화과 박상민 각본 감독의 <보초선>(14분, 2001년 작품, 제3회 국제 청소년 영화제 상연 작, 영화진흥위원회 소장)을 보기로 하자.

작품내용: 복학생인 감독이 군대시절을 영화화하고 싶어 만든 이 작품은 밀레니엄을 기다리는 축제분위기 속의 서울과 북한 방송이 들리는 최전방에서 긴장되는 시간을 보내는 같은 시간대의 군인들의 모습을 배치시켜 보여줌으로써, 1953년 휴전 이후부터 지금까지, 우리들의 평온한 일상과 국가의 평화를 지키기 위해 수고해 온 수많은 군인들에게 고마움을 느끼게 한다.

다음 사항들을 생각해 보기 바란다.
- 주제는 무엇인가?
- 소재는 어떤가?
- 인물들은 어떤가?
- 인물 배치의 특색은?
- 플롯은?
- 장소가 주는 분위기는?
- 시간은?
- 전체 평?

〈주제〉
이 작품의 주제는 우리는 우리의 일상을 지켜 주는 이가 있어 평온하다이다.

〈소재〉

소재는 최전방 군인들의 보초 서기와 밀레니엄을 기다리는 후방 민간인들의 새해맞이로, 최전방 군인들의 모습만으로도 주제를 나타낼 수 있으나, 후방의 모습을 동시에 보여 줌으로써 주제가 더욱 강조되었고 영화의 전체적 분위기도 진지함과 밝음이 조화를 이루어 효과적으로 주제가 전달되었다.

〈인물들〉

인물들은 특별히 주인공이 없고, 보편적인 군인들과 보편적인 시민들로 구성되어 있다.

〈인물배치〉

인물배치는 민간인들과 민간인들의 감사의 대상인 군인들이 서로 대면하지는 않지만 호의적 관계로 배치되어 있고, 적대자가 있으나 꿈에 나타나므로 군인의 강박관념을 나타내며 자아와 환경 사이의 갈등이 담겨 있다.

〈플롯〉

플롯은 시간순으로 배치되어 있고, 자아와 환경 사이의 갈등, 이념과 이념 사이의 안 보이는 갈등이 있으나 별다른 사건 없이 반복되는 군인들의 일상이므로 느슨한 플롯이다.

〈장소〉

장소는 북한방송이 들리는 긴장의 최전방이어서, 아무런 사건이 일어나지 않더라도 장소가 주는 긴장감이 있고, 민간인들의 장소는 축제적 분위기로 대조를 이룬다.

〈시간〉

시간은 반복되는 일상의 시간과 특별한 시간으로 대조를 이룬다.

〈전체 평〉

전체적으로 조금 지루한 면이 있으나 대조적인 배치와 두 곳의 다른 분위기와 이야기 등이 좋았고, 특히 짧은 단편을 통해 군인들에 대해 생각할 시간을 갖게 한 점은 높이 살 만하다.

정충환 감독의 <불법주차>(26분 30초, 2005년 작품, 2006년 미장센 단편영화제 비정성시(사회드라마)부문 최우수 작품상 수상작, 한국영상자료원 소장)를 보기로 한다.

작품내용: 이 작품의 착상은 감독의 친척 중 1년 반 동안 차만 가지고 나간 이가 있었는데, 서울역 노숙자를 보다가, 그분도 이렇게 살았을 것이라고 생각이 되어서 이 영화를 만들었다고 한다. 작품내용은 서울역 앞에서 낡은 자동차 안에서 주인공은 라면도 끓여 먹고 구슬을 꿰는 아르바이트도 하면서 지내고 있다. 주인공은 누군가를 기다리고 있어 차를 옮기지 않고 불법주차 중이다. 주차단속요원 선희는 계약직이어서 언제 직장에서 해고될지 모르므로 더욱 열심히 단속을 하고 견인차를 불러올 만큼 집요하고 이것이 영화의 많은 부분을 차지한다. 주인공은 아내에게 전화를 하지만 아내는 전화를 받지 않고, 결국 차를 이동해 놓고 건너편에 있다는 플랜카드를 걸어 놓고 자동차 생활을 계속한다. 영화는 차 두드리는 소리로 끝나는데 부인이 찾아온 것인지 단속요원이 또 두드리는 것인지는 알 수 없다.

다음 사항들을 생각해 보기 바란다.
- 단편 시나리오의 소재로서 어떤가?
- 주제는 무엇이고, 주제가 잘 전달되었나?
- 주인공은 어떤 특징이 강조되어 창조되었나?
- 인물 배치의 특징은?
- 이 시나리오를 쓰기 위해 조사할 부분들은 무엇인가?
- 플롯은?

- <보초선>의 플롯과 비교하여 어떤가?
- 갈등의 특징은?
- 시간은?
- 장소는?
- 제목은 어떤가?
- 전체 평

〈소재〉

소재는 서울역에 노숙하는 한 남자와 불법주차 이야기로, 서울역에서 노숙하는 사람들이 많은데, 자동차 안에서 최소한의 생활을 할 수 있는 아르바이트를 하며 살아가는 독특한 주인공을 설정하여 소재가 참신하다.

〈주제〉

주제는 제목의 측면에서는 사회의 약자들은 삶을 지탱하기 위해 집요하게 싸운다. 주인공의 측면에서는 노숙자는 최소한의 삶을 유지하기도 쉽지 않다. 또는 한 집안의 가장은 어느 상황에서도 가족을 사랑한다 등으로 볼 수 있겠다. 주제는 잘 전달되었지만 감독이 가장 말하려는 것이 무엇인지는 명확하지 않다.

〈주인공〉

주인공은 보편적인 노숙자이면서도 최소한의 독립생활을 스스로 하려 하면서 팝송을 듣는 등 흔하지 않은 노숙자이므로 개성적이기도 하다.

사회적 차원에서 이 인물은 우리사회의 경제적 불안을 잘 보이고 있다. **심리적 차원**에서는 가족을 기다리고 가정이 회복되기를 갈망하는 것이 강조되었음을 알 수 있다.

〈인물배치의 특징〉

인물배치의 특징은 노숙자와 계약직 불법주차 단속요원을 배치시킴으로써 겉으로는 대립적이나 두 인물 모두 사회적 약자들이고 서로의 입장을 이해하기 쉬운 계층들이다.

그러나 자신들의 위태로운 삶 앞에서는 약자와 약자 사이의 싸움이 더욱 치열할 수도 있음을 보인다.

〈조사 부분들〉

조사 부분은 불법주차 요원들이 하는 일을 알아야 쓸 수 있다.

〈플롯〉

플롯은 처음 부분은 불법주차, 중간 부분은 단속과 불법주차의 반복, 끝 부분은 계속 가족을 기다리는 주인공으로 마무리된다.

<보초선>의 플롯은 사건이 일어나지 않고 인물들 중심으로 느슨한 플롯이었다면, <불법주차>에서는 플롯이 있다. 불법주차를 한 원인으로 단속을 받는 결과가 일어났고, 계속 불법주차를 고집하기 때문에 더욱 강도 높은 단속이 이루어지므로 플롯은 <보초선>보다 팽팽하나, 장소를 옮겨 불법주차를 계속하므로 큰 변화는 없어 매우 긴밀한 플롯이라고는 볼 수 없겠다.

〈갈등의 특징〉

갈등의 특징은 노숙자와 불법주차 단속요원과의 갈등이나 결국 자아와 사회 사이의 갈등이다.

〈시간〉

시간은 단속이 계속되지 않는다면 일상적인 날 중 특별한 날을 담은 것이겠으나, 앞으로도 단속이 계속되면서 계속 자리만 옮겨 다닌다면 단속이 일상이 될 수도 있는 시간을 담고 있다고도 볼 수 있을 것이다.

〈장소〉

장소는 노숙자들의 대표적인 장소인 서울역으로 잘 정했고, 특히 서울역 내부가 아닌 서울역 앞 도로로 정한 것이 매우 좋았다고 볼 수 있다. 그럼으로써 주인공은 타인들의 동정이나 간섭의 대상이 아닌 어느 곳 어느 상황에서도 자립적이고 주체적인 삶을 살려는 의지와 자존심이 관객에게 잘 전달된다.

〈제목〉

제목 불법주차는 특히 그 이유가 가족을 기다리기 때문이고, 주인공의 삶 자체가 제목 불법주차처럼 불안한 일상이므로 잘 정했다고 볼 수 있다.

〈전체 평〉

전체적으로 이 작품은 경제적 위기의 현대 남성들의 불안한 위치와 상황을 잘 보여 주고 있고, 어두운 이야기를 어둡게 그리지 않고 희극적으로 그려 내 희극성과 웃으면서도 씁쓸한 비극적 정서를 동시에 잘 담아낸 좋은 작품이라고 볼 수 있겠다.

다음으로 김진한 각본 감독의 <햇빛 자르는 아이>(17분, 1998년 작품, 제20회 클레르몽페랑 국제 단편영화제 최우수 창작상, 샌프란시스코 국제 영화제 은상, 오버하우젠 국제 단편영화제 공식초청, 제3회 부산 국제 영화제 와이드 앵글(와이드 앵글: 단편영화, 실험영화, 애니메이션, 다큐들의 최신작을 소개하는 부문) 상영, 그 외 10개 이상의 주요 국제 영화제 본선 진출, 독일, 프랑스, 영국 등 각국 방송사 배급)(<나는 오늘 단편영화를 보러 간다> 참고)를 보기로 하자.

작품내용: 맞벌이를 하는 부모는 방문을 밖에서 잠그고 일을 나가고, 방 안에 갇혀 갓난 남동생을 돌봐야 하는 여섯 살짜리 소녀는 창을 통해 비치는 햇빛이 유일한 친구이다. 하지만 시간이 지나면서 햇빛도 서서히 사라져 소녀는 사라지는 햇빛을 잡고 싶어 팔을 뻗어 보지만 창에 못 미치자 밥상 위에 올라간다. 그런데 밥상다리가 부러지면서 동생은 죽고 만다. 동생의 죽음으로 야단을 맞고, 소녀는 햇빛을 원망하고 증오하며 가위로 햇빛을 자른

다. 그리고 부모가 했듯 자물쇠로 방문을 잠그고 불을 낸다.

다음 사항들을 생각해 보기 바란다.
- 주제는?
- 소재는 주제를 표현하기에 적절했나?
- 주인공은 어떤 특징을 강조해서 창조되었나?
- 주인공과 인물 배치의 특색은?
- 플롯은?
- 플롯은 위의 두 작품과 비교해 어떤가?
- 플롯은 이 단편영화를 표현하는 데 가장 적절한 플롯이었나?
- 갈등의 특징은?
- 나비, 햇빛, 햇빛 자름, 구슬 등의 상징의 의미는?
- 시간과 시대는?
- 전체적 분위기는?
- 제목은?
- 전체 평?

〈주제〉

주제는 빈곤한 가정의 아이는 가정과 사회가 빛을 주지 않아 비극을 만든다는 것이다.

〈소재〉

소재는 극도로 가난한 맞벌이 가정의 아이들의 비극적 환경으로 주제를 나타내기에 알맞은 소재였고, 이 소재로 감독은 비극적인 메시지가 강하게 전달되게 영상으로 표현한다.

〈주인공〉

주인공은 보편적인 가난한 가정의 어린아이지만, 햇빛을 좋아하고 자유를 갈망하는 개성적이기도 한 인물이다.

생리적 차원에서는 나이가 강조되어 자신도 보호를 받을 나이인데 아기를 돌봐야 하는 환경에 있다.

사회적 차원에서는 경제적 수준이 매우 낮고 사회의 보호로부터도 소외된 인물임이 강조되어 창조되었다.

심리적 차원에서는 특히 주인공의 자유에 대한 갈망이 강조되었다.

도덕적 차원에서는 동생이 죽어 도덕적 위기에 직면하였으나 아직 어려 죄의식보다는 혼돈과 부모에 대한 원망이 커 불을 내게 되어 도덕적 수준은 매우 낮게 창조되었다.

〈인물배치〉

인물배치를 보면 엄마는 일하러 나갔다 들어와도 삶에 지쳐 있어 자상하게 아이들을 돌볼 여유가 없고, 아버지는 무뚝뚝하여 주인공과 부모 사이는 적대적이기보다는 대화가 거의 없고 환경으로 인해 무관심하다가, 동생이 죽자 주인공에게 부모는 적대자로 변한다. 동생은 적대적이지는 않으나 주인공이 돌보기엔 너무 어리다. 또한 외부인은 전혀 등장하지 않아 이웃과 사회와의 단절을 잘 보이고 있다.

〈플롯〉

플롯은 시간순이며, 플롯이 매우 긴밀하다.

사건 그러므로 사건이 긴밀히 연결되어, 부모가 문을 잠그고 나가 햇빛에 대한 열망이 커서 실수로 동생이 죽게 되고, 폭언과 폭력을 받음으로써 원망이 커져 증오의 행동을 하게 된다.

이 작품은 5단계로도 볼 수 있는데, 제시 부분에 이 가정의 현재 상황과 가족이 소개되고, 문을 잠그고 방안에 어린아이 둘만 있음으로 해서 관객은 무슨 일이 일어나지나 않을까 긴장하며 보다가, 동생이 죽어 복잡화가 시작되고, 아버지에게 야단을 맞고, 위기 부분에서는 부모와 햇빛을 증오하며 충돌 직전에 있다가, 한쪽이 쓰러지지 않고는 더 이상 사건이 진전될 수 없는 상황인 절정 부분에서는 자물쇠로 방문을 잠그고, 결말 부분에서는 불을 낸다.

그러므로 이 작품의 플롯은 <보초선>이나 <불법주차>보다 플롯이 팽팽하다.

이 작품은 관객이 긴장하면서 비극적인 이야기를 보면서 주제를 파악하게 하는 작품이므로 가장 알맞은 플롯을 선택했다고 볼 수 있다.

〈갈등들〉

이 작품에 나타난 갈등들은 주인공의 암담한 현실과 자유를 추구하는 이상 사이의 갈등, 주인공과 타인 즉 부모와의 갈등, 주인공과 환경 즉 가난한 가정과 사회와의 갈등들이 내포되어 있어 작품이 단순하지 않고 진지하며 깊이가 있다.

〈상징의 의미들〉

나비: 주인공이 만든 나비는 인위적인 자유를 상징하며, 주인공의 친구이자 자신의 열망을 상징한다.

햇빛: 자유에 대한 열망의 상징이고 외부와의 유일한 교류이며 사회의 따뜻한 관심을 소망하는 것으로도 볼 수 있다.

햇빛 자름: 죄의식과 사회에 대한 분노를 상징한다.

구슬: 놀이적이며, 동화적이고 환상적인 아동의 세계를 나타내며, 구슬에 비친 주인공의 모습은 왜곡되어 보여 아직 현실을 파악할 능력이 없는 천진하나 동시에 무지하기도 한 어린아이의 모습을 나타낸다.

〈시간〉

이 작품 속 시간은 낮이나 밤이나 어두운 공간이고, 특별한 사건들이 일어나는 시간들을 담고 있다.

〈시대〉

시대는 현대 도시 속의 외딴 비닐하우스 속에서 일어나는 듯한 이야기이
나, 소품들을 보면 석유곤로 밍크이불 등 60년대 말 또는 70년대 초 정도의
소품들이어서 경제성장기에 시골서 올라온 극도로 가난한 가정을 그리고 있
는 듯도 하다.

현재에도 소외된 가정들이 많이 있어 먼 시대의 이야기처럼 느껴지지 않
고, 특히나 현대는 빈부격차가 너무 커 가난한 가정의 아이들의 소외문제가
더욱 심각하므로 어느 시대의 이야기였던 우리 사회의 가정과 사회문제를
잘 담아냈다고 하겠다.

〈전체적 분위기〉

전체적 분위기는 어두운 이야기를 어둡고 음울하고 무겁게 그렸다.

〈제목〉

제목은 햇빛을 잡고 싶어 하다 동생을 죽게 했고, 자책과 햇빛에 대한 원
망과 증오로 햇빛을 차단하므로 제목은 중심내용을 잘 나타내고 있다고 볼
수 있다.

〈전체 평〉

전체적으로 이 작품은 너무 비극적인 것이 단점일 수도 있겠다.

그러나 장점은 대사를 최대로 줄이고 표정과 행동과 상징물들로 이야기를
전달했다는 것이고, 소외 계층에 대한 관심을 설교적이 아니라 영상적으로
잘 전달하였으며, 단편영화의 특징인 상징적이고 압축적이면서도 극대화시
켜 주제를 전달하는 특징을 잘 반영하고 있고, 매우 진지하고 개성적이며
예술적으로 수준 높은 작품으로 완성하였다는 점이 높이 살 만하다고 볼 수
있겠다.

지금까지 시나리오 창작에 필요한 이론들을 배운 것을 작품들을 통해 분석 정리해 봄으로써, 작품 속에서 이론이 어떻게 활용되고 변형되기도 하면서 새 유형이 창조되는가도 보았을 것이다.

여러분들 중에는 배운 것은 배운 것이고, 자신의 작품을 창작할 때에는 백지 상태에서 아무런 노력도 안 하고 시간만 흘러 보내는 사람들이 있다. 이미 익힌 이론들은 많은 시간에 거쳐 수많은 작품들 속에 나타난 현상들을 체계화시킨 것이므로, 반드시 자신의 작품을 창작할 때 적용해 보고, 필요한 이론은 취사선택해 활용하고, 자신의 현재의 작품에 해당 안 되는 이론은 내버려 두고, 기존 이론을 변형하거나 새로 만들 자신만의 형식이 있다면 새로 만들어서, 자신의 작품을 가장 효과적으로 표현해 내기 바란다.

10. 시나리오 계획서

시나리오를 쓰기 전에 시나리오 계획서를 작성해 보고 발표함으로써, 필요 없는 부분을 시나리오화하는 것을 막고, 중요한 부분을 더욱 보완해 좋은 시나리오를 쓸 준비를 해야 한다.

장편 시나리오 작가들은 시놉시스(synopsis, 설계도)를 먼저 제출하거나 또는 작품과 함께 제출하게 되는데, 보통 시놉시스에는 집필의도와 등장인물, 줄거리를 쓰게 된다.

- 집필의도에는 왜 이 작품을 썼고, 어떤 의미를 두고 있는지, 작품을 통해 무엇을 말하고자 했는지 등을 쓴다.
- 등장인물에는 등장하는 모든 인물을 쓴다. 순서는 중요한 인물부터 쓰고, 나이와 성별과 함께, 간단히 직업과 인물 성격, 인물들 간의 관계 등을 간략히 쓴다.
- 줄거리는 작품내용 순서대로 쓴다.

그러나 여러분들은 일반적인 시놉시스보다 더욱 상세히 써야 한다.

시놉시스보다는 일종의 시나리오 계획서로 하루 만에 쓰기보다는, 그동안 이론을 배울 때마다 계속 자신이 쓰려는 작품에 적용해 보고 메모해 두었다가 마지막으로 정리해 보기 바란다.

계획서를 쓰다 보면 항목 중 빈 공간이 생길 것인데, 그것은 아직도 자신이 시나리오를 쓸 준비가 안 된 부분들인 것이다. 이렇게 확연히 드러난 부족 부분들은 반드시 숙고해 모두 써야 한다.

과제)

첫 번째 시나리오의 계획서 써 보기

1) 제목

2) 집필의도(주제 포함)

3) 소재(주제를 가장 잘 나타낼 소재인 이유, 또는 이 소재에서 보여 주고자 하는 주제 등에 대한 설명 포함)

4) 장르

5) 주인공(어떤 특징들을 강조하며 창조하였나 등)

6) 인물들 배치

7) 줄거리(중심 줄거리를 중심으로 장황하지 않게)

8) 플롯

9) 그 외 장소, 배경, 시간, 음악, 전체적 분위기 등 특히 강조할 부분들이 있으면 쓸 것

10) 자신의 시나리오의 특징 또는 장점

11) 자신의 시나리오의 단점(이 부분은 앞으로 어떤 식으로 보완해야 할 것인가를 알기 위해서 반드시 써 봐야 함)

시나리오 계획서의 예:

〈시나리오 계획서〉

서울여대 언론영상학과 박선주

① 제목

너였을 때, 그리고 내가 되었을 때

② 목적

단편제작용

③ 집필의도(주제 포함)

나약한 인간은 본질적인 이중성을 지닌다. 같은 상황에서도 주체가 내가 되느냐, 남이 되느냐에 따라 다른 행동을 보인다. 주체가 남이 되었을 때에는 비난과 멸시를 하는 상황에서도 그 주체가 내가 되었을 때에는 자신을 보호하고 합리화시키는 경향이 있다.

④ 소재

성폭행 사건에 대한 인터넷 댓글을 통해 벌어지는 한 경찰관 이야기

⑤ 장르

드라마, 블랙 코미디

⑥ 등장인물 소개와 인물 배치도

- 등장인물들은 모두 전형적 인물(보편과 개성을 동시에 지닌 인물)이다.

ⓐ 경찰관 박 씨: 경찰관이라는 사회적 지위를 중시한다. 가족보다는 제3
자의 의견이나, 남들에게 보이는 이목을 중시한다. 인터넷 중독증 초
기 증세를 보인다.

ⓑ 아들(중학생 자녀): 박 씨의 아들, 철없는 중학생. 자신이 한 잘못이 무

엇인지도 모르고, 부모보다는 인터넷을 통해 세상을 배운다.

ⓒ 부인: 박 씨의 부인, 사교적인 부분에 관심이 더 많으며, 비중은 크지 않다.

ⓓ 누리꾼들: 일반적인 인터넷 누리꾼의 행태를 보인다. 내 일도 아니면서 남의 일에 지나친 관심을 보인다. 감정을 다스리기보다는 익명성이라는 인터넷의 특성을 이용한 공격성을 지닌다. 개인보다는 다수의 의견에 휩쓸리는 경향이 있다. 이성적 판단보다는 감정적으로 대응한다. 집단의식이 강하다.

ⓔ 경찰관 김 씨: 경찰관 박 씨의 동료. 좋을 때는 잘해 주다가 나쁜 일이 생겼을 때에는 멀리 달아나 버리는 전형적인 소심한 인물로, 가벼운 사람이다.

ⓕ 송 기자: 경찰관 박 씨 부서 담당 기자. 기자 특유의 뱀 같은 능글맞은 인물. 의심이 심하고 꼬치꼬치 캐묻는 것을 즐긴다. 있는 그대로의 사실보다는 그 안의 의도를 추측하고 비난하길 좋아한다.

- 인물배치는 경찰관 박 씨를 중심으로 주변 관계를 형성하는 것으로 표현된다.

ⓐ 경찰관 박 씨와 그의 가족(중학생 자녀, 부인)은 무관심 관계로 배치한다.

: 단절된 가족, 그 안에서는 대화가 존재하지 않는다.

ⓑ 경찰관 박 씨와 누리꾼들의 관계는 상황에 따라 옹호적, 적대적 관계로 배치한다.

: 경찰관 박 씨의 행동에 따라 누리꾼들의 행동이 변화하며, 그 관계는 수시로 변화한다.

⑦ plot으로 이야기 배치(plot 특징)

4단계 배치(기, 승, 전, 결)

ⓐ 기 – 경찰관 박 씨의 생활: 가족과의 대화 단절, 인터넷 댓글 중독, 경찰관 표창.

ⓑ 승 – <중학생 성폭행 사건> 발생, 댓글과 시위 주도, 뉴스 출현.

ⓒ 전 – 중학생 아들의 고백, 댓글 삭제, 아이디 도용으로 가해자 옹호 여론 형성.

ⓓ 결 – 사이버 수사, 누리꾼들의 비난, 경찰관 박 씨의 갈등과 속내.

⑧ 시나리오 장점

－모두가 주인공이 될 수 있다(사이버 세상에서의 누리꾼 활동).

－언론에 보도된 '중학생 성폭행 사건'으로 의식을 환기시킬 수 있다.

－인간 본연의 이중성을 엿볼 수 있다.

－도덕성을 고민하게 한다.

－가족을 생각하게 한다.

⑨ 시나리오 단점

－블랙 코미디가 지니고 있는 유머 요소를 담기 어렵다.

－경찰관 박 씨의 심리 묘사를 철저히 할 수 있는 연기파 배우가 필요하다.

⑩ 그 외(장소, 배경, 소품, 음악, 장르, 전체적 분위기)

장소, 배경, 소품: 경찰관 박 씨의 개인 서재

－방 불은 끄고, 모니터에서만 희미하게 나오는 푸른빛을 강조(인터넷 중독, 단독 샷)

－성폭행 사건에 대한 댓글과 경찰관 박 씨의 뉴스 출현은 모두 모니터를 통해 보여 주는 방법을 사용(액자식 구성)

　장르: 블랙 코미디, 드라마

－대화가 많지는 않지만, 대화 하나하나에 풍자, 비판적 요소를 담는다.

－경찰관 박 씨의 중독증, 이중성을 나타낼 수 있는 대화를 사용한다.

　전체적 분위기: 이미지적 요소를 강조한다.

－경찰관 박 씨를 통한 심리 묘사에 치중하기 때문에 배경을 통한 이미지 강조가 중요하다.

－경찰관 박 씨가 혼자 있을 때만 어두운 분위기를 유지한다.

- 시나리오 전체의 분위기는 밝게 만든다.

⑪ 줄거리

너였을 때, 그리고 내가 되었을 때

경찰관 박 씨는 가족과의 대화에는 무관심하다. 하지만 그의 유일한 취미는 가족이 아닌 제3자와의 열띤 토론과 대화이다. 그는 전형적인 인터넷 누리꾼이다. 그는 인터넷을 통해 만나게 되는 다양한 기사나 의견에 댓글을 달고 토론하는 일을 강박적으로 해낸다. 가족과의 대화보다는 얼굴도 모르는 제3자와의 의견 교환이 더욱 즐겁고 마음이 편하다. 가끔 나쁜 짓을 한 사람들이나 이해할 수 없는 반인륜적인 범죄를 저지른 사람들에 대해서는 정도가 지나친 욕을 퍼붓기도 한다. 그 사람도 자신을 모를 것이라는 익명성의 혜택에 감정 표현은 더욱 격해지는 것이다.

경찰관 박 씨는 여느 때와 다름없이 댓글을 달고 있다. 그러다가 <여중생 장기적 집단 성폭행>에 대한 기사를 읽는다. '여중생은 1년 동안 B의 주도하에 수십 차례 집단 성폭행을 당했다고 한다. 더욱 놀라운 것은 그 장소가 학교 내부, 피해자의 집과 같은 가까운 곳이었다고 한다(조선일보 3/29, 3/30 기사).' 화가 머리끝까지 치솟은 경찰관 A는 그 가해자들을 사형시켜야 한다며 비난, 공격성 위주의 댓글을 단다. 특히, 가해자들의 신상을 공개해야 한다며 여론 운동을 펼쳐 나간다. 누리꾼들의 더 큰 호응을 얻기 위해 경찰관 박 씨는 자신의 신분(경찰관이라는 신상 공개)을 공개한다. 그리고 각종 게시판에 타당한 논리를 담은 의견을 기사와 함께 옮겨 스크랩하면서 서명 운동까지 추진한다. 누리꾼들의 옹호와 함께 여론은 서서히 움직인다.

경찰관이라는 신분과 얼굴도 모르는 피해자를 위해 열심히 노력했기 때문인지 서명 운동에 동참하는 사람들은 100만 명이 넘어선다. 경찰관 박 씨의 이런 행동은 결국 언론의 주목을 받기에 이른다. 뉴스에도 나오고 '이 시대의 진정한 경찰관'이라는 타이틀로 성폭행 가해자 처벌에 관한 토론 프로그램에도 패널로 출현하게 된다. 그리고 사건은 성폭행 근절을 위한 첫 번째 본보기 사건으로 일파만파 커지게 된다. 부인은 남편 덕에 이웃들에게 진정한 도덕적 경찰 남편을 두었다는 부러움의 시선을 받게 된다. 가정은 좋아지는 듯해 보인다.

아들(철없는 중학생)은 점점 불안해진다. 가해자가 자신이라는 것으로 조금씩 밝혀지는 수사망을 피할 수 없게 되자 결국 가족들에게 대화를 시도한다. 그리고 자신도 그 사건에 참여했다며 눈물을 흘린다. 물론, 참회의 눈물이라기보다는 자신의 얼굴이 세상에 공개될 것에 대한 두려움과 아버지의 행동에 대한 원망 때문이다. 아들은 자신의 행동이 잘못된 것인지 알지 못하는 성숙하지 못한 학생이다.

뒤늦게 수습해 보려 하지만, 일은 걷잡을 수 없이 커져 경찰관 박 씨는 결국 난관에 봉착한다. 아이디를 도용해 반대 여론을 형성하려 하지만 그조차 뜻대로 되지 못하며, 누리꾼들의 신랄한 비판을 받게 된다. 결국 사이버 수사망을 통해 행동을 들키게 된다. 그런 그의 이중적인 모습에 누리꾼들은 분노한다.

이 학생의 계획서를 보면 계획서만 보아도 작품이 기대될 만큼 관심을 가지게 만든다. 우리 사회의 문제 중 하나인 인터넷 문화의 문제점을 다루고 있을 뿐 아니라, 더 나아가 인간의 근본적인 문제인 인간의 이중적 측면을 주인공과 누리꾼들을 통해 생동감 있게 그리려는 의도가 담겨 있어, 재미만 있고 의미는 없는 시나리오가 아니라, 수준 있고 내용도 좋은 시나리오로 잘 창작될 것으로 추측되어, 시나리오 초고가 기다려지게 만드는 계획서임을 알 수 있을 것이다.

또한 더욱 높이 살 만한 점은 수업진행마다 차근차근 이론과 자신의 작품, 영상물을 통해 공부한 단편영화들과 자신의 작품의 수준 등을 의식적이거나 또는 무의식적으로라도 긴밀히 연관시키며 성의 있게 준비한 계획서여서, 창작준비에 고통 속에서도 즐거움을 느낄 수 있는 좋은 창작과정을 계획서에 담고 있다는 점이다.

그러므로 여러분들도 좋은 계획서를 준비해 보기 바라며, 다음에 언급한 문제들이 보이는 계획서를 쓰지 않도록 노력하기 바란다.

<계획서에 자주 나타나는 문제점들>

- 아이디어는 좋으나 작품 내용이 미약한 계획서
- 집필의도도 좋고 주제의식도 좋으나 그것을 시나리오화하는 실제 작품 속 이야기가 진부한 계획서
- 소재가 미약하거나 거부감을 주어 시나리오로 발전시켰을 때 시나리오의 수준이 낮아질 소재
- 너무나 진부한 이야기면서 주제의식도 없어, 시나리오로서 가치가 없거나 시나리오로 진전되기 힘든 계획서
- 전체적 틀은 있으나 중심이야기가 빠져 있거나, 중심이야기에 집중 안 하고 산만한 이야기
- 이야기는 재미있으나 작품 의도나 주제가 미약한 계획서
- 알맞지 않은 제목
- 내용은 모호하나 제목으로 선명해지는 계획서(모호한 것이 인위적인 효과를 염두에 두고 한 것이 아니라면, 좀 더 내용을 보완해야 함.)

그 외에도 문제점들이 있는 계획서들이 있으므로, 계획서를 작성하기 전에 자신의 계획서가 위의 사항들에 속하지 않나 확인해 보고, 문제점들을 보완해야 한다.
쓴 계획서는 주위 사람들과 함께 토론을 통해, 시나리오의 수준을 파악하고, 자극받고 격려받아, 장점은 더 살리고 단점은 보완해, 수준 높은 시나리오로 발전시켜야 한다.

11. 시나리오 쓰는 법

시나리오는 촬영대본을 쓰는 것이 아니므로 연출, 연기자, 카메라 감독의 몫까지 쓸 필요가 없다.

시나리오는 영화의 대본을 쓰는 것임을 잊지 말고, 자신의 시나리오를 직접 감독할 계획을 갖고 있어도, 시나리오를 쓸 때는 좋은 시나리오를 쓰는 것에만 열중해야 한다.

시나리오의 길이는 원고지 2장이 1분에 해당되고, 장편 시나리오는 원고지 200매(A4용지로는 30p)를 쓰면 되나 현재는 더 많은 양을 요구하는 추세이고, 단편은 30분 이내의 길이를 쓰면 된다. 자신이 쓴 시나리오가 몇 분 정도의 길이인지 잘 모를 때에는 실제 속도로 대사를 연기해 보고, 행동과 침묵의 시간, 장소만 보여 주는 신 등 실제 영상화되었을 때의 시간과 같은 속도로 시계를 보며 전체를 읽어 재어 보면 된다.

그리고 단편은 길이보다는 작품의 질을 더 중요시한다는 것을 잊지 말아야 한다.

1) 시나리오 쓰는 법

(1) 우선 제목, 작가명, 등장인물을 쓴다.

제 목

작가이름

<등장인물> (주인공부터 쓰고, 등장인물을 모두 쓴다.)
이름: 나이, 성별, 성격, 직업, 인물들과의 관계 등을 간단히 씀

예) 김초롱: 20세의 영화를 전공하는 여대생. 낙천적 성격으로 이민우를
　　　　　사랑함.

　　이민우: 24세의 의대생. 우울한 성격으로 매우 소극적이고, 김초롱을
　　　　　여자 친구 이상으로 생각하지 않음.

　　김미정: 초롱의 같은 과 친구. 호기심이 많음.

(2) 신(장면, 장소)이 바뀔 때마다 신 넘버를 바꾼다.

s#1/#1/1/신 1 중 선택하여 신을 표시하고

신에는 반드시 내부 또는 외부(내·외부가 확실한 장소는 안 써도 됨), 시간을 표시해야 함.

신1. 강의실(내부, 오후)

신2. 영화관 앞(저녁)

신3. 거리(밤)

(3) 지문과 대사

대사는 인물에 맞는 대사를 쓰고, 구어체로 쓴다.

지문은 현재형으로 쓰고, 장황한 소설식 묘사는 하지 않는다.

지문은 장면과 인물을 동시에 설명할 때나, 여러 인물들의 동작을 함께 설명할 때는 ( ) 없이 쓰고 한 인물의 동작을 설명할 때는 ( )를 사용한다.

예)

신1. 강의실(내부, 오후)

강의가 끝나자 학생들은 하나둘씩 강의실을 나가고, 초롱과 미정만이 앉아 있다.

(지문 쓴 다음에는 한 칸 띄움)

미정: (머뭇거리다) 너 요새 민우 오빠랑 무슨 일 있니?

초롱: 아니. 오늘도 만나기로 했는데. 영화 볼 건데, 너도 같이 가자!

미정: 오늘은 안 돼. 나 시나리오 한 장도 못 썼잖아. 내일까지 무슨 수로 다 쓰냐.

초롱: 나도 다 못 썼는데 오빠 만나기 전에 다 쓰고 가야겠다.

미정: 민우 오빠를 위한 시나리오?

초롱: (웃으며) 응.

(다음 신으로 가기 전에 한 칸 띄움)

신2. 영화관 앞(저녁)

초롱: (뛰어오며) 오빠! 많이 기다렸지.

민우: 5분만 더 기다리다 안 오면 가려고 했다.

(한 칸 띄움)

영화관으로 들어가는 초롱과 민우(중간지문 위아래 모두 한 칸씩 띄움)

(한 칸 띄움)

신3. 영화관 안

영화를 보는 초롱과 민우

2) 시나리오 용어들

신(scene): 장면(1시간 30분에서 2시간 길이의 장편 시나리오에는 100~150신이 사용됨.)

신 넘버: 장면 번호

시퀀스(sequence): 에피소드의 단위임. 하나의 에피소드를 이루는 장면들의 조합 즉 하나의 이야기. 장편 시나리오에는 10개 내외의 시퀀스가 필요함

페이드인(Fade In (F.I.)): 화면이 점점 밝아지면서 하나의 장면이 이루어지

는 것

페이드아웃(Fade Out (F.O.)): 화면이 점점 어두워지면서 장면이 사라지는 것

* 하나의 시퀀스는 F.I.에서 F.O.으로 끝남. 페이드인, 페이드아웃은 하나
의 에피소드의 시작과 끝을 나타내는 것으로, 이야기를 시작하고 매듭
지을 때 사용해야 함(아침이나 밤이 되었다고 사용하지는 않음)

내레이션(Na/Narr): 해설(이라고 써도 됨.) 인물의 심리상태를 인물이 해설
로 표현할 수도 있고, 인물의 내면적 독백도 내레이션
이라고 쓸 수도 있으며, 해설자가 해설을 할 수도 있다.

나라타주(Narratage): 회상(이라고 써도 됨.)

모놀로그(Monologue): 독백 (또는 A의 목소리, B의 목소리 등으로 써도 됨)
혼자 하는 소리, 마음에서 우러나는 소리로, 관객은
듣고, 상대방은 듣지 못함.

필터(Filter/F.): 전화나 이어폰 등을 통해서 나오는 소리

ON: 전화를 받을 때 그냥 그대로의 소리

영희: (ON)여보세요!

철수: (F)집에 있었구나! 나야 철수.

오프 사운드(off sound/O.S.) 화면 밖 소리

보이스 오버(voice_over/V.O): 장면 위로 인물의 소리가 깔리는 것(자연풍
경 등이 비치면서 인물의 모습은 드러나지
않고 목소리만 들리는 경우 등)

뮤직(Music/M.): 음악

이펙트(sound effect/E.): 음향효과, 효과음 (E): 전화벨 소리

오버랩(Over Lap/O.L/W라고도 씀): 화면 겹침(이 김). (담배꽁초 하나 오버
랩하여 꽁초 가득으로 변함.) 또는 연
기자의 대사가 겹치는 것

디졸브(Dissolve/DIS): 화면의 겹침 (그러나 느낄 수 없을 만큼 짧음)

와이프(Wipe): 앞 화면을 지우면서 뒤의 화면이 나오는 것. 화면의 오른쪽
부터 지워지거나, 또는 위에서 아래로 지워짐

인서트(Insert): 내용의 보강이나 확인을 위해 화면 사이에 삽입하는 짧은
　　　　　　　장면. 예) 야경 인서트
크레딧(Credit): 영화 제작에 참여한 사람들의 명단을 보여 주는 자막.

3) 장면 전환 방법들

가장 중요한 것은 시나리오의 흐름이 건너뛴 부분이 없이 자연스럽게 흘러가야 한다는 것이다. 초보자들은 표현하기 힘들다고 내용을 건너뛰어 신 연결이 부자연스럽고 꼭 있어야만 할 내용도 빠져 있어 신과 신 사이의 연결이 부자연스러울 때가 많다. 장면을 전환하는 일반적인 방법들은 다음과 같다.

페이드인, 페이드아웃을 사용하거나(장편의 경우), 오버랩이나 디졸브를 사용하거나, 와이프(wipe: 화면 지움)를 사용하거나, 자막을 사용하거나(8년 후), 대사 사용(인천에 가자라는 대사 후 인천이 나옴), 음향 사용(뱃고동소리 나온 후 바다 나옴), 소도구 사용(아들의 장난감 총을 만지다 전쟁 장면을 회상함), 시간 경과에 따른 장면전환(시간 순서대로 혹은 현재 – 과거 – 현재 등으로), 그 외에도 소리, 음악을 사용하기도 함.

시나리오를 쓰는 법은 위에서 보았듯 그렇게 복잡하지가 않다.

그러나 시나리오 쓰는 법을 알아도 대사와 지문을 제대로 쓰지 못한다면, 시나리오가 잘 쓰이지 않을 것이다. 초보자들이 가장 힘들어하는 대사와 지문에 대해 공부하기로 하자.

12. 대사

1) 대사

시나리오는 시각적 표현을 중요시하기 때문에, 대사가 전혀 없거나, 몇 마디만 있는 단편영화도 많이 있다. 많은 대사보다 단 한 장면이 감동을 줄 수도 있기 때문이다. 그래서 행동으로 표현할 수 있는 대사는 행동으로 바꾸라는 말까지 나온다. 두 사람이 헤어지는 장면도 많은 대사보다는 헤어지면서 하는 행동, 태도 등으로 대신할 수도 있고, 대사로 다투기보다는 액션과 시각적인 것을 통해 다투는 모습을 직접 보여 주는 것이 더 효과적일 수도 있기 때문이다.

또한 대사를 꼭 필요한 만큼만 사용할 때 관객은 인물에 대해 관심을 지니고 인물과 상황을 스스로 파악하려 지켜보게 되고 긴장하면서 보게 된다.

시나리오에서 모든 것을 설명하지 말고 시각적인 것으로 보여 주고, 시각적인 요소만으로는 전달할 수 없는 분위기나 정보를 전달할 때 도움이 되는 경우에만 대사를 사용하라고 하지만, 시나리오에서 대사는 중요하고, 초보자가 가장 힘들어하는 것은 대사 쓰기이다. 그것은 자신이 창조한 인물을 작가 자신이 잘 모를 때 특히 대사를 쓸 수 없으므로, 자신이 창조한 인물을 잘 알도록 노력해야 한다. 또한 인물 간의 대사의 어미처리가 쉽지 않기 때문에 대사 쓰기가 어렵기도 하다. 이럴 때에는 등장인물과 유사한 주위 인물이나 상상 속 인물이나 기성배우를 선정해, 그 사람의 목소리를 상상하며 쓰는 것도 대사를 자연스럽게 쓰는 하나의 방법이 될 수 있을 것이다.

대사를 쓸 때 가장 중요한 점은 각 인물의 성격에 가장 알맞은 대사를 써야 한다는 것이다.

그리고 초보자들은 문어체로 쓰는 경우가 많으므로 반드시 구어체로 써야 한다.

2) 대사의 기능들

대사의 기능들을 정리해 보자.

- 대사는 작가의 사상이나 감정을 표현하는 기능을 지닌다. 이때 작가는 자신의 사상이나 감정을 인물들을 통해 간접적으로 표현해야 한다. 자기주장이 강한 작가들은 인물 중 한 인물을 자신의 대변인으로 선정해, 그 인물을 통해 자신이 말하고 싶은 것을 말하게 하는데, 이때 대사는 작가의 말투가 아닌 작품 속 인물에 맞는 대사로 자연스러워야 한다.
- 대사는 스토리를 발전시켜 나가는 기능을 지닌다.
- 대사는 행동을 진전시키고 닥쳐올 사건을 예고한다.
- 대사는 사건이나 이야기에 대한 정보나 사실을 관객에게 알려 주는 기능을 한다.
- 대사는 인물이 원하는 목표가 무엇인가를 직접 또는 간접적으로 드러나게 하고, 그런 목표의 성취과정의 진전 또는 그 과정의 지연을 드러내 준다.
- 대사는 인물이 어떤 인물이고, 그의 성격, 개성, 심리상태나 변화, 내면의 진실 등을 알게 해 주는 기능을 지닌다.
- 대사는 등장인물과의 관계나 그들 사이의 갈등 등을 드러내 준다.
- 대사는 때와 장소에 대한 필요한 지식을 주기도 한다.

3) 대사를 쓸 때 고려할 사항들

대사를 쓸 때 고려할 것들로는 기본적으로 인물의 성별, 연령, 직업, 교양, 지위, 신분 등에 맞는 대사를 사용해야 하고, 다음의 사항들을 대사를 쓰기 전에 숙고해 봐야 한다.

- 인물 스스로 말하게 할 것인지
- 다른 인물의 대사를 통해 드러내 줄 것인지
- 내심과 다르게 말해, 대사 이면에 숨어 있는 진정한 의미를 관객에게 파악하게 할 것인지
- 대사에 직접 주제를 보일 것인지
- 핵심 단어를 일부러 숨길 것인지
- 어떤 인물의 대사량을 많게 할 것인지, 적게 할 것인지
- 인물의 고유의 표현, 사투리, 외국어, 은어, 속어, 직접적 언어 등 중 어느 것들을 선택해 그의 사회적, 문화적, 지적 수준을 나타내 줄 것인지의 여부
- 침묵을 사용해 말로 표현하기 어려운 무엇인가를 암시하거나 분위기로 전달하거나 긴장감을 형성할 것인지 등을 대사를 쓰기 전에 숙고해 봐야 한다.

그리고 대사를 다 쓴 후에는 인물들 각각을 따로 읽으면서 그 인물의 성격상의 동일성, 발전성, 원인 있는 변화 등이 잘되었나를 확인해야 한다.

4) 피해야 할 대사들

- 문어체
- 모호한 대사
- 복잡한 말
- 어려운 외국어, 고사성어, 사투리, 너무 전문적인 대사
- 인물에 맞지 않는 저속한 대사
- 관객이 소화해 내기 힘든 많은 양의 정보
- 의미 없고 즉흥적인 일상 속에서의 대사들(대사는 일상적 대화보다는 좀 더 압축적이고 흥미롭고 암시적이어야 한다.)

13. 지문

시나리오에 있어서 지문은 필름에 옮겨지지 않는다는 이유로 중요시하지 않는 경향이 있다. 이것은 잘못된 생각이다. 시나리오는 각 신마다 독자적인 의미와 성격이 있으므로 대사보다도 지문이 더 중요할 때도 있다.

지문은
- 인물의 행동을 말하는 것이고,
- 어떤 장면의 경치나 장소의 특색을 묘사하는 데도 쓰이며,
- 인물의 심리나 성격까지도 묘사 설명할 수 있다.

   그러나 이때 주의해야 할 점은, 소설적 심리묘사의 지문을 특히 초보자들은 많이 쓰는데, 장황한 묘사보다는 시나리오 속 인물들 안에서 인물의 심리를 행동이나 대사를 통해 구체적으로 보여 줘야 한다.
   그 외 심리 묘사의 기법으로는 주관적 또는 객관적 내레이션에 의해 설명하거나, 꿈이나, 환상, 추억 장면의 삽입, 풍경에 의한 심리 묘사 등으로 표현할 수도 있다.
- 지문은 간결하고 시각적인 영상적 문장으로 표현해야 한다.

   지문에 따라 영상이 달라질 수 있는데, 예를 들어 '달려오는 경구'라고 썼을 때에는 뭔가 긴박감이 느껴져 경구의 가슴 이상(B.S.: Bust Shot 바스트 샷. 상반신 화면)을 화면에 담게 되고, '경구가 달려온다'고 지문을 쓰면 긴박감이 덜 느껴져 경구의 전신을 화면에 담게 되므로, 지문에 따라 영상이 달라질 수 있게 됨도 알아야 한다.
- 지문은 반드시 현재형으로 쓴다(초보자들은 과거형으로 쓰는 경우들이 많으므로 주의해야 한다.).
- 지문을 쓸 때 배우의 모든 행동을 상세히 쓰기보다는, 문장으로 다 표현되지 못할 부분은 감독의 몫, 배우의 몫으로 남겨두는 것이 좋다.
- 또한 지문은 작가 자신의 언어수준과 문체가 드러나게 하는 부분이므

로 질적 수준이 낮은 지문은 시나리오의 격을 떨어뜨리므로 쓰지 말아야 한다.

14. 시나리오 초고 쓰기

1) 시나리오 초고 쓰기

시나리오는 이야기 속에 몰입하게 쓰는 것이 중요하므로 카메라지시나 쓸데없는 용어들을 사용하면서 시간을 낭비할 필요가 없다. 그렇다고 시나리오 쓰기가 그렇게 쉬운 것만도 아니다. 전반적인 이론을 배웠고, 시나리오 계획서가 거의 완벽하다 하더라도, 이론공부와는 달리 글쓰기라는 것은 비체계적인 작업이고 홀로 이루어 내야 하기 때문에 어려운 것이 정상이라고 말할 수 있을 정도이다.

또한 계획서에는 아직 구체적으로 인물을 통해 어떤 구체적인 장소들에서, 어떤 식으로 대사와 지문을 쓰면서 자신의 집필의도를 펼쳐 나갈지가 들어 있지 않기 때문에 초고를 쓰기가 쉽지가 않은 것이다.

그러나 계획서가 없다면 집을 지을 때 설계도 없이 주먹구구식으로 짓는 것과 같다.

많은 초보자들은 계획서대로만 써도 좋을 작품을 최대로 노력하지 않고, 쓰는 작업이 생각보다 너무나 힘들다는 핑계로 대강 써서 평범한 작품으로 만드는 경우가 있는데, 끝까지 노력해서 좋은 작품을 써야 한다.

초고를 쓰다 보면 계획이 바뀌거나, 인물이나 이야기의 첨가, 삭제 등이 일어나기도 하며, 쓰면서 좋은 아이디어가 떠오를 수도 있으므로, 계획서에 완전히 얽매이지는 말고 글쓰기에 몰입해야 한다. 계획서보다 더욱 중요한 것은 수준 높고 완성도 있는 시나리오 창작에 있기 때문이다.

시나리오를 쓸 때에는 시나리오의 큰 중심을 지키면서, 창작하는 매 순간 자신의 재능과 열정과 자신감을 믿고 최대의 에너지를 동원해 자유스럽게 써야 한다.

그래도 글이 막히는 경우가 있는데, 이것은 단순한 마음의 상태이므로 극복해야 하고, 이때에 큰 힘이 되는 것은 집필의도이다. 집필의도를 다시 읽어 보면 왜 이 글을 써야 하는지에 대한 확신과 처음 작품을 쓰려 했을 때 지었던 밝은 미소와 열정이 되살아날 것이다.

포기하지 않고 철저히 몰입해 써서 완성해 보면, 처음 쓰는 작품이라고 믿어지지 않을 만큼 좋은 작품을 완성하게 될 것이다. 창작의 묘미는 분명히 백지상태의 막막함에서부터 시작되었는데, 애정을 갖고 몰입하다 보니 자신 앞에 자신이 썼다고 믿어지지 않을 정도의 작품이 완성되어 놓여 있는 것이다.

특히 작가들은 처음 쓰는 작품에 최대의 공을 들이기 마련이다. 왜냐하면 잘 모르기 때문에 더욱 노력하고, 노력해도 부족함을 알기 때문에 또 노력하게 되기 때문에 첫 작품에 정성을 다하기 마련이다. 여러분도 이런 자세로 초고를 완성하기 바란다. 그러다 보면 첫 작품에 대한 애착이 강하게 남을 것이고, 초고 후 수정과정도 즐겁게 해내게 되어, 좋은 작품을 완성하게 될 것이다.

2) 초고를 쓸 때의 주의할 점들

초보자들 중에는 계획안대로, 또는 계획안을 보완해 좋은 초고들을 완성하기도 하지만, 완성도가 높고, 시나리오로서의 가치까지 지닌 작품들은 적으므로, 시나리오로서의 가치까지 지닌 작품을 쓰려 노력해야 한다.

다음의 사항들은 초보자들이 초고를 쓸 때 자주 반복하는 부족한 부분들이므로 답습하지 말아야 할 것이다.

- 처음 계획서는 좋았는데, 거의 다 삭제하고, 빨리 쓴 초고
- 아이디어는 좋았는데 구체적인 중심 내용이 미약해 평범한 시나리오가

된 초고

- 큰 부분들은 잘해 놓고, 작은 부분에서 잘못해서 작품성이 떨어진 초고
- 중요 부분을 제대로 그리지 않고 산만한 초고
- 자신 없는 부분들을 그냥 넘어간 초고
- 이미 알려진 영화나 방송 드라마의 에피소드들과 유사한 초고
- 혼자만 알고 있고 시나리오에는 쓰지 않은 초고
- 길이만 지나치게 길고 내용이 없는 초고(이것은 읽는 사람이 가장 싫어하는 초고 유형 중 하나임)
- 분위기만 있고, 상황이 모호하고, 관념적인 것에 그친 초고
- 주제가 없는 초고
- 반대로 주제만 드러내 설교적이기만 한 초고
- 이미 전반적인 이론을 공부했음에도 불구하고, 차근차근 자신의 작품에 적용시키면서 키워 나가지 않고, 그렇다고 자신만의 개성적 방법을 창안해 놓은 것도 아닌, 가장 성의 없고, 수준 낮은 초고

대부분의 학생들은 이론 공부를 하는 동안 자신의 작품에 이론들을 적용해 보며 작품 구상을 차근차근 해 가며 작품을 발전시켜 나가고, 또한 시나리오나 영상물들을 통해 분석해 본 작품들과 자신의 작품의 수준과의 비교를 통해 어느 정도 수준을 지닌 초고를 완성하려는 최대한의 성의와 노력의 흔적이 역력한 초고들을 제출한다.

그러므로 자신이 위의 유형들에 속하는 초고를 쓰지 않도록 노력해서 좋은 초고를 반드시 완성하기 바란다.

15. 글 쓰는 환경과 글쓰기 방법

글을 쓸 때에는 각자 창의력과 상상력이 구속받지 않는 자유로운 환경과,

몰입할 수 있는 환경에서 쓰는 것이 좋다. 또한 어떤 것에도 방해받지 않고 중단 없이 글을 쓸 수 있는 시간을 확보하는 것도 중요하고, 가장 중요한 것은 컨디션이 좋고 쓰려는 의욕이 넘칠 때 쓰는 것이 좋다.

그러나 전업 작가가 아니라면 이런 모든 것이 모두 확보될 수는 없고, 제출 날짜까지 정해져 있다면 즐거움보다는 숨 막히는 시간들이 되기도 쉽다. 그러나 여러분들은 많은 직업에서 시간 내에 해내야 하는 경우가 자유롭게 아무 때나 해도 되는 일보다 더 많을 것이므로 이런 장벽도 넘어야 할 것이다.

글쓰기를 하다 중단해야 할 때에는 절대로 너무나 잘 쓰일 때 끝내면 안 된다. 그런 순간이 매번 오지 않기 때문이다. 그러나 부득이 끝내야 한다면 문장의 중간에서 끝내는 것이 좋다고 한다. 그래야 다음 날 이어 나가기가 수월하기 때문이다.

의욕을 잃었을 때에는 이미 써 놓은 부분 중 가장 좋은 부분을 소리 내어 읽거나 해서 자신감을 되찾고 느낌을 되찾아 쓰면 좋다.

잘 못 쓰겠는 부분이나 불확실한 부분들은 항상 메모를 해 두고, 나중에 보충하기 위해 남겨 놓고, 그다음 것을 쓰는 것이 좋다.

쓰면서 자꾸 고치기보다는 큰 흐름대로 쓴 후 다 써 놓은 후 보충하는 것이 일반적인 순서이다.

일단 한 번 써 놨으면 보충 부분에 대한 조사 등을 해서 남겨 놨던 부분을 넣어 완성한다.

그런 다음 한 번 다시 읽으면서 고쳐 쓰기, 삽입, 삭제, 대사를 최대로 구체적인 행동이나 지문으로 바꾸기, 어색한 대사 고치기 등을 하여, 최대로 좋은 작품으로 완성해야 한다.

그런 후 시간을 재어 가며, 소리 내어 실감나게 연기해 보고, 단편 시나리오로서 너무 지나치게 길면 중요하지 않은 부분들을 삭제하거나 압축시킨다.

최대로 노력하여 초고를 완성했으면, 자신의 초고 중 모호하거나 미흡한 부분, 반대로 자신의 시나리오의 장점인 부분들이 제대로 시나리오에 나타나 있고 제대로 전달되었나 등, 다른 사람들의 객관적인 의견을 듣고 싶은 점들을 메모해 본다.

칼 이글레시아스의 『시나리오 작가들의 101가지 습관』이라는 책에는 쓰는 일을 너무 심각하게 생각하지 말고, 글쓰기로 인해 인간으로서의 삶을 포기하지 말라고 하는 말이 있다. 그러나 대부분의 초보 작가들에게는 실천되기가 쉽지 않은 말일 것이다. 평소에는 여유를 지니며 자신의 좋은 작품을 쓰기 위한 구상과 메모를 해 놓으면서 초고를 쓰기 전 단계까지 차근차근 준비해 놓고, 글을 쓸 때에는 완전히 몰입해서 쓰는 것이 일반적인 글쓰기 방법일 것이다.

과제)
최대로 완성도 높은 초고 써 보기

초고의 예: 시나리오 계획서에서 언급한 박선주의 시나리오를 참조하기 바란다. 이 시나리오를 보면 잘 계획된 계획서가 얼마나 좋은 시나리오를 쓰는 데 도움을 주는지 확인이 될 것이다. 계획서에서 표현하기 힘든 부분을 쉽게 넘기려 하지 않고, 잘 계획된 계획서를 잘 살리면서, 계획서에 생명력 있는 숨을 불어놓은 듯 인물과 대사, 상황들이 생동감 있게 진행되어 있음을 잘 볼 수 있을 것이다.

여러분이 볼 시나리오는 초고를 보완 수정한 완성본인데, 잘 쓰인 초고는 수정이 크게 필요 없을 정도로 초고에서 거의 완성될 수 있음을 알 수 있을 것이다.

초고를 수정한 부분은 수정 부분이라고 지적해 놓았다.

너였을 때, 그리고 내가 되었을 때

박선주

<등장인물>

경찰관 박 씨: 경찰관이라는 사회적 지위를 중시한다. 가족보다는 제3자의
의견이나, 남들에게 보이는 이목을 중시한다. 인터넷 중독
증 초기 증세를 보인다.

아들(중학생 자녀): 박 씨의 아들, 철없는 중학생. 자신이 한 잘못이 무엇
인지도 모르고, 부모보다는 인터넷을 통해 세상을 배
운다.

부인: 박 씨의 부인, 사교적인 부분에 관심이 더 많으며, 비중은 크지 않다.

누리꾼들: 일반적인 인터넷 누리꾼의 행태를 보인다. 내 일도 아니면서
남의 일에 지나친 관심을 보인다. 감정을 다스리기보다는 익명
성이라는 인터넷의 특성을 이용한 공격성을 지닌다. 개인보다
는 다수의 의견에 휩쓸리는 경향이 있다. 이성적 판단보다는
감정적으로 대응한다. 집단의식이 강하다.

경찰관 김 씨: 경찰관 박 씨의 동료. 좋을 때는 잘해 주다가 나쁜 일이 생
겼을 때에는 멀리 달아나 버리는 전형적인 소심한 인물로,
가벼운 사람이다.

송 기자: 경찰관 박 씨 부서 담당 기자. 기자 특유의 뱀 같은 능글맞은 인
물. 의심이 심하고 꼬치꼬치 캐묻는 것을 즐긴다. 있는 그대로의
사실보다는 그 안의 의도를 추측하고 비난하길 좋아한다.

S#1. 방 안(내부, 늦은 밤)

방 안을 카메라가 쭉 훑는다. 별다른 것은 없고, 헌장, 상장 등을 지나 잘
다려진 경찰복이 옷걸이에 걸려 있다.

깜깜한 방 안에는 유일하게 모니터를 통해 뿜어져 나오는 파란 불빛이 있다.

한 남자의 뒷모습이 보이고, 그 남자는 끊임없이 키보드를 두드리고 있다. 뭔가에 홀린 듯이 눈은 모니터를 주시하고 있으며, 누군가 대화하는 것처럼 혼잣말을 하면서 끊임없이 키보드를 두드린다.

- 혼잣말, 방 안을 가득 메우고 있는 키보드 소리

경찰관 박 씨: (담배를 비벼 끄면서) 에이~ 그게 아니지~ (키보드 소리)
　　　　　　그건 저 여자가 잘못한 거여, 먼저 바람피웠잖아~
　　　　　　(모니터에 얼굴을 들이밀면서 손가락으로 아이디를 콕콕
　　　　　　찌르며)
　　　　　　뭐, 이런 자식이 다 있어? 웃기고 있네~
　　　　　　이런 미친 새끼가, 야, 너 돌았냐, 이씨~ 죽을라고 환장했군,
　　　　　　(시간 경과)
　　　　　　(담배에 불을 붙이며) 거봐, 내 말이 맞자나~
　　　　　　(시간의 경과)
　　　　　　(미친 사람처럼) 으흐흐흐흐흐, 으흐흐흐흐,
　　　　　　(시간 경과)
　　　　　　(책상 위 탁장시계를 쳐다보며) 에이, 벌써 시간이 이렇게
　　　　　　됐나~
　　　　　　하루 24시간은 너무 모자라다고,
　　　　　　에이씨~

방 안의 파란 불이 꺼진다. 방안은 불빛 하나 없이 깜깜해진다.

S#2. 경찰서 근처 식당(외부, 점심시간)
경찰관 박 씨와 동료 김 씨는 감자탕 집에서 점심을 해결하고 있다.
경찰관 박 씨는 감자탕을 게걸스럽게 먹고 있다.

경찰관 김 씨: (박 씨의 밥그릇을 보며 혀를 찬다.) 또 아침 걸렀군, 느그
　　　　　　마누라 오늘은 또 어디 갔는데?

경찰관 박 씨: (밥그릇 바닥을 숟가락으로 긁으면서) 몰라~ 이 놈의 마누라가 아침부터 또 바람났나 봐~ 밥은 그렇다 치고, 이젠 말도 안 허고 나가네,

경찰관 김 씨: (장난스럽게 눈을 실처럼 뜨며) 정말 바람난 거 아냐?

경찰관 박 씨: 바람피라 그래! (경찰복 가슴 부근 배지를 가리키며) 내가 요절을 낼 테니까.

경찰관 김 씨: (손을 위아래로 휘저으며) 아하하하하, 아서라 아서, (갑자기 얼굴 가까이로 다가오며 귓속말을 하듯이 작게) 그건 그렇고 안산에서 토막살인 난 거 있자나.

경찰관 박 씨: (먹던 숟가락을 내려놓으면서 흥미 있다는 듯이) 어어, 그거 어떻게 됐데?

경찰관 김 씨: 그거 자식새끼가 그런 거래, (혀를 끌끌 차며) 참나~ 세상이 어떻게 될려고 그러는지.

경찰관 박 씨: (놀라지 않는다.) 그랬군, (슬그머니 알듯 모를 듯한 미소를 띠운다.)

S#3. 방 안(내부, 저녁)

- 혼잣말, 방 안을 가득 메우고 있는 키보드 소리

경찰관 박 씨: (담배를 비벼 끄면서) 이게 사람이 할 짓이여~ 아니지 아니지, (키보드 소리)

이런 자식은 똑같이 죽어야 대.

(모니터에 얼굴을 들이밀면서) 뭐, 이런 자식은 사시미로 그냥~

아니지 아니지, (분노) 이런 자식은 똑같이 토막 내는 법을 만들어야 돼……

(시간 경과)

(담배에 불을 붙이며) 그럴 줄 알았지~ 역시 사람 마음은 다 똑같아.

(시간 경과)

(미친 사람처럼) 오늘은 수확이 좋은데, 다 내 편이네.

으흐흐흐흐흐, 으흐흐흐흐,

(시간 경과)

카메라는 모니터를 비춘다.

댓글 사이로 끊임없이 댓글을 달고 있는 경찰관 박 씨의 아이디 평화의 수호자가 보인다.

그리고 그 밑으로 하나의 댓글을 보인다.

"평화의 수호자님 의견에 적극 찬성합니다. 그런 놈은 죽어 마땅합니다."

경찰관 박 씨: 그렇지 그렇지~ 으흐흐흐흐흐흐

아내의 카랑카랑한 목소리가 울린다.

아내(목소리): (방문 밖에서) 박명식 밥 먹어.

(노크도 없이 문이 열린다) (o.s.) 밥이나 먹어.

S#4. 경찰서(내부, 오전)

신문이 여기저기 널려 있다. 경찰서 내부는 분주한 편이다.

경찰관 박 씨: (여기저기 둘러보다가) 뭔 일이야?

경찰관 김 씨: 에이씨 몰라~ 골치 아픈 일이 생긴 모양이야, (신문을 던지면서) 고천 중학교에서 생긴 일이래, 자네하고 내가 맡아야겠어.

경찰관 박 씨, 김 씨가 던진 신문을 살핀다.

신문 제1면에는 '고천 여중생 장기적 집단 성폭행'이란 제목이 보인다.

경찰관 박 씨: (흥분하며) 뭐야, 이런 일이 왜 하필 우리 구역에서 일어난
　　　　　　거야?
경찰관 김 씨: (기다렸다는 듯이) 낸들 알아? 피해자부터 조사하러 가자
　　　　　　구!, 아, 귀찮아.

S#5. 방 안(내부, 늦은 밤)
- 혼잣말, 방 안을 가득 메우고 있는 키보드 소리

경찰관 박 씨: (담배를 물고) 뭐야, 다 똑같은 소리만 하고 있군.
　　　　　　(천장을 바라보다가 문득 무슨 생각이 떠올랐다는 듯이) 아
　　　　　　하, 자료가 있었지.

　경찰관 박 씨는 갑자기 가방에서 자료를 꺼낸다. 자료 앞표지에는 <피해
자 조서>라고 쓰여 있다.

경찰관 박 씨: (자료를 뒤척이며) 나한테 이렇게나 많은 자료가 있는데~
　　　　　　으흐흐흐, 좋았어, 평화의 수호자가 본때를 보여 주마, 으흐
　　　　　　흐흐흐

(시간 경과)

　경찰관 박 씨는 자료를 덮고, 키보드 엔터(손만 클로즈업)를 누른다. 그리
고 만족한 미소를 짓고 방을 빠져나간다.

(시간 경과)

카메라는 모니터를 클로즈업한다.
댓글이 2~3초도 안 되게 계속 업데이트된다. 속도가 굉장하다.

판사: 평화의 수호자님 짱!
청렴결백 경찰관: 전적으로 동감합니다. 가해자가 나이가 어리다는 이유
　　　　　　　　로 처벌을 받지 않는다는 것은 오히려 더 큰 피해를 부
　　　　　　　　를 뿐입니다. 우리가 나서서 법을 개정해야 합니다. 앞
　　　　　　　　으로 더 큰 피해를 막기 위해서라도요.
연쇄살인범: 일본에서도 14세 미만에게도 형사처벌을 할 수 있게 형법을
　　　　　　개정한다는 소리가 있더라구요, 우리도 법을 개정해야 합니다.
미래경찰: 경찰관께서 직접 이런 의견을 올려주시고, 그 용기와 자신감에
　　　　　박수를 보냅니다. 경찰관님의 깊은 뜻도 이해할 수 있었구요.
포돌이^ ^: you best!
……
……
……

경찰관 박 씨가 자는 동안 댓글은 수십만 건이 올라온다.
박 씨의 글이 새로운 정보를 담고 있고 논리, 타당성이 있다고 판단한 누
리꾼들은 경찰관 박 씨의 글을 스크랩하고 퍼뜨린다.

S#6. 경찰서(내부, 오전)
출근하자마자, 경찰관 김 씨가 달려온다.

경찰관 김 씨: (밝게 웃으면서 큰 소리로) 알고 있었어? 당신 스타 됐어,
　　　　　　당신 신문에 나왔다고. (신문 1면을 보여 준다.)
경찰관 박 씨: (놀라면서) 이게 뭐야~!

신문 1면을 클로즈업한다. 신문에는 "평화의 수호자, 알고 보니"라는 타이틀이 보인다. 어제부터 시작된 누리꾼의 주장이 인터넷을 휩쓸고 있다. 주인공인 고천동 경찰서 박 모 씨, 그를 중심으로 모인 누리꾼들은 세상을 변화시키려 한다.

경찰관 김 씨: (놀라는 박 씨를 의아해하면서) 에에! 몰랐어? 아까 송 기자도 온다고 연락 왔어, 밥이나 같이 먹자하대?

S#7. 경찰서 근처 국밥집(내부, 점심)
송 기자: (수첩을 꺼내 들며) 아니, 대체 언제부터 이런 일을 하셨어요?
경찰관 박 씨: (머리를 긁적이며) 아니 뭐, 어쩌다가~
송 기자: 이러다가 정말 서명운동에 동참하는 사람이 100만 명이 넘을지도 모르겠네요, 성폭행을 한 청소년들에게도 법적인 형사처벌이 이뤄져야 한다는 게 말이 그렇지 될 수 있을까 했는데, (실눈 뜨며 쳐다보면서, 비꼬는 듯한 투로) 이러다간 정말, 하하하, 박인식 경찰관님 유명 인사 되시겠네요. 이거 이거 일이 커지겠는데요, (지나가는 말로) 법원으로 직접 제출하실 거예요?
경찰관 박 씨: 아, 그게, (주춤거리며) 어떻게든 되겠지 뭐.

S#8. 방 안(내부, 늦은 밤)
댓글을 확인한다. 서명운동은 이미 100만 명을 넘어섰다.
송 기자의 인터뷰 기사가 실린다.
박 씨의 환한 얼굴이 화면을 채운다.
그 밑으로 "성폭행 가해자 청소년 엄중한 처벌이 요구된다."는 타이틀이 보인다.
박 씨는 흐뭇한 미소를 짓는다. 사진과 기사 밑에 달린 댓글을 확인하면서 자랑스럽게 웃는다.
(경찰관 박 씨는 낮과는 다른 이중적인 모습을 보인다. 갑작스런 상황에

당황스러워했던 모습과는 전혀 다른 모습을 혼자 있는 방 안에서 보인다.)

경찰관 박 씨: 아하하하하하하하, 하하하하하하하, 아하하하하하하

　　　　　　　(배를 움켜쥐며) 어떻게 이렇게까지 됐지? 생각지도 못했

　　　　　　　는데.

　　　　　　　(모니터를 주시하며, 손가락으로 댓글 아이디 하나하나를 가

　　　　　　　리키며)

옳지! 오케이! 좋아~

(시간 경과)

갑자기 휴대폰 소리가 울린다.

경찰관 박 씨: (모르는 번호라서 조금 기다렸다가) 여보세요~

휴대폰: 고천동 경찰서에 근무하시는 박인식 경찰관 맞으십니까?

경찰관 박 씨: 예, 맞는데 누구신데 그러십니까?

휴대폰: 저는 MBS 70분 토론 프로그램 담당 피디입니다.

(시간 경과)

－시간의 경과를 보여 주는 카메라 기법, 자막 "일주일 후"

댓글을 확인한다. 서명운동 청원서를 제출하는 모습이 뉴스에 나온다.

토론 프로그램 출현 후 반응이 더욱 좋다.

박 씨의 열띤 주장이 담긴 영상이 파노라마처럼 지나간다.

－'성폭행 가해자는 나이에 상관없이 엄중한 처벌이 요구됩니다.'

－'이번 사건을 계기로 성폭행 가해자는 이 땅에 발도 못 디딜 겁니다.'

－'성인이 되지 않은 청소년들에게 형사처벌을 요구합니다.'

(시간 경과)

경찰관 박 씨는 모니터 앞에서 키보드를 두드린다.

모니터 화면에는 '평화의 수호자: 감사합니다'라는 글이 쓰인다.

그 옆으로 근면한 경찰관 타이틀이 쓰인 상패가 보인다.

아내의 낭랑한 목소리가 울린다.

아내(목소리): 박명식 밥 먹어.

(노크 후 문이 열린다) (o.s.) 여보, 저녁 먹고 해~

경찰관 박 씨: (흐뭇한 미소를 지으며) 이제 사람 사는 것 같군.

S#9. 거실 식탁(내부, 저녁)

대화는 없다. 다만 세 가족이 모여 저녁을 먹는 것이 처음이라 조용하고 어색한 느낌이 감돈다.

경찰관 박 씨: (아내와 아들을 힐끗 쳐다봤다가 무슨 말을 할 듯하나, 이내 체념한 듯이 헛기침을 한다.) 흠흠.

밥숟가락이 그릇을 부딪치는 소리만 난다.

(시간 경과)

아들: (우물쭈물 거리며) 아……부지(어린 말투로 짧게)

경찰관 박 씨: (의아하게 쳐다보며)……?

아들: 아……부지 그만하세요.

아내: 무슨 소리야?

아들: 아니…….

(시간 경과)

S#10. 방 안(내부, 식사 후 2시간가량 지난 늦은 저녁) **(수정한 신)**

아들 : 아부지, 그만하세요.

경찰관 박 씨: …… (다시금 의아하게 쳐다본다.)

아들: (흐느끼면서) 나, 무서워요, 나도 그 짓 했단 말이에요.

그니깐, 아부지가 그렇게 형사 처벌하라는 중학생 그거 나라구요.

나도 건드렸어요, 걔, 그냥 애들이 재미 삼아 해 보자고.

어차피 창피해서 신고도 못 할 거라면서……(흥분하여, 울음이 커

진다.)

근데 아빠가 계속 그러고 다니시니깐,

이러다가 나도 잘못하다 걸리면 어떡해요?

나 때문에 걸리면, 그럼…… 애들이 다 날 죽이려고 들 텐데……

(공포에 질린 듯)

……

아 진짜, 그만하세요, 미치겠다, 짜증 나, 아…… (체념, 회한)

경찰관 박 씨: (아들을 멍하게 쳐다본다. 입이 벌어지며 초점 없는 눈빛)……

박 씨는 아들의 심리 상태의 변화를 감지하지 못할 정도로, 놀란 상태이다.

아들은 울기는 하지만, 아버지를 원망하는 마음이 더 큰지 잘못을 뉘우치

는 기색은 전혀 없다.

아들은 계속 울면서 떠들고 있지만 박 씨의 귀에는 들리지 않는다.

[스피커 out, 박 씨의 공허함을 표현하는 수단]

침묵이 거실 안을 감싼다.

아들은 말도 없이 벌떡 일어나 나가 버린다.

방문이 닫히는 소리. ‘쾅’

S#11. 방 안(내부, 늦은 밤)

컴퓨터 앞에는 자료들이 어지럽게 찢겨 있다.

모니터 화면에는 지금까지의 영상과 댓글이 무작위로 재생되고 있다. (파

노라마 형식)

경찰관 박 씨는 그 자리에서 멍하게 앉아 있다. 손도 움직이지 않고 눈도

움직이지 않는다.

　재떨이에는 담뱃불이 꺼지지 않고 계속 피어오르고 있다.

(시간 경과)

　‘쿵’ 하고 현관문을 사납게 닫고 나가는 소리가 들린다.

　경찰관 박 씨는 동요하지 않는다. 꿈쩍하지 않고 그대로 앉아 있다.

(시간 경과)

　재떨이에 담배가 가득 차 넘친다.

　자료들은 쓰레기처럼 방 안 이곳저곳에 널려 있다.

　상패는 이미 떨어져서 반은 깨져 있다.

(시간 경과)

　카메라는 모니터를 클로즈업한다.

　“저는 평화의 수호자도 뭣도 아닙니다. 어린 청소년들에게 기회도 주지

않고 형사처벌을 하는 것에 갑자기 회의를 느끼게 되어”

　(커서가 깜빡거리고 있다)……

　경찰관 박 씨는 머리를 움켜쥔다.

S#12. 경찰서(내부, 오전)

　경찰관 박 씨는 늦은 출근을 한다.

　경찰관 김 씨: (초췌한 박 씨의 표정을 보며) 뭐야, 왜 이래? 얼굴은 왜 그래?

　경찰관 박 씨: (머쓱한 웃음을 지으며) 아하하하, 그냥 간만에 잠을 못 잤

　　　　　　　더니~ 아하하하,

경찰관 김 씨: (싸늘하게) 나 지금 농담하는 거 아니야, 게시판이나 봐봐,
　　　　　　　그리고 이따 송 기자 온대.
경찰관 박 씨: (당황하며) 아아……

(시간 경과)

박씨는 경찰서 게시판에 접속한다.

카메라는 모니터를 클로즈업한다.

[모니터 화면]

"평화의 수호자 박인식도 결국 법 앞에서 무릎 꿇다. 그를 믿은 내가 부끄럽다!"

경찰관 박 씨는 주위를 둘러본다.

절친한 동료였던 경찰관 김 씨마저 싸늘하게 시선을 피한다.

경찰관 박 씨는 손을 덜덜 떨며, 마우스를 움직인다.

S#13. 방 안(내부, 저녁) (일부 보완한 부분)

핸드폰은 계속 울리지만 받지 않는다.

벨소리가 시끄럽게 들린다.

여전히 지저분하고 어지러운 방 안을 카메라가 훑는다.

경찰관 박 씨는 죽은 사람처럼 누워 있다.

그 옆에는 키보드가 부서져 있다.

카메라는 모니터를 클로즈업한다.

[기사] 고천중학생 여중생 성폭행 사건, 범인은 같은 학교 남학생들로 밝혀지다.

　여중생을 장기적으로 집단 성폭행한 가해자는 다름 아닌 친구들, 현재 8명의 남학생이 용의자로 지목됐으며, 놀라운 것은 평화의 수호자로 한때 인기를 누렸던 박인식 경관의 아들도 이 일에 연루되었다는 사실이다. - 기자 송대희(송 기자)

[댓글]

연쇄살인범: 죽어라, 니가 인간이냐, 너 같은 놈이 경찰을 다 하고,

피해자: 아마 일부러 감추려고 그랬을 거야. 지 새끼가 성폭행을 당했어
도 그랬을까.

C.S.I 수사대: 평화의 수호자, 개뿔은 무슨.

만인은 법 앞에 불평등하다: 정말 18, 세상에 저런 인간이 어떻게 있을까,
잡히면 죽는다.

경찰아저씨 짱: 저 고천중학교에 다니는데요, 그 애들은 1학년 3반이고,
아저씨는 학교 앞 사거리 고천경찰서에 근무해요, 같이
찾아가서 돌이나 던지고 올까요? 아니야, 침 뱉고 오는
게 더 좋을지도 몰라요~

가해자: 저주나 받아라, 미친 새끼.

평화의 수호자 _

댓글 바로 밑에 평화의 수호자란 아이디 옆으로는 커서가 계속 깜빡깜빡
거리고 있다.

화면은 빛 하나 없이 점점 어두워진다.

[THE END]

16. 독회

작가는 일반적으로 자신의 작품에 대한 객관적인 시선을 지니기가 힘들
다. 그러므로 독회과정은 중요하다.

독회를 하는 곳은 자신의 작품을 주의 깊게 들어 줄 수 있고, 지적이며
명석한 전문 집단이 있는 곳이어야 한다.

무엇보다도 각자의 작품의 개성과 의미를 존중해 줄 수 있는 집단이어야
한다. 세상의 어느 작품도 완벽할 수는 없지만, 각각의 작품은 나름대로의

의미와 가치를 지니고 있기 때문이다. 그러나 작품들 간의 어느 정도의 질적 차이는 있는 것은 사실이다.

자신의 작품이 지금 질적 수준이 조금 낮은 작품일지라도, 지금 좋은 초고를 쓴 사람보다도, 앞으로 더 좋은 작품을 쓰게 될 수도 있으므로, 독회는 자신의 장점과 단점을 알아 가는 과정으로 매우 중요하다.

또한 지금까지 발표한 계획서가 좋았어도, 작품 자체에 들어가서 생동감 있게 창조되지 않았다면, 좋은 초고라 할 수 없기 때문에, 작품 자체를 읽고 토론해야만 한다.

더욱 중요한 것은 시나리오 동호회 등 소모임 내에서 한다면 독회를 통해 다른 사람들의 작품과 자신의 작품을 비교해 봄으로써, 자신의 작품의 수준을 객관적으로 파악하게 되어 서로 자극받고, 각자의 작품의 장점과 단점을 파악하게 되어 앞으로 더욱 좋은 작품을 쓰게 될 기회를 갖게 되므로, 독회는 시나리오 창작과정에 반드시 들어가 있는 것이다.

독회를 더욱 효과적으로 진행하기 위해서, 작가는 다른 사람들에게 배역을 주고 실감 나게 연기하게 준비해 온다면 제일 효과적일 것이다. 시나리오를 실감 나게 연기하는 동안 다른 사람들이 어느 부분에서 지루해하는지, 어느 부분에 관심 있어 하는가도 작가는 체크해야 할 것이다.

듣는 사람들은 다음의 것들을 생각하며 유연한 사고를 갖고 들어야 하며, 구체적이며 분석적으로 작가에게 의견을 주고, 왜 그런 느낌을 받았는지도 이야기해 줘야 한다.

또한 작가에 대한 개인적인 관심이나 감정을 지니지 말고, 작품 자체에 관심을 지니며 들어야 한다.

- 이 작품은 무엇을 말하고 있나? (여러 의미도 가능)
- 소재는 어떤가?
- 주인공에 대한 느낌은? (매력적인가, 호감이 가는 인물인가, 공감이 형성되게 하는 인물인가, 몰입케 만드는 인물인가 등)
- 주인공은 어떤 요소들이 강조되어 창조되었나?
- 주인공과 다른 인물들과의 배치는?

- 이야기는 흥미로운가?
- 플롯의 특징은 무엇이고, 이야기를 가장 효과적으로 전달할 수 있는 플롯을 선택하였나?
- 처음 부분부터 관객의 관심을 사는가?
- 포착하기 힘들고 미묘하게 말해진 것이 오히려 더 관심을 일으키는가?
- 중요한 중간 부분의 미흡한 점은 없나?
- 중간 후반부터 성의 없게 쓰인 부분은 없는가?
- 결말 부분은 어떠한가?
- 명확하지 않은 부분은?
- 믿기 어려운 부분은?
- 진부한 부분은?
- 너무 인위적인 부분은?
- 우리의 정서상 거부 반응을 일으키는 부분은?
- 내용에 맞지 않는 장소나 노래는?
- 대사 대신 행동으로 바꾸어야 될 곳들은?
- 너무 모두 말해 관객이 스스로 발견하며 몰입할 여지가 없지는 않나?
- 대사는 인물과 잘 맞는 대사인가?
- 필히 보완해야 할 부분?
- 재미있는 부분은?
- 의미 있는 부분은?
- 전체적 분위기는 어떠한가?
- 정감이 느껴지거나, 여운 등이 남는가?
- 시나리오의 의미를 음미하게 만드나?
- 개성적이거나 예술성을 지니고 있나?
- 제목은 어떠한가?
- 마지막으로 가장 중요한 것은 시나리오로서의 가치가 있는가이다.
- 그 외에 말하고 싶은 점들은?

작가는 다른 사람들이 말하는 의견을 듣고 성의 있게 보완 설명을 해 주고, 그 외에 자신이 궁금했던 점들을 질문하고, 독회에서 나온 의견들을 정리한다. 특히 많은 이들이 지적한 부분들은 시나리오로서 부족하거나 공감대 형성에 문제가 있다는 것이므로 수정하는 것이 좋을 것이다.

그러나 모든 의견을 수용하기보다는 최종 선택은 자기 자신이 하는 것이므로 가장 중요하고 핵심적인 보완 부분부터 보완하고, 그 외 부분들도 보완해 최종 완성을 하여야 한다.

17. 시나리오 완성하기

초고를 조금만 수정해도 되는 사람들은 즉시 수정해 완성본을 완성하여야 한다.

반대로 많은 부분을 수정해야 하는 사람은 보완할 부분에 대한 조사 등을 하면서 자신의 작품을 객관적으로 볼 수 있게 되었을 때 수정하는 것이 좋다. 그러나 너무 오래 놔두었다가 수정하는 것은 작품에 대한 전체적 분위기, 열정 그리고 작품의도 등에서 벗어나 의무적으로 수정하게 되어, 또다시 수정보완을 거치는 시간낭비가 따르기 때문에 좋지 않다.

수정할 때에는 가장 맑은 정신 상태에서 집중해서 수정을 한다. 대부분의 사람들은 수정해서 더 완성도 있는 작품을 완성하지만 그렇지 않은 작품도 있으므로 다음 사항들을 염두에 두면서 수정한다.

- 우선 간단히 고칠 수 있는 부분들부터 고친 후, 큰 수정 부분으로 넘어간다.
- 꼭 첨가해야 할 부분들을 대강 몇 줄만 보충해 넣으면서 대강 넘어가려 하지 않는다.
- 연관성이 덜한 것으로 보완하지 않는다.
- 중심이야기를 산만하게 하는 부분들은 과감히 삭제한다.

−소재가 미약한 것을 더 미약한 에피소드를 첨부해 더 수준 낮은 작품
으로 만들지 않는다.

수정은 초고에서 드러난 장점을 더 살릴 수 있으면 더 살리고, 초고를 수
정하고 보완해서, 초고의 수준을 좀 더 높여 완성도 높은 작품으로 완성하
기 위해 한다는 것을 잊지 말아야 한다.

과제)
−시나리오 초고를 완성도 높은 시나리오로 수정 보완해 완성할 것.
−수정은 초고 위에다 하는 것이 좋다.
수정 부분은 반드시 표시하고, 첨부 부분이 많은 부분은 번호를 쓰고 다른 종이
에 보완해서 초고에 첨부해 볼 것.
또는 초고를 반드시 저장해 놓을 것. 초고를 완전히 없애는 것은 위험하다. 수
정 후 초고의 어느 부분은 수정한 것보다 더 나을 수도 있기 때문에 초고는 반
드시 저장해 놓고 수정해서 완성하여야 한다.

---

18. 두 번째 시나리오 창작

처음 시나리오 작품에서 자신의 장점과 보완해야 할 점을 파악했을 것이
다. 두 번째 단편 시나리오는 스스로 완성도에 대한 높은 기준을 설정해 시
나리오로서 가치 있는 작품을 완성해야 한다.

두 번째 시나리오 창작도 계획서 쓰기 − 소모임에서의 발표와 토론을 통
한 의견 수렴과 보완 − 초고 완성 − 소모임에서의 독회 − 수정 보완 − 완성본
완성의 과정을 거치기 바란다.

과제)
두 번째 시나리오 계획서 쓰기

제4장

개성적인 단편영화

1. 개성적인 단편영화 비교 분석

IMF 때 가정문제에 착상을 얻어 창작한 두 편의 단편영화를 비교해 보며, 단편 시나리오의 특성을 잘 살린 개성 있는 단편영화란 어떤 것인가를 공부해 보기로 한다.

우선 <말아톤>을 감독했던 정윤철 감독의 <동면>(12분 40초, 2000년 작품, 프랑스 클레르몽페랑 국제 단편영화제 본선 경쟁부문, 한국영상자료원 소장)을 보기로 한다.

작품내용: 이 작품의 착상은 IMF 때 실직 후 많은 사람들이 낙태를 시키는 현상을 보고, IMF가 아니라면 태어났을 많은 아기들을 생각하며 가슴이 아파서 이 작품을 쓰기로 했다고 한다. 작품내용을 보면 영화 배경은 가까운 미래의 아시아 대공황이라는 최악의 환경이고, 현재보다 더 암담한 경제적 공황상태의 분위기를 지닌 미래의 사회 속에서 한 젊은 부부는 폐허화된 아파트에서 살고 있다. 남편은 실직을 한 상태이고 부인은 출산을 앞두고 있어, 병원에 가서 아기를 출산하나 국가차원에서 아기 유예기간을 부모가 선택할 수 있게 했으므로 아기는 냉동인간으로 만들어져 유예시켜 부모에게 건네준다. 간호사는 감정 없이 축하한다는 말을 하나 탄생의 기쁨보다는 측은함과 암울함을 느끼게 되며 저 방법이 아기를 위하는 방법일까 하는 의아함까지도 느끼게 된다. 집에 온 아기는 냉동기구 안에 갇혀 집안 냉장고 안에 보관되고 아기 엄마는 곰 인형을 그 곁에 둔다. 냉장고 문에는 부부 사진이 있고 그 옆에는 아기 사진이 붙어 있다.

다음 사항들을 생각해 보기 바란다.
- 착상 후 어떤 질문들을 해 가며 작품이 형성되었겠는가?
- 주제는?

- 소재는 주제를 잘 표현해 줄 수 있는 것이었나?
- 인물들은 어떤 인물들인가?
- 플롯은?
- 주요 갈등은?
- 시간은?
- 장소는?
- 흑백 효과는?
- 상업영화로서 가능할까?
- 어떤 층이 이 영화의 가치를 인정하겠나?
- 이 영화의 개성적 요소는?
- 제목은?
- 전체 평

〈착상 후 질문들〉

감독은 착상 후 어떻게 아기들의 낙태를 막고 탄생을 할 수 있게 할 수 있을까 고민을 했을 것이다.

미래에도 또다시 경제적인 어려움이 생길 수도 있고 그런 상황이 올 때마다 아기들을 낙태한다면 이 세상의 아기들은 점점 줄어들 수밖에 없기 때문이다.

아기를 낳았다 하더라도 아기를 키우기 힘들 것이고, 이런 모든 어려움 속에서 아기를 낙태시키지 않을 방법을 여러 방법으로 모색하게 되었을 것이다.

그러다 냉동인간이 떠올랐을 것이고, 현대 우리 사회에선 아직 받아들이기 힘들기 때문에, 현대보다 더 비참한 경제적 공황상태의 미래 사회로 이야기를 가져갔고, 그때라면 죽은 이들도 냉동인간이 되어 첨단 의술을 기다리는 것이 조금은 현재보다는 익숙할 수 있는 사회가 될 것이므로, 아기를 부모가 키울 수 있는 능력이 될 때까지 유예시켜 놓는 것도 가능할 수 있는 미래 사회로 이 이야기를 가져가자고 생각했을 것이다.

그러나 아기를 냉동화시킨다는 아이디어에 주변 친구들의 찬반 의견이 있었을 것이고 최종 결정은 감독 자신이 결정을 했을 것이다.

꼭 이런 식의 착상 후의 작품 형성해 나가기가 아니었다 해도 작품을 창작하려는 사람들은 다른 사람의 작품을 볼 때 백지에서부터 자신이라면 어떤 과정을 거쳐 완성했을까를 생각해 보는 것이 좋다.

〈주제〉

주제는 생명은 어떠한 상황에서도 존귀하다로 볼 수 있다.

〈소재〉

소재는 어느 젊은 부부의 냉동 아기 이야기로 관객이 집중해서 보게 만드는 이 독특한 소재로 주제가 잘 표현되었다고 볼 수 있다.

〈인물들〉

생리적 차원: 인물들은 생리적 차원에서 나이가 강조되어 젊기 때문에 미래가 있으나 암담한 사회 속에서 실직한 상태에서 아기를 낳아야 하므로 더욱 고민을 할 수밖에 없는 인물들이다.

사회적 차원: 이 젊은 부부를 통해 작품 속의 사회의 상태를 한눈에 파악할 수 있게 하므로 인물들의 사회적 차원이 강조되어 창조되었다.

심리적 차원: 아기와 가족을 사랑하는 소망이 강조되었다.

도덕적 차원: 아기를 낳기 전에 아기를 낳아 냉동화시키는 것에 대한 죄책감이 작품 이전에 있었을 것으로 짐작이 되고, 영화의 결말 부분에서도 찬 상태로 둔 아기에 대한 죄책감에 곰 인형으로나마 온기를 주고 싶은 마음을 읽을 수 있다.

〈플롯〉

플롯은 3단계 또는 4단계로 볼 수 있다.

기 부분은 아시아 대공황이라는 최악의 환경 속에서 아기를 낳아야 하고, 승 부분에서는 출산을 하고, 전 부분에서는 아기를 냉동인간으로 하여 보존하고, 결 부분은 집에 가져와 환경이 나아질 미래를 기다리며 아기를 냉장고에 넣는 것으로 볼 수 있고, 또는 승 부분과 전 부분을 묶어 3단계로도 볼 수 있겠다.

〈갈등〉

주요 갈등은 부부 사이의 갈등은 안 보이고, 부부와 아시아 공황이라는 사회 환경 사이의 갈등이 있고, 부부 각자가 자아와 자아 사이의 갈등이 있을 것이다. 최악의 환경일지라도 아기를 책임지는 것은 부모이기 때문에 아기에게 최소한의 환경도 마련해 주지 못하고 냉동화시킨 자신들에게 각자 내적 갈등들을 지니고 있을 것이기 때문이다.

〈시간〉

이 작품의 시간은 냉동인간이 보편화될 수도 있는 미래 사회이고, 감독은 미래 사회가 밝지만은 않을 수도 있음을 이야기하고 있다.

〈장소〉

장소는 배급을 받아 살아가는 이가 많은 도시와 젊은 부부가 살고 있는 폐허화된 아파트와 사무적이며 습관적으로 아기를 냉동화시키는 의사와 간호사가 근무하고 있는 병원으로 모든 장소들이 암울하다.

〈톤〉

흑백 톤은 암울한 환경과 심리를 잘 표현하였고, 파란 톤은 차가운 느낌을 잘 살리고 있다.

〈관객층〉

이 영화는 대중적으로 폭넓은 이해를 얻기 힘들므로 상업영화로서는 불가능할 것이다.

그러나 특수층 특히 지식인층에게는 잊히지 않는 단편영화의 고전으로 남을 만한 가치 있는 영화이다.

〈개성적 요소〉

이 영화의 개성적 요소는 현재의 상황에서 착상을 했으나 작가 나름대로 자기 방식으로 작품을 이야기하려고 노력했다는 점이다. 그래서 미래로 가져가 현재와 유사한 문제를 지닌 인물들을 다른 시간대와 환경 속에다 넣으니 장소도 특수하고 이야기도 특수한, 다른 사람이 동시에 똑같은 작품을 쓸 수가 없는, 개성적인 작품이 창작되게 된 것이다.

〈제목〉

이 작품의 제목은 작품의 가장 중요한 이야기의 핵심을 제목에 잘 표현했고, 아기의 동면을 나타내는 이 제목은 개구리처럼 동면 후 살아 움직일 희망의 메시지를 담고 있어 감독의 작품의도를 이해하는 데 도움을 주는 제목이다.

〈전체 평〉

전체적으로 이 작품은 현실 문제를 그대로 다루는 진부함에서 벗어나 독립영화가 추구하는 것들을 많이 담고 있는 작품이다. 즉 상업성보다는 작품성을, 상업영화에서 다루지 못하는 것을 다루려는 개성적이고, 작가정신이 뚜렷하며, 작품성과 인간애까지 담아 개성 있는 영상으로 잘 표현한 수준 높은 작품이라고 볼 수 있다.

다음으로 유사하게 IMF 때 가정문제에 착상을 얻어 평범한 형식 속에서 영화화한, <인어공주>를 감독했던 박흥식 감독의 단편 <하루>(19분,

1999년 작품, 한국영상자료원 강원센터 자료실)를 보자.

작품내용: 착상은 IMF 때 경제문제로 해체되는 가정이 많은 것을 보고 감독은 영화를 만들기로 했고, 작품내용은 경제란으로 부인이 아이를 데리고 집을 나가 혼자 생활하고 있고 주인공은 새벽에 인력시장에 갔으나 오늘도 일을 못 구한다. 경마장에 가서 한 남자에게 오늘 어머니 제사 지낼 돈이 없다며 빚을 갚으라고 싸워 돈을 조금 받아 낸다. 제사용품을 사고 집에 온 그에게 주인아줌마는 방세 밀리지 말라고 한다. 주인공은 어머니 제사 준비를 혼자 하고 홀로 제사를 지낸다. 옛 제복이 걸려 있는 것으로 그가 실직을 했음을 알 수 있다. 멀리서 한 여자와 아이가 올라오는 모습에서 그의 부인과 아이가 아닌가 하는 생각이 드나 그것은 관객의 몫으로 남기며 영화는 끝이 난다.

다음 사항들을 생각해 보기 바란다.
- 주제는 무엇인가?
- 소재는?
- 주인공은 어떤 특성이 강조되며 창조되었나?
- 주인공에게 공감이나 호감이 가나? 그 이유는?
- 인물들의 관계는?
- 플롯은?
- 갈등은 잘 드러나나?
- 영화 속 시간의 특징이 잘 드러나는 장면들은?
- 장소들은 적절한가?
- 현실적 조사가 필요한 부분들은?
- 상업영화로서 가능할까?
- 어떤 층의 공감대를 얻어 낼 수 있나?
- 전체 평

〈주제〉

주제는 실직하고 가정이 해체된 아버지의 하루는 고달프고 쓸쓸하나 희망을 버려서는 안 된다.

〈소재〉

소재는 가정이 해체되고 일자리를 구하기 힘든 한 가장의 하루 이야기이다.

〈주인공〉

주인공은 실직한 보편적인 중년층이다.

생리적 차원에서는 나이가 강조되어 실직이나 가정이 해체되지 않았어도 중년의 남자들은 가정에서 위로받기 힘들고, 직장에서도 언제 퇴직을 강요당할지 몰라 불안하고, 실직 후 재취업이 매우 힘든 나이이기 때문에 주인공의 문제는 중년의 보편적인 문제여서 나이가 강조되었다고 볼 수 있다.

특히 **사회적 차원**에서는 고용불안과 재취업의 기회가 힘든 사회임을 주인공을 통해 잘 보여 주고 있고 인력시장에서까지 일자리를 얻기 힘든 사회 속에서 가정은 쉽게 해체될 수밖에 없음을 잘 보이고 있다. 주인공처럼 가난한 계층에게는 고용안정이 무엇보다도 중요한데 사회는 그러한 여건을 모든 이에게 마련해 주지 못해 가난의 악순환과 해체된 가족이 다시 모이기가 힘들다는 것도 주인공을 창작할 때 강조되었다고 볼 수 있다.

심리적 차원에서 주인공은 안정적인 일자리와 해체된 가정의 회복이 그의 간절한 소망일 것임이 강조되어 창조되었다.

그러나 주인공은 환경과 심리적 위축으로 소극적일 수밖에 없을지 모르겠으나 관객에게 호감을 주기보다는 답답함을 느끼게 하고, 진부한 내용에 주인공까지 소극적이어서 주인공 성격만이라도 다르게 설정했더라면 더 나은 영화가 되었을 것이라는 생각이 든다.

〈인물 관계〉

인물들의 관계는 주인공과 가족은 적대적이지는 않으나 서로에게 도움을 주지는 못하는 관계이고, 주인공이 하루 동안 만나는 사람들도 특별히 주인공과 매우 친밀한 관계들이 아니어서 경제적 어려움은 소외를 가져올 수도 있음을 인식할 수 있다.

〈플롯〉

플롯은 인물중심으로 느슨하다.

작품 이전에 이미 실직이나 가정해체가 이루어졌고, 작품 속에서는 주인공의 하루를 담고 있으나 가족이 모두 모여 지내야 할 제사를 주인공 홀로 지내므로 아무런 사건도 없이 끝나므로 느슨하다.

이 작품의 플롯은 3단계로 처음 부분은 인력시장에서 일을 못 구하고, 중간 부분은 주인공의 하루를 다루고 제사를 혼자 지내며, 끝 부분은 멀리 한 여자와 아이가 올라오는 것으로 가정회복의 바람을 간접적으로 담으며 끝이 난다.

〈갈등〉

갈등은 주인공과 가족 특히 아내와의 안 보이는 갈등이 있겠으나 주인공이 찾아가서 사건을 일으키거나 데려오지 않으므로 아무런 진전도 없는 고여 있는 갈등이 되고, 주인공과 사회 사이의 안 보이는 갈등도 있어 주인공은 다시 일하고 싶은 마음에 제복을 걸어 두고 있으나 복직을 위해 어떠한 행동도 하지 않고, 안정적 일자리를 마련해 달라는 요구를 사회를 향해 하는 적극적인 행동도 없어 갈등은 해소되지 않은 채 고여 있는 갈등으로 남아 있게 된다.

〈시간〉

영화 속 시간은 비슷한 일상 중 제사가 있는 특별한 날이나, 주인공에게는 가족이 모인다거나 하는 특별함이 없고, 내일이 되면 또다시 새벽에 인력시장에 나가고 또 일이 없으면 하루를 힘들게 보내는 일상이 반복되기 쉽고, 그의 이러한 일상이 언제까지 지속될지 몰라 암담하게 느껴진다. 마지막 여자와 아이가 그의 가족이어서 특별한 하루가 되길 관객들은 바라게 될 것이다.

〈장소〉

장소들은 인력시장의 모습을 매우 생생하게 그렸고, 혼자 사는 한 칸짜리 방 등 현실적 장소들이 잘 표현되었다.

〈조사 부분들〉

이 작품을 쓰기 위해서는 인력시장이나 경마장, 무료 급식현장이 이루어지는 곳 등의 조사들이 있어야 쓸 수 있다.

〈관객층〉

이 작품은 작가가 노력한 것에 비해 지루하여 상업영화로서 많은 관객층의 호응을 얻기는 힘들 것이다. 단 잔잔하고 누구나 이해하기 쉬운 영화를 선호하는 층들의 호응은 얻을 수 있을 것이다.

〈전체 평〉

이 작품은 전체적으로 경제위기와 가정해체를 다룬 많은 영상물들과 내용 면에서 큰 차이성이 없고, 일반적인 형식이어서 쉽게 이해는 할 수 있으나 진부한 면이 없지 않다.

그러나 경제위기 때의 상황에 대해 잘 알 수 있고, 현재까지 이어지고 있는 인력시장의 많은 실업자들의 생생한 모습을 잘 전달해 주고 있고, 예술성은 부족하나 소외계층과 가족해체에 대한 감독의 안타까운 심정이 잘 전달된 진지한 영화라고 볼 수 있다.

<동면>과 <하루>를 비교해 보자.

- IMF 때 가정의 많은 문제들 속에서 두 작가가 중심 이야기로 선택한

것의 차이는?

- 주인공 선정의 차이에서 오는 영화 전체에 끼치는 영향은?
- 현실을 다루는 두 작가의 차이와 공통점은?

<동면>은 낙태문제를 해결할 방안을 모색했고, <하루>는 실업 문제와 가족해체 문제를 중심 이야기로 선택해 두 작품은 가족에 관심을 가졌지만, 같은 환경 속에서 직시한 중심문제가 조금 달랐음을 알 수 있다.

주인공은 전자는 아기에 대한 사랑을 느낄 수 있는 가정이 해체되지 않은 젊은 부부이고, 후자는 많이 지쳐 있는 중년의 남자인데 어느 계층의 주인공을 선택하느냐에 따라 관객층이 달라질 수도 있고, 주인공들의 성격의 차이와 외모의 차이에서도 관객의 관심도가 달라질 수 있고, 이야기 전달효과도 달라질 수 있다는 것을 알았을 것이다.

<동면>은 현실을 본 후 그것을 그대로 그리기보다는 작품성과 자신만이 쓸 수 있는 이야기와 개성적인 표현에 대해 많은 숙고를 한 작품이고, <하루>는 현실을 보고 현실을 그대로 담기 위해 현실적인 조사를 더 많이 한 작품이다. 그러나 두 작가 모두 현실 속의 문제 앞에서 안타까움을 느끼고, 세상이 좀 더 따뜻해지길 바라는 마음에서 작품을 창조했다는 공통성 또한 지니고 있다.

2. 개성적인 단편영화

우리는 이미 <누가 예수를 죽였는가>, <햇빛 자르는 아이> 등에서 개성적인 영화란 어떤 것인가를 보았고, <동면>과 <하루>를 비교해 보기만 해도 개성적인 단편영화란 어떤 것인가를 알 수 있었을 것이다.

두 작가 모두 보통 작가들처럼 같은 문제를 보더라도 인간적인 접근을 할 수 있는 따뜻한 마음을 지니고, 많은 현실 속 문제들 중 가장 그리고 싶은 이야기를 포착해 낸 점은 같다.

그런데 개성적인 영화를 만들어 내는 작가는 그것을 현실 그대로 담기보다는 확장시켜 큰 시선 속에서 바라보고, 다른 사람들이 모방할 수 없는 자신만의 사고로 풀어내서, 신선하고 새로운 시각으로 접근한다.

또한 단편영화라는 장르만이 표현해 낼 수 있는 특성들을 최대로 발휘해 작품을 완성하는 것이 개성적인 단편영화를 만드는 방법들 중의 하나일 것이다.

그러나 반드시 개성적인 단편영화만이 최고의 가치를 지니는 것은 아니라는 것도 알 수 있었을 것이다. 많은 단편영화들처럼 친숙한 형식 속에서 쉽게 이야기를 풀어내는 것도, 공감대를 형성하면서 동시에 좋은 단편영화를 만드는 방법이 될 수 있다. 그러나 이때 진부해서는 안 되고, 좀 더 따뜻하게 인물들을 감싸 안으며, 현실적 정서를 관객들이 공감하거나 정감 있게 느낄 수 있게 하는 것도 좋은 단편영화를 만드는 방법이 될 수 있을 것이다.

과제)
두 번째 시나리오 초고 쓰기

제5장

애니메이션 시나리오

1. 애니메이션 시나리오

일반 영화가 현실에 존재하는 것을 대상으로 한다면, 애니메이션 시나리오의 특징은 그림으로 그릴 수 있는 것을 대상으로 한다(물론 애니메이션에는 인형이나 물체를 이용한 입체 애니메이션도 있기는 하다.).

애니메이션의 그림의 표현방식은 사실적일 수도 있으나, 보다 다양하고 풍부하고 과장되기도 한다.

그림으로 그릴 수 있는 무엇이든 애니메이션의 대상이 되고, 등장인물, 세트, 대도구, 소도구, 풍경 등 모든 것이 그림에 의해 표현되므로 보다 자유로운 것이 특징이다.

그림의 특성을 활용해 변형, 과장, 의인화시킬 수 있으므로 환상적이고, 신비하고, 서정적이고, 시적이며, 철학적인 것 또한 표현할 수 있는 장르이기도 하다.

위와 같은 특성 때문에 애니메이션 시나리오에서는 보다 자유로운 창작이 가능하므로 폭넓게 개성을 발휘할 수 있는 시나리오들을 창작할 수가 있다.

토리우미 진조(Toriumi Jinzo)는 『애니메이션 시나리오작법』에서 다음과 같이 말한다. 많은 사람들이 애니메이션 시나리오는 축소, 단축된 것으로 생각하나 단축하는 것이 아니라 농축해야 한다고. 즉 내용 속에서 핵심을 추출하여 각 장면의 대사 지문을 부족함 없이 표현하고, 군더더기 없는 알찬 구성을 해야 한다는 것이다. 이것은 단편영화가 추구하는 면과 유사하다.

애니메이션 영화도 일반 영화처럼 허구 세계를 다루고, 관객은 그 허구 세계에서 현실을 발견하고 진실을 발견함으로써 감동을 받는 것은 예나 지금이나 유사한 점이다. 그러나 시대와 환경에 따라 끊임없이 변화하는 것은 새로운 표현방식과 접근방식 등이 변하는 것이고, 작가들과 관객들의 취향이 변하므로, 애니메이션이든 일반 영화든 작가는 언제나 신선하고 참신한 시나리오를 쓰도록 노력해야 할 것이고, 질적 향상을 위한 노력도 항상 하여야 할 것이다.

애니메이션 시나리오에도 주제, 소재, 인물, 이야기, 플롯 등 보통 시나리오의 요소들이 모두 포함되어 있지만, 특히 애니메이션의 소재는 실사영화에서 불가능한 소재나 애니메이션의 효과를 최대로 발휘할 수 있는 소재까지도 가능하며, 위에서 언급했듯 그림으로 표현할 수 있는 모든 것을 담을 수 있어 좀 더 자유로울 수 있다.

그런데 우리에게 익숙한 이야기도 일반영화로 만들었을 때와 애니메이션으로 만들었을 때 느낌이 좀 더 색다른데, 그것은 그림이 주는 정겨움과 순수하고 동화적인 분위기, 현실을 그림으로 재해석해 표현한 데서 오는 느낌이 달라 관객에게 독특한 감흥을 주는 것이므로, 애니메이션은 작가가 하고 싶은 이야기를 개성적 형식에 담기에 좋은 장르 중 하나라고 할 수 있겠다.

애니메이션 시나리오의 형식도 일반 시나리오처럼
1) 신(장소) (S#1 등)
2) 지문(정경, 등장인물의 움직임 등)
3) 대사(내레이션, 대화 등)
4) 시나리오 용어들
등을 사용하는 것에서 일반 시나리오 쓰는 것과 쓰는 법이 같고, 원고 분량도 같다.

2. 일반 단편영화와 애니메이션 비교 분석

한 편의 일반 단편영화와 한 편의 애니메이션을 보고, 일반 단편영화로 제작되어도 되었을 애니메이션이 일반 단편영화와 어떻게 다른 정서를 주는지를 비교해 보기로 한다.

먼저 일반 단편영화이며 다음에 볼 <춘>에서처럼 노년을 다룬 강병화 감독의 <초겨울점심>(14분, 2002년 작품, 제55화 칸 국제영화제 씨네파운데이션 부문, 한국영상자료원 소장)을 보자.

작품내용: 외면적으로는 가족들 간의 표현이 어색하고 슬픈 현실이나, 내면적으로는 사랑이 묻어 있는 것을 보여 주려 제작했다는 이 작품의 내용은 치매에 걸린 할머니와 살고 계신 할아버지는 부동산에 일하러 가시면서 밖에서 문을 잠그고 가신다. 그러나 도둑 청년이 들어왔고, 할머니는 이 청년을 죽은 아들로 착각해 어깨를 주무르라 하고 아들의 손목시계도 준다. 가려는 도둑에게 언제 또 오냐며 차 조심하라고까지 한다. 무뚝뚝한 할아버지는 원산지 조기를 특별히 부탁해서 살 만큼 할머니를 위하고, 집에 와 손수 굴비를 굽고 점심상을 차린다. 할머니는 김장을 담그신다. 할머니는 그 후 돌아가신 듯하다. 할아버지는 소포를 받게 되는데 그것은 도둑이 훔쳐 간 보석함이고, 그 안에는 보석들과 아들의 시계, 그리고 가족들의 사진들이 있다. 그리고 벽에는 아들의 사진 옆에 할머니의 사진이 걸려 있어 할머니는 돌아가셨음을 알 수 있다. 할아버지는 홀로 점심을 드시는데 간소해진 밥상 위에 굴비는 없고, 할머니가 돌아가시기 전 담그신 김장김치가 있다.

다음 사항들을 생각해 보기 바란다.
- 작품 의도는 작품 안에서 잘 표현되었나?
- 인물들은?
- 도둑이 이 영화에서 중요한 역할을 담당하고 있나?
- 플롯은?
- 제목은?
- 공감대는 잘 형성되었나?
- 전체 평

〈작품의도〉
겉으로는 대화도 별로 없고 표현도 잘하지 않으나 내면적으로는 깊은 정을 지니고 있는 노년의 부부의 모습을 통해 가족 간의 사랑을 잘 표현했다.

〈인물들〉

인물들은 할아버지는 보편적인 할아버지로 말보다는 행동으로 할머니에 대한 정을 표현하시고, 할머니는 모성이 강한 치매노인으로 도둑을 아들로 착각할 만큼 죽은 아들을 잊지 못하고 죽기 전에 김장을 담그는 모습에서 가족에 대한 사랑이 많은 할머니임을 알 수 있다.

도둑은 할머니가 아들을 못 잊어 치매에 걸리신 것을 알 수 있게 하는 역할을 하고 있고, 할머니에게서 받은 짧지만 진하고 따뜻한 모성애로 인해 자신의 죄를 뉘우치고 훔친 물건을 보내게 되는 인물로, 잠시 이성을 잃어 누군가가 실수를 할 때 진심으로 감싸 준다면 빨리 뉘우치게 되어 건전한 사회가 될 수 있음을 생각하게 만드는 인물로 이 작품에서 중요한 역할을 담당하고 있다고 할 수 있겠다.

〈플롯〉

플롯은 사건은 있지만 곧 해결되고, 할머니가 돌아가셨지만 크게 동요되지 않고 조용한 일상을 계속하시는 할아버지의 모습을 통해 이 작품의 의도처럼 가족 간의 정을 다룬 영화여서 플롯은 느슨하다.

〈제목〉

제목은 초겨울 점심으로 초겨울이라는 매우 춥지는 않지만 쓸쓸함이 느껴지는 초겨울과, 점심이 합해져 이제는 가족을 모두 잃고 홀로 점심식사를 하시는 할아버지의 모습을 잘 나타내는 제목이고, 할머니가 계실 때의 점심상과는 달라서 할아버지의 할머니에 대한 배려와 정을 점심상을 비교해 보면 알 수 있게 만드는 제목으로 작품에 알맞은 제목이라고 볼 수 있다.

〈전체 평〉

특별하지는 않으나, 지루하지 않고 잔잔하게 보편적인 노부부의 모습에 공감하면서 볼 수 있는 작품이다.

전체적으로 누구나 쓸 수 있는 작품이므로 초보자들도 노력해서 이 정도의 작품은 써야 한다.

다음으로 <초겨울 점심>처럼 노년을 다룬 모정임 김현정의 공동작품, 애니메이션 <춘>(9분, 2005년 작품, 한국영상자료원 소장)을 보자.

작품내용: 아이를 키우고 이제 성장해 모두 떠난 집에서 할머니가 된 주인공은 홀로 쓸쓸한 날을 보낸다. 그런데 옆집에 할아버지가 이사를 오고, 할머니는 할아버지와의 사랑을 상상한다. 그런데 어느 날 할아버지 집에 젊은 여자가 오고 할머니는 질투를 느끼나 그 여자는 보험설계사로 할머니에게 보험을 들라고 한다. 할머니의 가족들이 할머니의 집 문을 두드리나 할머니는 없다. 할머니는 할아버지 집에서 함께 텔레비전을 보시고 두 사람은 사랑하는 사이처럼 보인다.

다음 사항들을 생각해 보기 바란다.
- 작가는 어떤 착상을 시작으로 어떤 질문을 던지면서 시나리오를 형성했을까?
- 주제와 소재는? <초겨울 점심>과 비교해 어떤가?
- 플롯은?
- 주인공과 인물 배치는?
- 제목은 잘 정했나?
- 일반영화로 이 작품을 제작했더라면 어떤 영화가 되었을까?
- 애니메이션으로 제작되었기 때문에 얻은 효과는?
- 전체 평

〈작품 구상〉
작가는 가족이 모두 떠난 후 홀로 쓸쓸해진 할머니에게 사랑이 찾아오면 어떨까 하는 상상을 했을 것이고, 많은 에피소드들이 떠올랐을 것이다.

그러다 옆집에 할아버지가 이사를 온다면 자연스럽게 왕래가 있을 것이고 두 분이 작품 결말에는 좀 더 다정한 모습을 보일 수 있을 것이라는 생각들을 해 가면서 작품을 구상하였을 것이다.

〈주제〉

주제는 사랑은 노인들에게도 존재한다로 볼 수 있겠다.

〈소재〉

소재는 외로운 할머니의 옆집 할아버지와의 사랑으로, <초겨울 점심>의 부부의 사랑은 일상적이고 그동안 많은 세월을 함께 보내며 쌓은 정이고 홀로된 할아버지의 재혼은 상상이 안 되고 돌아가시는 날까지 가족에 대한 정을 지니고 사실 것이 짐작된다.

그러나 <춘>에서는 남편의 모습이 젊었을 때에도 그려지지 않아 할머니의 적극적인 사랑이 거부감 없이 받아들여지고 가족들이 있으나 곁에 없어 더 외로워 보이므로 봄날처럼 새 삶의 출발을 기대하게 한다.

〈플롯〉

플롯은 인물과 정서 중심이므로 느슨하다.

〈인물 관계〉

주인공은 외로운 만큼 자신의 삶을 적극적으로 살려는 할머니로 적대적인 관계는 없다.

〈제목〉

제목은 초겨울 점심은 작품에 맞게 쓸쓸함이 묻어나는 제목이고, 춘은 나이는 많으나 언제나 봄 같은 마음을 지닐 수 있다는 희망적인 제목으로 주인공과 작품의 내용과 잘 맞는 제목이다.

〈애니메이션의 효과〉

이 작품이 일반영화로 제작되었다면 일일 연속극의 일부처럼 느껴져 신선한 감각을 느낄 수 없는 진부하고 흔한 이야기가 되었을 것이다.

애니메이션으로 제작되었기 때문에 인물의 변화나 행동 그리고 작품 내용의 진행 등이 즉시 전환되어 압축적인 이야기가 되었고, 사랑의 장면을 상상하는 장면들도 자유롭게 표현될 수 있었고, 서툰 그림들이 오히려 동화적인 분위기를 만들어 내고 작품 내내 미소 지으며 볼 수 있는 작품으로 완성되었다고 볼 수 있다.

〈전체 평〉

전체적으로 이 작품은 애니메이션으로 만들어서 더욱 큰 효과를 낼 수 있었던 작품이다.

3. 애니메이션 효과를 잘 살린 작품 분석

애니메이션의 효과를 잘 살린 장형윤 감독의 <편지>(9분 50초, 2003년 작품, 제7회 PITT(부산국제영화제) 판타스틱 걸작부문, 2003년 애니마문디 영화제(브라질) 상연, 2003 부산 아시아 단편영화제 애니메이션 부문 등, 한국영상자료원 소장)를 보기로 한다.

작품내용: 애인과 헤어진 청년은 애인에게 편지를 보내려 우체국에 온다. 우체국에는 여직원 아미가 있다. 청년은 계속 편지를 보내나 답장은 없다. 편지를 먹는 공룡을 본다. 그래도 또 편지를 갖고 우체국에 온 청년의 편지를 우체국 여직원 아미는 찢어 버린다. 결국 청년은 이 삶의 변화에 혼란스럽고, 아미의 마음을 어떻게 받아들여야 할지 모르겠으나 최선이기로 한다. 청년과 여직원 아미는 버스정류장에 함께 서 있고, 둘은 함께 사는 듯이 보

인다.

다음 사항들을 생각해 보기 바란다.
- 작가는 어떤 과정을 거쳐 이 시나리오를 형성해 나갔을까?
- 주제는?
- 소재는 주제에 가장 알맞은 소재인가?
- 주인공은 어떤 특성을 지니고 있나?
- 인물배치는?
- 공룡의 역할과 효과는?
- 이야기는 어떤가?
- 플롯은?
- 장소들은 어떤 의미를 지니나? (언덕, 우체국)
- 주요 소품들의 의미는? (편지, 참기름과 하이타이)
- 일반영화로 제작되었을 때와 애니메이션으로 제작된 것과의 효과적 차이는?
- 전체 평

〈창작 과정〉

작가는 사랑에 대해 쓰고 싶었을 것이고, 특히 이별이 반드시 나쁜 것일까라는 의문을 갖고 반드시 그렇지만도 않다는 것을 말하고 싶었을 것이다.

〈주제〉

주제는 사랑의 장애물이 항상 나쁜 것만은 아니라는 것이다.

〈소재〉

소재는 한 젊은이의 사랑의 헤어짐과 또 다른 사랑의 시작으로, 헤어진 애인에게 보내는 편지 때문에 자연스럽게 만나게 된 새 애인과 또 다른 사랑의 시작을 하게 되는 이야기를 통해 주제를 잘 보이고 있다.

<주인공>

주인공은 사랑과 이별을 경험한 보편적인 젊은 청년으로 소심하고 여성적이며 행동적이지 못하고 소극적이다.

특히 목소리가 주인공의 성격과 잘 어울린다.

주인공은 **생리적 차원**에서는 사랑의 아픔을 경험하기 쉬운 젊은 나이가 강조되었고, **심리적 차원**에서는 사랑을 소망하는 것이 강조되었다.

<인물배치의 특성>

인물배치의 특성은 우체국 여직원 아미와 공룡이 주인공과 옛 애인의 재회를 방해하는 적대자이나, 아미는 새 애인이 되므로 절대적인 적대자라고 볼 수 없다.

공룡은 새 사랑을 만날 기회를 주므로 절대적인 적대자는 아니다.

안 보이는 인물인 옛 애인은 주인공의 진심을 몰라주고 돌아오지 않는 인물이나 주인공이 이별 후 자신에게 무관심하다고 오해를 하고 있을지도 모르는 존재이다.

<공룡>

특히 이 애니메이션에서 공룡을 작가는 다음과 같이 말한다. 상황이 바뀌어서 서로 어긋나는 사람 사이의 장애물로 소통되지 않게 만드는 존재인데, 그 존재는 공룡처럼 귀여운 존재인 것 같다고 말한다.

그러므로 작가는 이별을 슬프게 인식하기보다는 이별 후 소통이 안 되는 것에 집착하지 말고 시간의 흐름과 상황의 변화에 따라 새 사랑을 자연스럽게 받아들이라는 것을 표현하고 싶었던 것 같다.

공룡을 이처럼 사람 사이의 소통을 막는 귀여운 장애물로 볼 수도 있고, 아미의 마음의 상징일 수도 있고, 세상의 진심을 없애 버리는 존재로도 볼 수 있다.

또한 사랑과 진심은 오랜 시간이 흐른 후에도 공룡의 화석처럼 마음속에 남아 있기 쉽기 때문에 공룡은 이 애니메이션에서 많은 생각을 하게 만드는 존재이다.

이 작품의 이야기는 사랑의 소통의 방해꾼을 나쁘게 인식하지 않은 새로운 시각의 이야기로 이 세상의 모든 것이 변화하듯 사랑의 변화도 혼란스럽기는 하지만 받아들일 때가 되었을 때는 받아들이자는 이야기를 작가만의 방법으로 잘 표현하고 있다.

〈플롯〉

플롯은 시간순의 단순형이고, 플롯은 있는데, 편지를 아미가 안 보냈기 때문에 그 결과 옛 애인과 소식이 끊기고, 그로 인해 주인공은 거대한 공룡의 등을 올라가기 힘든 것만큼 고통의 시간을 거쳤기 때문에, 그 결과 아미의 사랑을 받아들이게 되는 결과에 이른다.

플롯은 4단계나 또는 3단계로 볼 수 있는데, 기 부분은 애인과의 이별 후 편지를 보내는 청년, 승 부분은 편지가 공룡과 여직원에 의해 전달이 안 되는 것이고, 전 부분은 아미의 사랑을 인식하게 되고, 결 부분은 아미와 함께 사는 듯 버스정류장에 함께 서 있는 것이다. 3단계로 본다면 전 부분과 결 부분을 합쳐 끝 부분으로 볼 수도 있겠다.

〈장소〉

언덕은 공룡의 등으로 표현되며 사랑의 고통은 넘기 힘들다는 것을 보이고 있고, 시간과 함께 아픔에 익숙해질 땐 언덕길도 익숙해져서 힘들지 않게 올라가고 내려가므로 언덕은 고통의 상징으로 그려지고 있다고 볼 수 있다. 우체국은 과거와 현재 그리고 미래를 이어 줄 수 있는 장소이나 과거와 현재는 차단되고, 현재와 새 미래가 이어지는 장소로 쓰이고 있다.

〈소품들〉

편지는 시대가 변해도 사랑은 기계문명과 거리가 먼 편지와 같은 것이고, 편지는 진심의 상징이며 또한 주인공의 소극적이고 소심한 성격을 표현해 주기도 한다.

참기름과 하이타이는 대사로만 언급되지만 주인공이 일상에서 그 소품들을 볼 때마다 느낄 사랑의 아픔을 잘 표현해 주고 있다.

〈애니메이션의 효과〉

이 작품은 일반영화로 제작되었다면 기존의 영화들과의 차이성을 못 지녔을 것이다.

애니메이션으로 제작되어 이 작품에서 매우 중요한 역할을 하고 있는 공룡의 등장으로 사랑하는 사람 사이의 소통의 문제, 이별의 고통과 새 만남 등의 이야기가 대사를 많이 사용하지 않고 영상으로 잘 전달되게 하여 개성적인 작품이 되었기 때문에 애니메이션으로 제작된 것이 매우 효과적이었다고 볼 수 있겠다.

〈전체 평〉

전체적으로 이 작품은 사랑, 이별 그리고 새 사랑의 시작이라는 흔할 수 있는 이야기를 신선하고 재미있고 공감이 가게 작가만의 방식으로 잘 표현하였고, 이별은 나쁜 것이라는 고정관념도 깨는 새 시각을 주고 있다.

이 작품은 단편 애니메이션의 고전으로 남을 만한 작품으로 완성했다고 볼 수 있겠다.

우리는 이미 애니메이션 제작용으로 쓰인 조유진의 <이어폰>을 보았다. 다음의 서울여대 언론영상학과 박선주의 <사(死)춘기>는 단편영화에 애니메이션을 첨가해 개성 있고 주인공의 심리도 잘 살린 단편 시나리오를 완성한 작품이다.

〈집필의도(주제 포함)〉

장애인 역시 인간이며, 인생의 한 부분인 사춘기를 겪는다. 우리와 똑같은 사춘기를 겪지만 표현에 있어 신체적 장애가 영향을 미칠 수 있다. 지체 정도에 따라 감정을 표현하는 방법을 모르는 것이 대부분이며, 표현 형식 또한 일반인과 다르다. 정상인의 이해 부족으로 그들의 순수한 행동이 오해를 받기 쉽다는 데에 문제가 있다. 장애인의 생물학적 변화와 사춘기는 잘못된 것이 아니며, 부끄러운 것이 아니다. 다만 표현하는 것이 우리와 다를 뿐이며, 문제는 우리의 무지에 있다는 사실을 배워야 한다.

〈소재〉

15살 장애아(자폐아, 정신지체아, 몸은 청소년이지만 생각은 아이)의 사춘기

〈등장인물 소개와 인물 배치도〉

요한이: 정신지체 1급 장애인, 신체적 특징은 20대 성인의 모습을 가졌지만 실제 나이는 15살 중학생이다. 하지만 정신 지체 발달로 인해 정신 연령은 8살 초등학생 수준이다. 신체적 변화와 성적 욕구의 변화 시기인 사춘기를 이해하지 못한다.

요한(독백): 요한이의 속마음을 표현하는 수단(어린이가 손으로 그리는 듯한, 하얀 스케치북 위에 더딘 동작으로, 색연필로 그려지는 손 그림 애니메이션으로 표현한다.)

엄마: 형편이 어려워 장애인 아들을 제대로 돌보지 못한다. 특별한 프로그램이나 교육을 받지 못했기 때문에 적절한 대처 방안을 모른다. 사랑과 희생으로 아들을 돌보지만(주의 사람들의 혐오스런 시선에 아들이 상처받을까 두려워 아들이 행동하지 못하도록 가르친다.) 슬프게도 그 행동들이 아들의 문제를 더 악화시킨다. 경제적 형편이 어려워 장애아를 제대로 돌보지 못하는 현실적인 인물

학교 친구들: 통합 교육을 받기 때문에 일반 중학교 학생들이다. 못된 것이 아니라, 모르기 때문에 장애인 친구의 사춘기를 이해하지 못한다.

민아: 요한이가 좋아하는 착한 반장

제3자: 이해보다는 혐오를 먼저 배운 자기 삶에 바쁜 다수의 인물들

〈plot으로 이야기 배치(plot 특징)〉

4단계 배치(기, 승, 전, 결)

ⓐ 기 – 요한이의 생활: 혼자인 요한이, 사춘기의 시작.

ⓑ 승 – TV 속 남녀 학생들의 아름다운 모습을 보고 꿈을 꾸게 됨.

ⓒ 전 – 반장 민아에게 마음을 전하지만, 표현이 서툴러 오해를 받게 됨.

ⓓ 결 – 다시 혼자가 되는 외로운 요한이.

〈시나리오 장점〉

– 장애인에 대해 다시 한 번 생각해 보는 계기가 된다.

– 도덕성을 고민하게 한다.

– 아름다운 영상을 통해 장애인의 문제를 쉽게 접하고 생각해 볼 수 있다.

– 장애인 문제에 대해 정서적으로 접근했기 때문에 부담이 덜하다.

〈시나리오 단점〉

– 손 그림이 요한이를 표현하는 수단이 되게 하려면 많은 준비가 필요하다.

– 요한이의 이미지는 정신지체장애아지만, 귀엽다는 느낌이 들 수 있게끔
  정이 가는 외모를 가진 연기파 배우가 필요하다.

<그 외(장소, 배경, 소품, 음악, 장르, 전체적 분위기)>

장소, 배경, 소품: 손 그림, 하얀 스케치북, 크레파스

크레파스가 흰 스케치북 위에 그려지는 것은 요한이의 순수성을 의미한다.

요한이의 동심을 표현할 수 있도록 깨끗하게 그린다.

장르: 드라마

짧은 대화 안에 감정을 담을 수 있어야 한다.

전체적 분위기: 이미지적 요소를 강조한다.

시나리오 전체의 분위기는 밝게 만든다.

아름다운 분위기이지만 조금은 슬픈 분위기

장황한 느낌보다는 단편 시나리오적인 느낌

〈줄거리〉

　정신지체장애아 요한이는 통합학교를 다니면서 같은 반 반장 민아를 좋아하게 된다. 요한이는 여드름도 나기 시작하고, 좋아한다는 감정에 대해 알게 되며 사춘기를 겪게 된다. 결국 민아에게 관심을 표현하지만 그것은 의도와는 다르게 오해를 받게 되는데……

사(死)춘기(부제: 나도 좋아하고 싶어요)

박선주

S#1. 애니메이션(초등학생 손 그림) – 내 소개, 그리고
독백에 따라 그림이 그려진다.

요한: (독백) 안녕하세요. 나는 요한이입니다.
　　　머리카락은 까맣고, 얼굴은 동그랍니다.
　　　팔과 다리가 있습니다. 키가 큽니다. 그리고. 음, 음,

독백이 멈춤과 동시에, 그림을 그리는 것도 주춤거린다. [정신지체아임을 표현하는 수단]

요한: (독백) 나는 우리 반 민아를 좋아합니다.

남자아이 그림 가슴 부분에 부끄러운 듯, 어설픈 하트가 그려진다.
그리고 하트가 밝은 분홍빛으로 서서히 물든다.

S#2. 집 화장실(내부, 오전)
거울 앞에서 세수를 하고 나서 한참 동안 거울을 보는 요한이가 보인다.

한참을 뚫어지게 거울을 쳐다보다가 무언가를 발견한 듯 이마에 손가락을
가져간다.

요한: 아야! 이게 뭐지?
　　　아야…… 아……(이마는 요한이가 손을 움직일 때마다 발갛게 부
　　　어오른다.)
엄마: 학교 늦겠다, 오늘따라 왜 이렇게 느리지 요한이가, 뭐해~ 요한아?

화장실 밖에서 부드러운 엄마의 목소리가 들린다,
요한이는 지워 내려는 듯 부어오른 이마를 얼른 물로 씻는다.

요한: (목소리) 다녀오겠습니다.

현관문 닫히는 소리

S#3. 등굣길(외부, 오전)
친구들끼리 어울려서 등교하는 학생들의 소란스러운 모습이 보인다.
요한이는 정상인들과 같은 중학교에 다닌다.
친구를 사귀려고 노력했지만 쉽지는 않았다.
알 수 없는 노래를 흥얼거리며 등교하는 요한이의 모습은 조금은 외로워
보인다.
카메라는 요한이의 뒤쪽에서 등교하는 아이들을 찍으며 쫓아온다.
요한: 학교 가는 길은 즐거워,~ 랄랄라, (흥얼거린다.)

요한이 옆으로 앳되어 보이는 여학생 무리가 지나간다.
중간에 있던 소녀가 인사를 건넨다.
민아: 요한아 안녕,
요한: (얼굴에 함박웃음을 띠면서), 어 안녕,

깔깔거리며 여학생 무리가 지나간다.

요한이의 흥얼거림은 더욱 커진다.

S#4. 애니메이션

독백에 따라 그림이 그려진다.

요한: (독백) 민아는 우리 반 반장입니다. 여자애들 중에서 민아만 나한테
　　　인사해 줍니다.

　　　그래서 나는 민아를 좋아합니다.

　　　민아는 머리를 묶었습니다. 얼굴은 항상 웃습니다.

　　　그래서 나는 민아가 좋습니다.

S#5. 집 안(내부, 오후)

'철컥' 현관문 열리는 소리

요한이는 평소처럼 아무렇지 않게 집에 들어와 가방을 내려놓는다.

집 안에는 아무도 없다.

상 위에 차려진 간식을 집어 먹는다.

그리고 텔레비전을 켠다.

텔레비전에는 어린이 프로 뽀뽀뽀가 나온다.

노래를 흥얼거리며 따라 부른다.

시간의 경과

리모컨을 이리저리 돌리던 요한이가 정지한다.

텔레비전에는 청소년 프로그램에서 여학생과 남학생이 손을 잡고 데이트
를 하는 모습이 나온다.

텔레비전 속 여자아이: 난 니가 너무 좋아.

텔레비전 속 남자아이: 나도.

아이스크림을 먹으면서 두 학생은 깔깔거리며 즐거워한다. 행복해 보인다.

요한이의 시선이 텔레비전에 고정되어 움직이지 않는다. 입은 벌어져 있다.

요한: 아, 좋겠다. (입이 벌어진다.)

그리고 그대로 잠이 든다.
텔레비전은 계속 진행되고 요한이의 멈춰 있는 모습을 대조해서 보여 준다.
요한이의 정신적 성장의 멈춤을 상징한다.

S#6. 애니메이션 – 요한이의 꿈
아이스크림 두 개가 그려진다.
S#1과 S#4에서 등장했던 그림 속 요한이와 민아가 손을 잡고 있다.
그리고 두 그림 속 요한이와 민아는 해맑게 웃고 있다.
하하하하하하.

민아 목소리: 요한아, 니가 너무 좋아.

그림 속 요한이와 민아는 흰 스케치북 위를 뛰어다닌다.
재미있게 놀다가 갑자기 스케치북 위에서 민아가 바깥으로 뛰쳐나간다.

요한: (독백) (놀라면서) 어어? 민아야!

S#7. 집 안(내부, 저녁)
엄마: (목소리가 서서히 들려온다) 감기 걸리겠네, 요한아, 이불도 안 덮고
　　 그냥 자면 어떻게 해.

향기롭고 달콤한 엄마의 체취를 느끼는 듯, 요한이가 뒤척인다.
하지만 오늘은 다르다.
신나고 행복한 꿈을 꾸고 있었던 요한이는 엄마가 방해꾼이 된 것만 같다.

요한: (섭섭해하는 듯) 아, 아, 아, 왜 깨웠어요?

엄마: (장난스럽게) 요한이, 엄마 왔는데, 하나도 안 반가워하네,

　　　(걱정스럽게) 무슨 꿈이라도 꿨어? 웃고 있던데?

요한: 민아가 나왔어요,

엄마: 아, 그랬어? (화제를 전환하려는 듯) 밥이나 먹자, 엄마 배고파.

요한: (민아를 좋아하고 있다는 얘기를 하려다가, 이내 그만둔다.)

S#8. 교실 밖 매점(외부, 이른 점심)

쉬는 시간 종이 올리고, 아이들은 떼로 모여 교실을 빠져나간다.

평소처럼 매점을 향해 가는 아이들은 시끌벅적하다.

요한이는 한참을 혼자 앉아 있다가 주섬주섬 주머니를 뒤진다.

한참 후, 요한이의 손바닥 위에는 몇 개의 동전이 놓여 있다.

[손바닥 위 동전 클로즈업]

500원짜리 하나, 100원짜리 5개.

동전을 보고는 미소를 띠우는 요한이.

엉성하게 매점으로 달려 나간다.

요한이는 교실에서보다 더 시끄러운 아이들 모습에 순간 당황하며 아이스크림을 고른다.

저 뒤에서 요한이를 놀리는 듯한 목소리가 들린다.

남학생 목소리: (장난스러우면서도 짓궂게) 어이, 바보 아니야?

　　　　　　　바보도 아이스크림을 먹을 줄 알긴 하나 보다.

여기저기서 '낄낄'거리는 웃음소리가 들린다.

요한이는 아이스크림을 고르던 손을 움찔한다.

큰 동작 없이 조용히 혼잣말을 한다.

요한: (독백) 나…… 바보 아니야……

요한이는 아이스크림 2개를 들고는 계산하고, 자리를 얼른 피해 나온다.
요한이 뒤로 짓궂은 놀림이 계속 들려온다.

남학생 목소리: 바보가 왜 우리랑 같은 학교를 다녀? 눈에 띄지 말든가, 낄
낄낄.

여기저기서 낄낄대는 소리가 들린다.
터벅터벅 힘없이 교실을 향해 오던 요한이는 교실 안 민아를 발견하고 금세 밝아진다.
결심한 듯 아이스크림을 꽉 쥐고, 민아에게 다가가려는 순간,
민아가 맛있는 아이스크림을 먹고 있는 모습을 보게 된다.
아이스크림 클로즈업
그리고 그 옆에는 반에서 가장 인기 많은 승훈이가 같은 아이스크림을 먹으며 웃고 있다.
요한이의 머릿속에는 텔레비전 속의 두 소년, 소녀가 오버랩된다.
민아, 승훈이의 모습과 함께.
요한이의 표정이 금세 어두워진다.
자리에 앉아 조심스럽게 아이스크림을 서랍에 밀어 넣는 요한이.
머릿속이 복잡한 듯하다.

(시간 경과)

서랍 속 아이스크림이 녹아 요한이의 바지에 뚝뚝 떨어진다.
요한이는 그것도 모르고 계속 다른 생각 중이다.
아이들이 몰려든다.

아이들: 선생님, 요한이 오줌 쌌대요!!!

놀라는 요한이, 어두워지는 선생님 표정, 놀라는 민아,

요한: (독백) 아닌데, 아니에요……(갑자기 눈물이 핑 돈다.)

S#9. 요한이의 꿈 - 소년의 실수(손 그림 애니메이션)
요한이와 민아가 등장한다.
재미있게 놀다가 갑자기 요한이가 넘어진다.
민아는 당황하고 놀라면서 멀찍이 떨어진다.
요한이의 바지가 물들고, 민아는 놀란 듯 '요한아?'라고 부른다.
요한이는 급하다.
당황해서 소리친다.

요한: 그게 아니야, 민아야,
     이거 아이스크림이야, 민아야!!!

S#10. 교실(내부, 나른한 오후)
왁자지껄 떠드는 중학생 친구들.
뛰어노는 친구들 뒤쪽으로 요한이가 보인다.
친구들과 같이 놀고 싶지만, 같이 놀아 주지 않는다.
요한이는 그냥 그런 친구들을 구경하는 것만으로도 행복하다.
고개를 돌려 교실 앞쪽을 보니, 민아 주위로 삼삼오오 모여 있는 여중생
들이 보인다.
입을 헤 벌리고 민아를 보고 있는 요한.
남학생 한두 명이 민아 머리카락을 끌어당기고 간다.

민아: (싫지 않은 듯) 꺄악, 뭐하는 거야?

한바탕 남녀 학생들이 뛰어다니며 논다.

며칠 전 텔레비전에서 보았던 장면과 비슷하다.

요한: (방긋 미소 지으며 입을 벌리고) 민아는……
    (요한이가 무언가를 깨달은 듯 갑자기 크게 웃는다.)

(시간 경과)

민아: (낭랑하게) 선생님께 경례.
아이들: 안녕히 계세요.

요한이가 평소와는 다르게 갑자기 앞쪽으로 나온다.
[어제의 실수를 만회하기 위해 조금 더 용기를 낸 것으로 표현]
그리고 순간적으로 민아의 머리카락을 세게 잡아당긴다.

민아: 꺄악!

민아는 소리를 지르며, 뒤를 돌아본다.
요한이를 보고는 놀라서 갑자기 울음을 터뜨린다.
아이들이 몰려든다.
아이들은 요한이를 이상하게 쳐다보며 민아를 위로한다.
순식간에 요한이는 또 혼자가 된다.

요한: (당황스러워하며) 아……
S#11. 교무실(내부, 방과 후)
수업이 끝나고 하교 시간이 지난 저녁이라, 운동장이 한산하다.
영문을 모르는 요한이는 교무실 의자에 앉아 손가락을 꼼지락거리고 있다.
담임선생님은 화가 난 듯 요한이를 쳐다보지도 않고 일을 하고 있다.

선생님: (전화하면서) 요한이 어머님 되시죠, 한 번 오셔야겠어요.

S#12. 집 안(내부, 저녁)

저녁을 먹는다.

엄마: 요한아, 왜 그랬어?

요한: (의아하게) 뭐가요?

엄마: 민아는 요한이네 반 반장이고, 요한이도 많이 챙겨 주는 착한 친구
　　　인데, 왜 괴롭혔어? 응? 요한이 그런 사람 아니잖아.

요한: 괴롭힌 거 아닌데, (애꿎은 밥그릇을 계속 긁는다.)

엄마: 그럼?

요한: 그냥요, 장난친 건데.

엄마: 엄마가 그랬지? 친구들한테 어떻게 하라고 그랬지?

요한: 그냥, 그냥 인사만 하라고요,

엄마: 근데 왜 그랬어?

요한: 그냥, 민아가…….
　　　(시간 경과)
　　　좋아서요.

엄마: (한숨을 쉬며) 그랬구나, 요한아, 요한이가 민아를 좋아해서 그랬구나.

요한: 엄마, 나 민아랑 손잡고 아이스크림 먹고 놀면 안 돼요?

엄마: …….

(시간 경과)

'따르릉' 전화벨 울리는 소리

엄마: 여보세요, 네, 민아 어머님 되세요?
　　　(꾸벅거리면서) 아, 예예 죄송합니다. 정말 죄송합니다.
　　　제 아이가 일부러 괴롭히려고 한 건 아니고, 예에……

S#13. 애니메이션 - 좋아하는 방법

요한(독백): 엄마가 그랬어요.

　　　　　친구를 사귀고 싶으면 먼저 말 걸지 말고, 그리고, 만약 애들
　　　　　이 인사하면 그냥 똑같이 인사만 하라고요.

두 친구가 서로 인사하는 그림이 그려진다.

요한: (독백) 그리고 오늘은 좋아하는 방법을 배웠어요.

　　　　좋아하면 머리카락을 잡아당기지 말고.

민아와 요한의 그림이 등장한다.

머리카락을 잡아당기는 요한이가 넘어진다.

(시간 경과)

요한: (독백) 그냥, 인사만 하는 거래요.

스케치북 위로 물방울이 떨어진다.

꼭 눈물자국 같다.

S#14. 등굣길(외부, 오전)

[S#3의 반복 - 대비효과]

친구들끼리 어울려서 등교하는 학생들의 소란스러운 모습이 보인다.

오늘따라 요한이는 노래를 흥얼거리지 않는다.

요한이의 모습은 조금 더 외로워 보인다.

카메라는 요한이의 뒤쪽에서 등교하는 아이들을 찍으며 쫓아온다.

요한이 고개를 든다.

요한이 옆으로 앳되어 보이는 여학생 무리가 지나간다.

민아의 인사가 없다.

요한: (고개를 푹 숙이며) 아……

깔깔거리며 여학생 무리가 지나간다.

요한이는 멈춰 선다.

등굣길 주위는 여전히 시끄럽고 활기찬데, 요한이만 멈춰져 있다.

S#15. 집 안(내부, 오후)

텔레비전 앞에 요한이가 앉아 있다.

텔레비전에서는 오늘도 두 학생이 깔깔거리며 웃고 있다.

요한이는 도무지 알 수 없다.

좋아하는 게 무엇인지, 어떻게 행동해야 하는 건지,

곰곰이 생각을 하는 것 같지만 이내 그 모습 그대로 옆으로 스러지듯 잠이 든다.

요한이 옆으로 아이스크림 콘 2개가 놓여 있다.

뜯지 않고 그냥 오래 놔둔 아이스크림은 녹고 있다. [클로즈업]

S#16. 애니메이션 - 혼자입니다.

요한의 그림이 스케치북을 이리저리 뛰어다니며 놀고 있다.

아이스크림을 먹고 있다.

뛰고 날고, 엎드리고, 온갖 행동을 하지만 채 1분이 지나지 않아, 스케치북 구석에 쭈그리고 앉는다.

그리고 바닥에 손가락을 꼼지락거리고 있다.

요한(독백): 엄마 말대로……

            ……

            그냥……

            인사만 할 걸 그랬나 봐요.

– 스케치북 위로 THE END –

이 작품에서 보았듯 애니메이션 영화도 좋지만, 애니메이션을 함께 사용하여 단편영화를 좀 더 개성적이고 인물의 심리를 더 잘 드러내 주는 방법으로 활용해도 좋음을 알 수 있었을 것이다. 자칫 진부해지거나 설교적인 작품이 되기 쉬운 사춘기에 있는 장애인 문제를 애니메이션 부분을 넣어 주인공의 순수한 감정을 효과적으로 표현해 냈고, 스케치북을 이용해 그 위에서 펼쳐지는 주인공의 순수한 작은 소망들과 소외감과 슬픔 등을 많은 이들이 공감할 수 있게 동화적으로 잘 표현해 냈다는 것이 이 단편 시나리오의 특징이라 하겠다.

학생들 중에는 한 학기 동안 두 편의 단편 창작물 중 한 편만 좋은 작품을 제출하고 한 작품은 평범한 작품을 제출하는 경우가 있는데, 위의 학생은 두 편 모두 좋은 작품을 완성해 제출했고, 특히나 중요한 것은 이렇게 두 편의 작품을 창작해 봄으로써, 자신이 우리 사회가 가지고 있는 문제에 관심을 지니고 있고, 자신의 가장 큰 장점은 그 문제를 생동감 있고, 개성적으로 표현해 내는 역량을 지녔다는 것을 발견할 수 있었다는 것이다.

창작과정을 통해 자기 자신을 스스로 알아가는 것이 매우 중요한데, 이렇게 자신의 장점을 스스로 발견하게 되었을 때, 앞으로 더욱 좋은 작품들을 창작할 자신감을 지니게 될 것이다.

과제)
두 번째 시나리오 초고를 소모임에서 발표해 보고, 수정방안을 정리해 보기 바란다.

제6장

해외 단편영화

1. 해외 단편영화와 한국 단편영화 비교 분석

우리는 해외의 수준 높은 단편영화들을 분석해 봄으로써 우리나라의 단편영화와는 다른 정서와 특징 등을 지니고 있음을 공부할 수 있게 될 뿐 아니라, 우리 자신들도 지닌 문제들을 다룬 외국 단편영화들 속에서 공감할 수 있는 요소들도 발견해 낼 수 있을 것이다.

먼저 여성의 문제를 다룬 미국 단편영화 한 편을 본 후 분석을 한 다음, 한국 단편영화 한 편을 보면서 비교 토론을 하기로 한다.

폴 해릴(Paul Harrill) 감독의 <지나, 여배우, 나이는 스물아홉>(20분, 2000년 제작, 2001년 선댄스 영화제 심사위원 특별상, 한국영상자료원 소장)을 보기로 하자.

작품내용: 이 작품의 착상은 실제로 미국에서 노조 제지를 위해 배우를 기용하는 경우들이 있는 것에서 아이디어를 얻어 썼으나, 실화를 그대로 쓴 것이 아니라, 아이디어만 얻어 창작했다고 한다. 작품 내용을 보면 연기자가 되기에는 여러 여건이 좋지 않으나 연기자 지망생인 지나는 노조를 만들지 못하게 하는 일에 기용돼 노동자들을 설득하나, 연기임이 드러나 설득에 실패를 한다. 그러나 지나는 결국 모든 것이 순리대로 돌아가 나쁘지 않았다고 스스로를 위로한다.

다음 사항들을 생각해 보기 바란다.
- 이 작품을 쓰기 위해 조사했을 부분들은?
- 주제는 공감이 형성되는 주제인가?
- 소재는 좋은가?
- 주인공이 외국인인데 공감이 형성되나? 그 이유는?
- 주인공의 특징은?

- 인물들의 배치는?
- 플롯의 특색은?
- 제목은 적절한가?
- 전체 평

〈조사부분〉

우선 이 작품을 쓰기 위해서는 지방 소도시에서의 여배우의 오디션이나 구직활동 등 배우지망생들의 여건에 대해 조사하고, 특히 노조 결성을 제지하기 위해 구체적으로 어떤 사람들이 어떤 배우들을 기용하는지, 노조를 결성하기 위한 노동자들의 모임에서 노조 결성 제지를 위해 어떤 생생한 대사들로 설득하고 있는지 등의 조사들이 있어야 이 작품을 쓸 수 있다.

〈주제〉

영화 중 순수한 젊은이는 잠시 유혹에 넘어갔어도 양심을 곧 되찾는다. 또는 젊은이들은 나쁜 직업의 유혹에 넘어가기 쉽지만 곧 양심을 되찾는다고, 이 작품의 주제는 모든 사람들에게 일어날 수 있는 일이므로 공감대가 쉽게 형성되는 주제라고 볼 수 있다.

〈소재〉

소재는 미국의 어느 작은 지방, 테네시 주의 녹스빌이라는 곳의 배우 지망생인 한 노처녀의 직업 찾기다.

이 영화의 소재는 이 영화가 아니었다면 미국의 소도시에서 우리나라에서처럼 직업을 찾는 것이 힘들다는 것을 알 수 없었을 것이기 때문에 좋은 소재이고, 노조결성 제지를 위해 배우가 기용된다는 우리나라에는 아직 없는 사실도 알게 하는 소재이기 때문에 좋은 소재라고 볼 수 있다.

〈주인공〉

주인공은 외국인이나 누구나 실업 상태에 놓이기 쉽기 때문에 공감대가 형성되기 쉽다고 볼 수 있다.

생리적 차원: 나이와 외모가 강조되어 창조되었다. 배우를 시작하기에는 나이가 많고, 외모도 평범하고 뚱뚱한 편이라 배우라는 직업에서 선호하는 나이와 외모가 아니다.

사회적 차원: 뉴욕도 아닌 지방 소도시에서 배우라는 직업을 시작하기가 쉽지 않음을 보여 줌으로써, 우리나라에서도 지방에서 취직하기나 예술 활동을 할 기회가 도시보다 힘든 것과 비슷하다는 것을 알게 했고, 주인공의 불안정한 사회적 위치를 강조해서 창조함으로써 미국 사회의 한 측면을 이해하게 만든다.

심리적 차원: 배우가 되고 싶은 주인공의 갈망이 강조되어 창조되었다.

도덕적 수준: 배우라는 직업을 더 우선에 놓고, 옳지 않은 일을 한 후, 도덕적인 갈등을 겪으며 후회를 해 주인공의 도덕적인 수준은 낮지 않음도 강조되어 창조되었다.

〈인물들의 배치〉

데이빗과 바바라: 일자리를 제공하지만 양심을 저버리게 하는 이들로 적대적인 관계라 할 수 있다.

흑인배우: 양심은 버릴 수 있어도 배우라는 직업은 안 버리는 잘못된 직업관을 지닌 인물로, 이런 일이라도 일자리만 얻게 된다면 계속할 수 있는 타성에 젖은 중년배우로 주인공에게 위안은 줄 수 있을지라도 진정한 협력자가 될 수는 없는 인물이다.

공원들: 주인공을 비난하는 적대자이지만, 주인공이 거짓된 연기를 하며 사는 것을 막아 준 그룹으로, 주인공처럼 사회적 약자들이다.

〈플롯〉

시간순이고, 원인으로 인해 결과가 있고 사건과 갈등이 있는 플롯이 있는 작품이다.

플롯은 5단계로 구성되어 있다.

제시: 일자리의 기회가 옴

복잡화(전개): 일자리는 얻었으나 비양심적인 일이어서 복잡화가 일어난다.

위기: 위기는 주인공과 적대자와의 충돌 직전의 상황이므로, 이 작품에서의 위기 부분은 양심을 속이고 연기하는 주인공의 얘기를 들으며 공원들이 속느냐 알아차리느냐 하는 부분에서, 주인공 지나가 인사를 함으로써 연기임이 드러나는 부분이 위기이다.

절정: 절정은 한쪽이 쓰러지지 않고는 더 이상 사건이 진전될 수 없는 상황인데, 공원들이 연기임을 알아차림으로써 지나는 계속 연기를 할 수 없게 되고 만다.

대단원: 지나는 양심을 저버리는 일은 안 하기로 결심한다.

　　　　　또는 4단계 구성으로도 볼 수 있다

기: 일자리를 구함.

승(진행, 발전 부분): 연기함

전(반전, 하강 부분): 인사를 해 연기임이 드러남

결: 그러나 모든 것이 순리대로 되돌아가 안심함

〈갈등〉

주인공 지나는 자아와 자아 사이의 갈등 즉 순수한 자아와 양심을 저버리는 자아 사이에서 갈등하는 인물이고, 자아와 사회 사이의 갈등을 지닌 인물로 사회는 지나의 꿈을 펼칠 환경을 제공해 주지 않아 양심을 저버리는 일을 얻게 된다. 다시는 이런 일을 하지 않을 것이나, 자신이 원하는 일을 하기는 쉽지 않은 사회 환경이어서 갈등은 계속될 것이다.

〈제목〉

지나, 여배우, 나이는 스물아홉이라는 비교적 긴 제목의 이 작품은 스물아홉이라는 나이는 여배우로 시작하기에는 늦은 나이임을 강조해 직업의식과 연기관이 확고하지 않는 한 쉽게 비양심적인 역할도 받아들이기 쉬움을 나타내 주고 있고, 관객이 주인공에게 집중하며 볼 수 있게 하는 제목으로 이 작품의 제목으로 적절하다 하겠다.

〈전체 평〉

이 작품은 미국뿐 아니라 어느 나라에서도 일어날 수 있는 일을 다루었고, 어느 직업에서든 비양심적인 일을 제의받을 수 있기 때문에 공감할 수 있는 문제를 다룬 것이 장점이다.

특히 이 보편적인 상황을 주인공의 특별한 상황과 미국의 소도시라는 환경 그리고 노조결성 제지라는 구체적인 이야기를 결합해 관객의 관심을 영화 끝까지 집중케 만든 것 또한 큰 장점이라 하겠다.

다음은 김종운 감독의 <지상의 방 한 칸>(17분, 1999년 제작, 한국영상자료원 소장)을 보자.

작품내용: 청소원 일을 하며 옥탑방에서 혼자 살고 있는 중년의 주인공은 넓은 아파트에서 살림만 하며 남이 보기에는 평온한 중년을 보냈던 사람이다.

그러나 남편은 아내의 건망증에 화만 냈고, 둘 사이에 대화도 별로 없었으며, 홀로 집 안 청소 등을 하며 지냈었다.

가정생활만 하다 나이가 든 여성이 할 수 있는 일은 많지 않으므로, 주인공은 현재 청소 일을 하고 있는 것이다. 주인공을 찾아온 아들은 편안한 삶을 버리고 초라한 일을 하고 있는 엄마에게 불만이다.

그러나 주인공은 자신을 위해 작은 화분도 사고, 텔레비전을 보며 홀로 식사를 하며 오히려 넓은 아파트에 있을 때보다 편안해 보인다.

다음 사항들을 위의 영화와 비교하면서 분석해 보기 바란다.

－위의 작품과 비교해 여성의 문제를 잘 드러내고 있나?

－소재는 어떤가?

- 주인공
- 인물배치는?
- 이 주인공이 외국 여성이라면 어떤 영화가 되었겠는가?
- 플롯은?
- 전체 평

〈여성문제〉

〈지나……〉는 사회 속에서 여성의 직업 찾기의 힘듦을 얘기했다면, 〈지상의 방 한 칸〉은 남성 위주의 가부장적이고 권위적인 우리나라의 가정문화 속에서 여자는 보조자로 살 수밖에 없는 주부의 위치를 잘 보이고 있고, 이혼 후 여성이 찾을 수 있는 직업의 한정성과 홀로서기의 어려움 등을 가정을 떠나 이제 막 홀로서기를 시작한 중년여성인 주인공을 통해 잘 제시하고 있다고 볼 수 있다.

〈소재〉

한 중년여성의 애정 없는 가정생활과, 이혼 후의 가난하나 내적인 평화로움이 있는 독립생활이 소재이다.

〈주인공〉

사회적 차원: 교육 수준은 높지 않고, 가족관계는 긴밀하지 않은 가부장적 사회 속의 무능력한 일원이었으나, 사회로 나와 최하층의 직업과 생활을 하고 있음이 강조되어 창조됨.

심리적 차원: 주인공의 갈망은 경제적 안락보다는 자신의 삶을 스스로 꾸려 나가며 정신적 편안함과 소박한 행복을 갈망하는 것이 강조되어 창조됨.

〈인물배치〉

남편: 주인공과 적대적 관계이며, 전형적인 권위적이고 남성 위주의 가부

장적인 태도를 지닌 인물

아들: 적대관계는 아니나, 안락한 생활을 버리고 사회적 위치도 경제적 위치도 낮은 생활을 하는 엄마에 대해 불만을 지닌 인물로 조력자가 되지 못함

〈외국 여성이라면〉

주인공이 외국 여성이라면 좀 더 당당하게 자신의 불만을 가족에게 얘기하고, 가정회복을 위해 노력을 했을 것이고, 그래도 가족들의 변화가 없어 가정에서의 자신의 존재감을 느낄 수 없었다면, 홀로서기를 시작하며 현재의 일을 하면서, 좀 더 발전적이고 자신의 적성에 맞는 일을 준비하기 위해 노력하는 모습도 보였을 것이다.

〈플롯〉

무관심한 남편 때문에 독립을 했으므로 플롯은 있지만, 인물중심으로 그려져 플롯은 느슨하다.

〈전체 평〉

우리 주위에서 흔히 볼 수 있는 문제를 다뤄 평범한 이야기이나, 일반적으로 안락한 생활을 버리고 가난한 홀로서기를 선택하기가 쉽지 않은데, 이 작품은 가정을 나와 홀로서기를 처음 시작하는 여성의 평범한 일상을 다뤄 중년여성의 홀로서기의 현실을 잘 담아낸 것이 장점이다. 그러나 주인공의 성격을 조금 다르게 설정했다면 같은 이야기를 갖고도 생동감 있는 작품이 될 수 있었을 텐데, 너무 평범한 인물이어서 관객이 지루함을 느낄 수도 있다는 점이 아쉬운 점이라 하겠다.

2. 수준 높고 개성 있는 해외 단편영화 분석

해외의 수준 높고 개성적인 단편영화인 미국 존 크로키더스 감독의 <Slo
－Mo(느림보)>(24분, 2001년 작품, 오스틴 국제 영화제 관객상(2001), 선댄
스 영화제 단편부문(2002), 그 외 다수의 국제 영화제에서 상연, 한국영상자
료원 소장)를 보기로 하자.

착상: 2년 전 애인이 떠났을 때 아이디어가 떠올랐고, 그때 뉴욕이 빠르
게 움직이는 것을 느꼈고, 그것을 표현해 보고 싶어 이 작품을 창
작하였다고 한다.

작품내용: 뉴욕에 살고 있는 주인공 알렉스는 출판사에서 작품 집필 독촉
을 받고, 주인공의 애인 클로에는 떠난다는 메모를 남기고 그
의 곁을 떠나, 주인공은 수소문해 애인을 만나나 그녀는 벌써
새 애인이 있다.

비 오는 거리에서 주인공은 멍하니 있다 사람에 치어 넘어지고, 그 곁을
거북이가 느리게 지나간다. 주인공을 제외하고는 모든 사람들이 빠르게 움
직인다.

그는 애인을 포기할 수 없어 애인이 보게 에스컬레이터에 메모를 붙여 놓
은 것을 애인이 본다. 나 너를 포기 못 해라는 메모들의 조각들을 읽는 애
인을 주인공은 숨어서 보고 있다.

주인공은 애인에게 돌아가기 위해 움직임이 느린 이들을 위한 클리닉에
가서 속도치료를 받는다. 그는 그곳에서 만난 레이븐이라는 여자와 그녀의
집에 가고, 그녀는 느리게 사는 것도 괜찮다고 말한다.

집에 온 주인공은 애인 클로에가 전화하라는 메모를 남긴 것을 보고, 속
도를 내고 싶어 클리닉 선생에게 붙이는 약을 받아 붙이고 애인을 만나러
간다. 클로에는 새 애인과 헤어졌다며 미안하다고 한다. 그러나 클로에는 알
렉스가 모레까지 써서 출판사에 줘야 하는 책을 제목밖에 못 썼다는 것을

알고, 3일간 250페이지를 쓰려면 85페이지씩 16시간씩 쓰라고 한다. 알렉스는 자기 속도대로 살려고 속도밴드를 떼어 버린다. 알렉스는 그녀를 남긴 채 나와 버린다.

알렉스는 오픈된 버스를 타고 노트에 속도 클리닉에서 만난 레이븐에게 레이븐, 나, 느려졌어. 네가 보고 싶다. 슬로모로부터라고 쓴다.

다음 사항들을 생각해 보기 바란다.
- 이 단편의 주제는?
- 소재는 주제를 잘 나타내 주는 소재였나?
- 주인공의 특성은?
- 인물 배치의 특색은?
- 플롯은?
- 영화의 배경은?
- 소품은?
- 전체 평

〈주제〉

이 작품의 주제는 감독이 말한 대로, 각자의 속도대로 사는 것이 행복인 것 같다이다.

〈소재〉

소재는 뉴욕의 한 젊은이의 속도와의 갈등 이야기이고, 이 소재는 빠르게 모든 것이 움직이는 도시인 뉴욕에서 한 젊은이가 빠른 속도를 요구하는 사회 속에서 갈등하다가, 결국 자신의 속도대로 살기로 하면서 느끼는 행복을 말하고 있어 소재는 주제에 이르기에 알맞은 것이었다고 볼 수 있다.

〈주인공〉

하버드생인 알렉스는 보편적인 대학생이며, 문학에 관심이 있고 세상의 속도 요구를 거부하는 개성도 지닌 인물이다.

생리적 차원: 주인공의 나이와 성별이 강조되어 창조되었다. 주인공은 아직 젊고 남자이기 때문에 앞으로 빠른 속도를 요구하는 사회에서 살아야 하므로 그는 갈등을 할 수밖에 없다.

사회적 차원: 교육 수준이 높은 하버드생이며 작가인 주인공은 글로 사회와 소통할 수 있는 지적 수준이 높은 인물로 속도를 요구하는 대도시 뉴욕에서 살고 있고, 뉴욕에서 살아남기 위해서는 그 요구를 받아들여야 하는데, 젊고 지적 수준이 높은 주인공도 그 속도를 받아들이기가 쉽지 않음을 강조하여 주인공으로 하여금 그가 위치한 사회적 환경을 보여 준다.

심리적 차원: 주인공의 갈망의 대상은 자신의 속도대로의 글쓰기와 애인과의 지속적인 사랑으로, 세상이 빠르게 변하듯 빠른 사랑과 빠른 이별이 아닌, 지속적인 인간다운 사랑을 갈망한다. 또한 그는 문제 앞에서 해결해 보려 적극적으로 시도하고, 주관적인 결론을 내는 인물임이 강조되어 창조되었다.

〈인물배치〉

빠른 일반 그룹과 느린 낙오자 그룹으로 배치되어 있고, 중재자는 클리닉의 여선생으로 볼 수 있겠다.

애인 클로에는 주인공과 적대자이기보다는 생활 속도가 안 맞는 인물이고, 클리닉에서 만난 레이븐은 새 애인이기보다는 같은 느림보 그룹의 친구로서 느리게 사는 것도 괜찮다는 것을 인식하는 데 도움을 준 관계로 볼 수 있겠다.

〈플롯〉

시간순이고, 원인과 결과가 있는 플롯이 있는 작품으로 느린 주인공 곁을 애인이 떠났기 때문에 세상의 속도대로 살려고 노력했고, 그러나 행복하지 않았기 때문에 자기 속도대로 살기로 한다.

이 작품은 5단계 구성되어 있다.

제시: 주인공은 글 쓰는 대학생이고, 글 독촉을 받고 있고, 뉴욕의 거리는
    붐비고, 애인이 있음이 드러남

복잡화: 애인이 떠나 갈등이 시작되고, 거북이 같은 자신을 인식하고, 고
    치려 클리닉에 감

위기: 세상의 속도에 맞춰 사느냐, 내 속도대로 사느냐의 충돌 직전의 상
    황으로, 애인과 다시 만나나 그녀의 글 독촉을 받게 되는 충돌 직
    전의 상황이 됨

절정: 한쪽이 쓰러지지 않고는 더 이상 사건이 진전될 수 없는 상황이 절
    정인데, 속도 밴드를 떼어 버림으로써 자신의 속도대로 살기로 함

결말: 자신의 속도대로 살기로 하니 행복을 느낌

〈갈등〉

주인공은 자아와 속도를 요구하는 사회 사이의 갈등, 자아와 타인(애인)
사이의 갈등, 세상의 속도대로 살려는 자아와 자신의 속도대로 살려는 자아
사이의 갈등들을 지니고 있다.

〈배경〉

영화의 배경인 뉴욕은 속도를 내야만 살아갈 수 있는 도시로 이 작품의
배경이 되기에 알맞다.

〈소품〉

거북이: 주인공의 속도와 비슷한 거북이는 느렸다가는 뉴욕인들에게 짓밟
    히기 쉬운 주인공의 상황을 잘 나타내 주고 있다.

메모: 주인공이 애인이 일상적으로 지나다니는 시간과 장소를 알기 때문
    에 지하철의 에스컬레이터에 붙여 놓은 메모 쪽지들은 소극적이기
    보다는 신중한 주인공의 일면을 보이는 것으로, 직접 만났으면 애
    인에게 거절당할 수 있는 상황에서, 애인에게 생각할 여유를 주는

메모는 그와 애인이 다시 만나는 기회를 얻게 하는 역할을 한다.

〈전체 평〉

이 작품은 현대인이면 누구나 속도로 인해 스트레스를 받기 때문에 주인공의 속도와의 갈등과 자신의 속도대로 사는 것이 행복이라는 작품의 집필 의도가 공감대를 많이 형성할 수 있는 작품이다. 또한 뉴욕 시내에 거북이를 등장시켜 빠른 뉴욕인들 속에서의 느린 주인공의 위치를 강조한 점이 특히 돋보이는 작품으로, 단편영화의 고전이 될 수 있는 좋은 작품이다.

과제)
두 번째 단편 시나리오 수정해 완성하기

제7장

단편 시나리오 창작의 결론

여러분들은 2편의 단편 시나리오를 완성하면서, 창작이 재미는 있으나 무척 고통스럽기도 하였을 것이다.

초보자들 중에는 자신이 창작에 대한 재능이 있는지 없는지 확신이 안 서는 사람들도 있을 것이다. 재능이라는 것은 어떤 사람에게는 빨리 작품으로 나타나기도 하지만, 어떤 사람들은 매우 느리게 만발하기 때문에 재능이 있다 없다는 지금은 알 수 없는 것이다. 늦게 능력을 발휘하는 작가들은 그동안의 경험들과 작품을 보는 높은 기준치와 정신적 성숙으로 인해, 빨리 피고 지는 작가들의 작품보다, 훨씬 깊이 있고 수준 높은 작품들을 창작하기에 이르기 때문에, 아직 좋은 작품을 창작하지 못했다고 앞으로 좋은 작가가 될 수 없다고는 단정 지을 수가 없는 것이다.

힘들었음에도 불구하고, 다시는 안 하겠다고 결심했음에도 불구하고, 남의 작품을 보며 감동받거나 자극받거나, 어떤 것을 보고 자신도 모르게 작품 구상을 하고 있는 자신을 발견한다면 그것은 글쓰기에 관심과 재능이 있다는 것이다.

그리고 계속해서 글을 쓸 수 있을지 그만둘 수 있을지 없을지를 모를 때에는 계속 글을 써야 한다는 것이 일반적인 생각이다.

항상 잊지 말아야 할 것은 여러분이 이 책을 읽기 시작했을 때는 백지 상태였다는 것이고, 자신이 과연 두 편의 작품을 완성할 수 있을까 스스로를 의심하였던 것이, 이제는 2편의 단편 시나리오가 완성돼 자신 앞에 있다는 점이다. 그리고 이 여정 속에서 발견한 자신의 장점들을 잊지 말고, 앞으로도 계속 노력해 발전시켜 나간다면 더 좋은 작품들을 완성해 나갈 수 있을 것이다.

글쓰기가 어려운 것은 자신과의 싸움이고, 다음에는 더 좋은 작품을 써야 한다고 계속 자신에게 요구하기 때문인데, 이때 앞으로 더욱 발전해 나갈 자신과, 자신의 작품에 대한 확신이 있다면, 자기개발을 항상 하면서 작품 완성까지의 어려운 여정을 이끌어 나갈 수 있을 것이다.

어떤 작가도 모든 주제나 소재들을 다 잘 다룰 수는 없다. 그러므로 창작 과정을 통해 발견한 자신의 관심 분야와 자신의 강점과 개성을 잘 키워 나가고, 아직은 안 보이는 자신의 잠재능력도 발굴해 내며, 무엇보다도 세상 사람들이 만들어 놓은 틀에 너무 얽매이지 않는, 작품 창작에 있어서 가장 중요한 요소 중 하나인 자유로운 사고를 지닌다면 어느 영역에서만큼은 뛰어난 작가가 될 수 있을 것이다.

그리고 작가가 되지 않더라도 21세기는 자신을 표현하는 시대이므로, 어떤 직업을 가지든, 단편 시나리오 창작을 위해 진행된 과정들이 유익하게 작용되리라고 생각한다.

제8장

장편 시나리오 분석

시나리오 창작을 위한 이론을 익혔고, 단편 시나리오 창작을 한 사람들 중에는 장편 시나리오를 창작해 보고 싶은 사람들도 있을 것이다.

장편 시나리오는 더욱 치밀하고 좀 더 방대한 인물들과 에피소드들이 필요하고, 창작 기간도 단편에 비해 많이 필요하므로, 장편작품 분석들을 통해 창작 기반을 익혀야 한다.

그러므로 여기에서는 자신이 쓰고 싶은 장편을 혼자 구상해 볼 수 있고 초보자도 노력하면 쓸 수 있는 허진호 감독의 <8월의 크리스마스>(『한국 시나리오선집』 제16권)를 시나리오를 갖고 분석해 놓았고, 그다음 단계로 좀 더 복잡한 형식의 장편 시나리오 <인어공주>를 시나리오로 분석해 놓았다. 그리고 영원한 고전영화로 남을 수준 높은 영화 <제8요일>을 영화로 분석해 놓았다.

작품 분석의 기본 사항들은 있으나, 가장 중요한 것은 각 시나리오마다 특성이 다르기 때문에 분석 방향은 조금씩 다를 수 있으며, 그 분석들은 여러분이 창작할 시나리오 창작과정에 실제적인 도움을 줄 수 있는 방법이어야 한다는 것이다. 그러므로 위의 세 작품의 분석은 여러분이 그 작품을 실제 쓴다고 생각하고, 그 작품의 작가로서 집필 의도는 무엇이고, 어떤 과정을 거치고, 어떤 물음들을 거쳤으며, 어떤 이야기들을 배치시키고, 얼마만큼의 시퀀스가 있어야 했으며, 어떤 효과적인 구성방법을 사용했나 등 작가의 입장에서 끝까지 생각하며 참고하기 바란다.

1. 〈8월의 크리스마스〉

1) 〈8월의 크리스마스〉

<8월의 크리스마스>는 오승욱, 신동환, 허진호가 시나리오를 쓰고, 허진호 감독이 1998년에 감독한 작품이다. 이 작품은 대종상 영화제 각본상을

탔고, 허진호 감독의 첫 장편 데뷔작으로 허진호 감독은 이 영화로 대종상 영화제 신인 감독상을 탔다. 또한 이 영화의 여주인공을 맡았던 심은하는 청룡영화제 여우주연상을, 촬영을 담당하였던 유영길은 촬영상을 받았다.

허진호 감독은 1963년 전주 출신으로 연세대 철학과를 졸업했고, 영화 아카데미를 수료하였다. 그의 작품들로는 1993년 <고철을 위하여>(영화 아카데미 졸업 작품), 1998년 <8월의 크리스마스>(첫 장편 데뷔작, 총제작비 16억 5천만 원), 2001년 <봄날은 간다>, 2004년 <나의 새 남자친구>, <이공>, 2005년 <외출> 등이 있다.

2) 집필과정

거의 모든 장편 영화가 그렇듯이 이 시나리오는 여러 가지 아이디어가 혼합되어 완성되었다.
- 시력을 잃어 가는 사진사 얘기
- 가수 김광석의 영정사진(자살한 그의 영정사진은 활짝 웃는 모습이라 묘한 느낌을 받음)
- 황동규의 시 <즐거운 편지>

즐거운 편지

내 그대를 생각함은
항상 그대가 앉아 있는
배경에서
해가 지고 바람이 부는 일처럼
사소한 일일 것이나
언젠가 그대가 한없이 괴로움 속을

헤매일 때에 오랫동안 전해 오던

그 사소함으로 그대를 불러 보리라

진실로 진실로

내가 그대를 사랑하는 까닭은

내 나의 사랑을 한없이 잇닿은

그 기다림으로 바꾸어 버린 데 있었다.

밤이 들면서 골짜기엔 눈이 퍼붓기 시작했다

내 사랑도 언제쯤에선 반드시 그칠 것을 믿는다

다만 그때 내 기다림의 자세를 생각하는 것뿐이다

그동안에 눈이 그치고

꽃이 피어나고

낙엽이 떨어지고

또 눈이 퍼붓고 할 것을 믿는다.

이 시를 사랑보다는 기억과 세월의 변화에 관한 시로 읽고, 옛날에 사랑했지만 세월이 지나면 변해 가는 것을 안타깝게 생각하는 시로 읽고 영감을 받았다고 한다.

이런 위의 요소들로 시나리오의 전체 윤곽을 가지게 되고, 시나리오 작업을 3명이 같이하다가, 떠나기도 했다가, 다시 합류하면서 시나리오를 쓰게 된다.

이들은 평범하지만 그 일상 속에 깃든 빛나는 순간을 포착해 사람 사는 이야기를 하고 싶었고 정교하고 세밀하게 영화를 만들고 싶어 했는데, 이것이 끝까지 잘 지켜진다. 이것은 시나리오를 쓸 때 집필의도가 중요하고, 끝까지 초심과 중심을 잃지 않으면 좋은 시나리오를 완성할 수 있다는 것을 보여 주는 것이다.

첫 시작은 죽음을 앞둔 사진사에 관한 얘기를 하기로 하고, 그에게 가족, 친구, 일로 만나는 손님들이 있을 것이라고 생각하며 인물들을 늘려 나간다.

그리고 사랑이 있을 것이라고 생각하며, 직업을 재미있고 사진사와 접할 수 있는 주차 단속원으로 정한다.

가장 힘든 부분은 죽어 가는 사람을 다룬다는 것이어서, 실제 죽음을 준비하는 사람들을 인터뷰했는데, 10명 중 7, 8명은 죽음을 3, 4개월 앞두고는 오히려 차분해지고 착해지더라는 말을 들을 수 있었다. 그래서 주인공 정원의 자세를 관조적으로 가져가기로 한다. 죽음으로 일상이 고통이나 두렵다기보다는 남아 있는 삶에 대한 애정과 소중함을 느끼며 죽음을 삶의 한 부분으로 삼게 한다.

3) 시나리오 분석

주제: 죽음 앞에서도 일상의 삶을 소중히 여기고 살아야 한다.
또는 죽을지라도 사랑을 간직한 채 떠날 수 있다면 행복한 죽음이다.

소재: 죽음을 앞둔 한 남자의 사랑의 시작과 일상의 삶에 대한 애정이 소재이다. 이 작품에서 사랑이 그려지지 않았다면 주인공도 생기가 없어 매우 지루한 작품이 되었을 것이고, 또한 사랑만을 그렸다면 사랑을 다룬 영화들 중에서 높은 평가는 받지 못했을 것이다.

인물: <보편적/개성적/보편적이며 개성적 인물> 중

정원: 보편적 인물
　　　성격은 자상하고 관조적이며, 평온하고 평범한 일상을 사랑하는 인물

다림: 보편적이며 약간 개성적이기도 한 인물
　　　성격은 당돌하고 성급하고 화도 잘 내지만, 사랑스런 인물
　　　두 인물 모두 시나리오의 처음부터 끝까지 성격의 큰 변화는 없음

<생리적 차원/사회적 차원/심리적 차원/도덕적 차원> 중 강조된 것들은

정원:

– 생리적 차원 중 특히 나이가 강조된 인물임

* 젊었음에도 불구하고 죽음을 앞에 두고 있으므로 심각한 갈등이나 무엇인가를 이루고 떠나려는 성급함을 보일 수도 있으나, 정원은 오히려 죽음 앞에서 평정을 지닌다.

* 나이가 많다면 이런 태도를 지닐 수도 있겠으나, 정원은 죽기에는 너무 젊기 때문에 관객은 그의 행동에 집중하게 되고, 그래서 그의 죽음을 대하는 태도와 일상을 소중히 여기는 태도를 집중해서 볼 수 있게 정원이라는 인물이 창조된다.

– 사회적 차원 중에서 특히 직업이 강조된 인물임

* 사진사라는 직업은 평범한 일상을 소중히 간직하려는 손님들과 자연스럽게 일상적으로 만나게 해 주며, 일상을 사랑하며 소중히 여기는 정원의 삶의 가치관을 실현시킬 수 있는 직업이고,

* 자연스럽게 주차 단속요원인 다림과 만나 사랑이 시작되게 만들어 주는 직업이고,

* 영정사진과 연관되어 자연스럽게 그의 죽음을 인식하게 만들며 죽음을 준비하기에 알맞은 직업이므로 직업이 강조되며 정원이라는 인물이 창조된다.

– 심리적 차원 중에서는 특히 갈망의 대상과 삶에 대한 태도가 강조된 인물임

* 정원의 갈망의 대상인 일상의 소중함과,

* 그의 관조적이며 평정을 잃지 않는 그의 삶에 대한 태도가 강조되어 정원이라는 인물이 창조된다.

– 도덕적 차원은 도덕적 위기에 직면했을 때 취하는 인물의 태도인데, 정원에게서는 이런 면은 특별히 나타나지 않으므로 도덕적 차원은 강조되지 않았다고 볼 수 있겠다.

다림:

- 다림도 생리적 차원에서 나이가 강조되어 창조됨
* 다림은 젊으나 개인적인 꿈을 키울 만한 능력도 가정환경도 되지 않아 그 여건을 받아들이고,
* 나이에 맞게 발랄함을 잃지 않는 인물로 젊음이 강조되어 창조된다.
- 사회적 차원에서 직업이 강조되어 창조된 인물이고
- 심리적 차원에서는 갈망의 대상이 강조되어 창조된 인물이다.
* 다림도 정원처럼 큰 야망을 지니지는 않으나, 정원보다는 사랑에 대한 갈망이 조금은 더 강조된 인물로
* 사랑과 기다림과 사랑의 여운 등의 감정들을 좀 더 솔직하게 표현하는 인물로 창조된다.

〈인물 배치도〉

인물들 간의 큰 적대자는 없고, 인물들이 서로 갈등을 할 사건들을 만들지 않는다.

정원과 인물들 간의 관계를 보자.

정원과 다림: 두 사람 모두 자신들도 모르는 사이 사랑이 시작되는 단계에서 정원이 죽었고, 다림은 그 사실을 모른 채 적대적 감정 없이 사랑이 끝나 서로에게 적대적이지 않음

다림은 정원이 일상을 더욱 사랑하게 만들어 주었고, 마지막 시간들을 행복하게 해 주었으며, 사랑을 간직한 채 떠날 수 있게 한 인물이므로 정원에게는 호의적이고 소중한 인물임

정원과 옛 애인: 옛 애인과는 옛 애인의 결혼으로 헤어졌고, 정원은 떠난 옛 애인에게 집착하지 않으므로 적대적이지도 옹호적이지도 않음. 다만 두 사람 간의 안 보이는 정은 그려짐

정원과 가족들: 모두 서로를 걱정하는 따뜻한 가족애가 있는 관계들이므

로 서로에게 호의적 관계들임

정원과 친구들: 가장 친한 철구를 비롯해 모두 정원의 병을 안타까워하는 호의적 관계들임

정원과 사진관 손님들: 일상의 웃음을 서로 주고받을 수 있는 평범한 각 계층의 사람들로 호의적 관계들임

다림과 인물들 간의 관계를 보자.

다림과 가족: 다림의 가족들을 잘 그려지지 않았으나 다림의 아버지는 정원의 아버지처럼 온화한 것 같지는 않다. 형제들은 많고 가족애는 있으나 그것을 느낄 만한 여유로운 마음은 없는 것 같다.

다림과 가족들과의 관계는 서로 약간의 갈등도 있겠으나 평범한 듯 보인다.

다림과 직장 동료들: 서로 적대적이지 않다.

다림과 주차 단속을 당하는 이들: 약간은 적대적인 것 같다.

〈이 시나리오의 인물들로 인한 특징〉

- 끝까지 성격의 큰 변화가 없다.
- 특별히 적대적인 관계의 인물들이 없다.
- 거의 모든 인물이 서민층이다.
- 그러므로 시나리오의 흐름이 잔잔하고 평온하게 흐르며 전체적 분위기 가 일관되게 유지되나, 유사한 인물들의 배치로 인해 지루한 면도 있다.

스토리: 죽음을 앞둔 한 젊은 사진관 주인과 주차 단속요원과의 사랑 얘기를, 사랑을 하기에는 시간이 얼마 남지 않았음에도 불구하고, 사랑의 인위적 진전을 배제한 채, 일상 속에서 자연스런 만남과 행동들로 진전시켜 나가다가 주인공은 죽음을 맞이한다.

여주인공은 이 죽음을 모른 채 서성이고, 죽은 주인공은 내레이션을 통해 사랑을 간직한 채 떠날 수 있게 해 준 여주인공에게 고맙다는 말을 남기면서 끝나는 이야기이다.

시퀀스: 시퀀스는 에피소드 단위이고, 단편 시나리오에서는 1개의 에피소드로도 좋은 작품을 쓸 수 있지만, 장편 시나리오에는 10개 내외의 시퀀스가 필요하다. 그래서 장편 시나리오를 쓸 때는 여러 면으로 준비가 많이 필요한 것이다. 어떤 시나리오를 쓸 때는 시퀀스를 순서대로 한 시퀀스를 쓰고 그다음 시퀀스로 넘어가기도 하지만, 어떤 시나리오에서는 10개 내외의 에피소드들을 정한 후 순서대로 쓰지 않고 분산시켜 쓰기도 한다. 이럴 경우 산만한 느낌을 주기도 하지만 화면이나 이야기의 변화가 자주 있어야 지루해하지 않는 요즘 관객들에게는 나쁘지만은 않은 기법일 수 있다.

<8월의 크리스마스>는 에피소드들이 분산 배치되어 있다. 우리의 일상은 반드시 한 에피소드가 시작되어 완전히 끝난 후 다음 에피소드가 생기고 하지는 않는다. 이 영화는 일상의 소중함이 중요하게 다루어진 영화이기 때문에 일상적 리듬대로 한 에피소드가 시작되다 다른 에피소드가 끼어들고, 다시 먼저 에피소드가 이어지고 하는 기법으로 영화가 진행되어 시퀀스를 나누기 힘든 영화이다.

영화의 순서대로 시퀀스를 나누는 대신, 이 영화의 주인공인 정원과 다림에 속한 에피소드들로 정리해 보는 것이, 이 영화에서 중요하게 다루어진 이야기의 중심과, 몇 개의 큰 에피소드들이 장편 영화에 필요한가를 아는 데 도움이 될 것이다.

정원에 속한 에피소드들:
* 정원의 병과 죽음과 타인들을 통한 죽음 예감(6번 정도 다루어짐)
* 정원의 가족과 환경(5번 정도 다루어짐)
* 정원의 직업(사진관, 손님들, 사진 등 4번 정도 다루어짐)
* 정원의 친구들(4번 정도 다루어짐)
* 정원과 다림의 사랑(11번 정도 다루어짐)

* 정원과 옛사랑 지원(3번 정도 다루어지고, 1번 언급됨)

다림에 속한 에피소드들:
* 다림과 정원의 사랑(11번 정도 다루어짐)
* 다림의 직업과 동료들(4번 정도 다루어짐)
* 다림의 가족과 환경(2번 정도 다루어짐)

 정원과 다림의 사랑에 관한 에피소드들은 겹치는 부분이므로, 이 시나리오를 쓰기 위해서는 적어도 크게 나눠 8개 정도의 에피소드들이 필요한 것을 알 수 있다.

 또한 가장 많이 다루어진 에피소드들은 정원과 다림의 사랑의 에피소드들이고, 사랑이 죽음보다 더 자주 다뤄진 것은 죽음보다 삶을 더 소중히 여기는 이 영화의 주제와, 주인공의 삶의 태도에서 비롯된 것임을 알 수 있다.

 또한 정원에 속한 에피소드들이 다림에 속한 에피소드들보다 더 많은 것은 정원의 사랑뿐 아니라 이 시나리오의 중심 주제들인 죽음과 일상의 소중함을 이 인물을 통해 보여 줘야 하기 때문에 정원에 속한 에피소드들을 더 많이 배치시킨 것임을 알 수 있을 것이다.

 이렇듯 장편 시나리오는 쓰기 전에 미리 중심 주제와 중심 이야기에 속한 에피소드들과 보조적인 에피소드 등을 10개 내외로 정해 보고, 그 에피소드들의 배치와 각각의 에피소드들의 양 등을 대강 정해 보아야 한다.

플롯: 이 영화는 내면적 사건인 사랑을 담고 있고, 외형적인 사건인 죽음을 다루고 있다. 그러나 이미 분석했듯 이 영화는 죽음보다는 삶을 소중히 여기는 인물의 이야기이므로 사랑 이야기가 더 중심적으로 다루어질 것임을 알 수 있다.

그렇다면 플롯은 사건 중심으로 긴밀히 팽팽하게 짜기보다는 인물과 정서 등을 담아내는 느슨한 플롯으로 가져가는 것이 더 좋을 것임을 알 수 있고, 그래서 이 영화는 느슨한 플롯을 사용했다.

또한 현재를 중요시하는 주인공이므로 원인결과식(시간순 단순형)을 사용했다.

주인공의 갈등은 자아와 운명(죽음) 사이의 갈등과 자아와 타인(다림) 사이의 사랑의 갈등이 있을 수 있겠으나, 주인공은 죽음에 맞서 병을 이기고 죽음을 물리치려 맞서 싸우지 않고, 다림과의 사랑에서도 인위적인 행동으로 다림의 사랑을 얻으려 갈등하지 않으므로, 그의 갈등은 고여 있는 갈등이다.

그러므로 이 시나리오의 플롯은 복잡한 단계를 거칠 필요가 없으므로 플롯의 3단계 구성을 사용했다.

3단계 구성을 사용할 때에는 처음 1, 중간 2, 끝 1로 구성한다.

영화의 상연 시간이 100분일 때 처음 부분 25분, 중간 부분 50분, 끝 부분 25분으로 구성한다.

이 영화의 처음, 중간, 끝 단계:

처음: 병을 앓고 있는 정원은 주차 단속요원인 다림과 일로 만난다.

중간: 두 사람이 서로 고백할 정도의 사랑은 아니나, 서로 점점 자신들도 모르게 정들어 가고 사랑이 시작된다.

끝: 아름다운 사랑을 간직한 채 정원은 죽는다.

장소와 장면들: 일상의 소박함과 주인공 정원의 심리상태나 상황을 간접적으로 표현해 주는 역할을 잘 담당하고 있다.

시간: 현대를 담고 있다.

현대는 건강에 대해 지나치게 관심을 갖는 시대이며, 그럼에도 불구하고 젊은이들도 뜻하지 않는 죽음을 맞이하기도 하는 시대이다. 이런 시대적 환경 속에서 삶에 지나치게 집착하지 않고 일상을 소중히 여기며, 죽음을 관조적으로 바라보며 수용하고, 죽음에 대한 불안이나 불만감으로 남아 있는 짧은 생을 소진해 버리지 않는 주인공의 설정은 경쟁적이며 소유욕이 강하며 집착이 강한 현대인들에게 삶의 자세를 한 번쯤 생각하게 만든다. 주인공처럼 초연히 소박한 일상을 사랑하며, 마치 단편영화 <슬로모>의 주인공처럼, 자신의 속도대로 살다 가는 것도 평온하고 행복한 삶일 수도 있음을 인식하게 하므로 현대를 시나리오의 시간으로 정한 것은 효과적이었다고 할 수 있다.

이 시나리오는 여름에서 눈 오는 겨울까지를 담고 있다.

여름에 시작된 정원과 다림의 사랑은, 정원이 죽고, 눈 내리는 겨울 정원의 죽음을 모른 채, 정원을 잊지 못해 정원의 사진관 안을 들여다보며 사진관 진열관에 활짝 웃는 자신의 사진이 액자에 넣어져 걸려 있는 것을 보고 활짝 웃고는 멀어져 가는 다림과, 눈 내리는 초등학교 운동장을 배경으로 죽은 정원의 마지막 내레이션으로 마무리됨으로써, 반년 동안의 이야기를 담고 있다. 이것은 이 영화의 제목과도 연결이 된다.

제목: 8월에 시작되어 크리스마스캐럴이 흐르는 겨울에 마무리됨으로써 이 영화의 제목은 <8월의 크리스마스>이다.

이 제목의 의미는 삶과 죽음은 동떨어지나 함께이듯이 8월과 크리스마스도 동떨어지나 함께라는 의미로 사용되었다.

특히 크리스마스 하면 떠오르는 눈은 모든 것을 잊게 해 주고 깨끗이 치유해 주는 의미를 지니고 있고, 순수한 사랑의 의미도 지니고 있다. 다림은 크리스마스에 내리는 눈처럼 정원에게 닥쳐올 죽음의 고통에 대한 생각을 잊게 해 주었고, 깨끗하고 순수한 사랑을 간직한 채 행복하게 떠날 수 있게 해 주었으므로, 크리스마스에 내리는 눈과 같은 존재이므로, 제목을 <8월의 크리스마스>라고 정한 것은 이 영화의 중심 의미와 내용에 매우 적합한 제목인 것임을 알 수 있을 것이다.

〈8월의 크리스마스〉 시나리오의 특징

시나리오를 집필하기 이전에 주제, 집필의도, 인물, 인물 배치도, 이야기와 시퀀스들, 플롯, 장소와 장면, 시간, 그리고 제목 등을 계획했어도, 실제로 시나리오를 쓰면서 위의 계획들이 잘 표현되지 않으면 안 된다.

〈8월의 크리스마스〉는 영화보다 시나리오가 더 좋은데, 이 영화의 시나리오의 전체적 특징은 다음과 같다.

* 주인공 정원이 혼자 생각하고 과묵한 성격을 지녔으므로 그의 성격을 표현하기 위해 대사를 아끼고 있어 성격은 잘 드러나지만, 조금 지나치게 아끼는 측면도 있다.
* 지문이 매우 중요하고 시나리오의 지문이, 영화의 장면들보다, 인물의 상태와 심리 등이 잘 표현되어 있어 의미전달이 잘되어 있다.
* 집필의도와 중심 내용들이 인물들을 통해 잘 표현되어 있다.
* 주제와 내용에 알맞은 수채화 같은 톤을 끝까지 잘 유지하며 썼다는 점 등이다.

이 영화에 대한 일반 평들:

* 직업에 대한 생생한 묘사
* 느닷없이 찾아온 사랑, 나이 차이는 많지만 평온한 사랑
* 사랑을 간직한 채 죽는 한 남자 이야기
* 감정들에 충실할 뿐 앞서지도 물러서지도 않는 일상적 속도감에서 나오는 사실감, 사랑도 일상의 한 부분임을 인식하게 하는 영화
* 일상에 대한 성찰의 시선이 따뜻하게 살아나는 화면
* 가족의 의미를 성찰하게 하는 영화
* 죽음보다 남아 있는 생의 애정을 잘 그린 영화
* 곡소리를 내지 않고 슬픔을 떠올리는 재능을 보여 준 영화
* 여운이 남는 영화
* 상업영화에도 작가정신이 깃들 수 있다는 것을 보인 영화

전체 평: 평범한 한 젊은이가 죽음 앞에서 보이는 죽음을 대하는 태도, 사랑을 대하는 태도, 일상을 대하는 태도를 통해 우리가 그 소중함을 잊고 살기 쉬운 일상의 삶과 그 속에서의 소중한 만남들과 평온한 정서들을 다시 한 번 느끼게 해 주는 영화이다.

특히 대부분의 사람들이 중요하게 생각하는 죽음과 사랑을 평범한 일상의 리듬을 깨지 않은 채 다뤄 평범함 속에 들어 있는 진솔함을 독특하게 그려 낸 점을 높이 살 만하다.

그러나 지나치게 일상적인 것들만을 보여 주며 의미 전달을 하려 해서 영화는 지루하고 의미 전달이 제대로 안 된 측면들도 있었다. 영화를 보고 시나리오도 읽어 본 사람은 시나리오가 영화보다 훨씬 의미 전달이 잘되어 있고, 시나리오를 다 읽었을 때 느끼는 여운이 영화보다 훨씬 크다는 것을 느낄 것이다.

그러므로 반드시 시나리오가 영화화되어야만 가치와 의미를 지닌다는 일반적 견해도 옳은 것만은 아님을 알 수 있다. 시나리오를 읽으며 마음껏 각자가 상상한 인물들이나 배경 등이 영화에서 제대로 표현되지 못하는 경우도 있고, 시나리오를 읽을 때에는 좋은 부분은 여러 번 반복해 읽으며 음미할 수도 있는 시간들이 영화에서는 보이는 속도대로 중요 부분들이 잊히며 넘어가기도 쉽기 때문이다.

가장 이상적인 것은 시나리오로 읽었을 때도 좋고, 영화로 보았을 때에도 좋은 영화일 것이다.

2. 〈인어공주〉

1) 〈인어공주〉

<인어공주>는 제41회 백상예술대상(2005) 감독상, 제3회 대한민국 영화대상(2004) 여우주연상, 여우조연상, 제16회 유바리 국제 판타스틱 영화제(2005) 영판타스틱시네마 경쟁부문 대상, 제25회 오포르토 국제영화제(2005) 오리엔트 익스프레스 경쟁부문 최우수작품상을 탄 박흥식 감독의 2004년 작품이다.

박흥식 감독은 1965년 연세대 천문대기학과를 졸업했고, 한국 영화 아카데미 8기이다.

그는 <아름다운 청년 전태일>과 <8월의 크리스마스>의 연출부 출신으로, 데뷔작 <나도 아내가 있었으면 좋겠다>(2000)를 비롯해, <인어공주>(2004), <사랑해 말순씨>(2005) 등을 감독했다.

시나리오를 집필하기 위해서는 우선 어느 정도 수준 이상의 시나리오를 정독하는 것이 필요하다. 그리고 시나리오 선정은 자신이 쓸 수 있고 앞으로 쓰고 싶은 부류와 수준의 시나리오를 선택하는 것이 좋을 것이다. <8월의 크리스마스>를 공부한 후, 조금은 더 복잡한 형식을 지닌 <인어공주>를 공부하고 이 작품 수준의 시나리오를 자신이 완성할 수 있다면 작가가 될 수 있다는 자신감이 생길 것이다.

다음의 분석은 『한국 시나리오 선집』(2005하)의 <인어공주> 시나리오를 분석한 것이다. <인어공주>는 박흥식과 송혜진이 시나리오를 썼고, 장명숙이 각색하였다. 자신이 이 작품을 백지에서부터 시작해 차근차근 완성한다는 생각을 가지고 나름대로 착상, 주제, 소재, 인물들, 이야기들, 플롯, 전체적 분위기, 개성적 요소 등을 생각해 보면서 다음의 글들을 참고하기 바란다.

2) 집필의도 생각해 보기

<인어공주>의 작품 의도는 시나리오 262페이지 신 95의 딸 나영의 대사에 가장 잘 나타나 있다고 볼 수 있다.

나영 우리 엄마는 때밀이에요. (……) 한 명 밀어 주면 만 원, 10명이면 10만 원, 돈이 제일 중요하죠. 엄마한텐. 욕도 잘해요. 창피한 것도 모르죠. 아버지한테도 모질게 대해요. 그게 우리 엄마예요. 나는 엄마를 싫어해요. 절대로 엄마처럼은 살지 않겠다고 생각하고 또 생각했어요.
근데 왜 이러지…… 엄마…… 엄마가 가엽고 엄마가 불쌍하고 자꾸 엄마 생각이 나요. 이렇게 엄마를 보고 있는데도 자꾸 엄마 생각이 나.

나영, 잠든 연순의 손을 잡고 참았던 눈물을 흘린다.

이 대사를 통해 현재 부모의 성격이나 삶에 대해 불만을 지녔던 딸이 부모 특히 엄마를 이해하고 엄마를 가슴으로 받아들이는 과정을 시나리오에 담으려는 의도로 이 작품이 창작되었음을 짐작할 수 있다.

3) 작품구상 생각해 보기

여러분이 작가라면 어떤 물음들을 하며 작품구상을 해 나갔겠는가를 생각해 보자. 확고한 작품의도를 갖고 이것을 그리는 것이 이 작품의 핵심이라고 설정하고 출발했다 하더라도, 현재 엄마에 대해 불만을 지닌 딸이 엄마를 가슴으로 받아들이는 과정을 그려 내는 것은 쉽지 않다.
- 우선 어떤 부모를 설정할 것인가 생각해 보게 될 것이다.
- 타인을 믿었으나, 매번 상처로 돌아오는 삶에 지쳐 의욕을 모두 상실해 버린 아버지, 아버지가 반복해 일으킨 파산 앞에서 삶을 지탱하려 안간

힘 쓰며 억척스럽게 변해 버린 엄마를 설정해 본다.

- 그러나 이 인물들은 우리 주위에서 흔히 볼 수 있는 인물들이고, 이미 많이 다루어진 인물들이어서, 시나리오의 주요인물들이 되기엔 극적이지도 신선하게 관심을 끌 만하지도 않다는 생각이 들 것이다.

- 그렇다면 부모 설정을 바꾸어 버릴까 하는 생각을 해 보아야 할 것이다.

- 그런데 딸이 불만을 지닌 부모기 때문에 이 설정이 버릴 정도는 아니라고 생각할 수도 있다.

- 그렇다면 딸을 개성적으로 가져가 불만을 푸는 방식을 신선하게 가져가면 어떻겠는가?

- 아니면 부모처럼 살기 싫다고 하지만, 딸도 부모처럼 살게 되기 쉬운 환경으로 설정해 버리면 부모를 더 잘 이해할 수도 있지 않을까? 왜냐하면 경험으로 이해하는 것만큼 깊은 이해가 없기 때문이다.

- 후자를 선택해서 아버지를 싫어하면서도 아버지의 직업과 유사한 우체국 직원으로 딸을 설정하면 어떻겠는가?

- 그것도 아버지와 같은 우체국에서 일하면서 다른 직원들이 부녀 관계인 것을 모를 정도고, 그것을 다행이라고 생각하게 해서 아버지를 부끄럽게 생각하는 딸로 설정하면 그것도 나쁘지 않을 것이라는 생각이 들 것이다.

- 그런데 요즘 우체국은 예전과는 조금 다를 것 같다. 우체국에 대해 어느 정도 알아야 되기 때문에 조사해 보니, 요즘 우체국에서는 해외견학도 간다는데, 그렇다면 딸이 해외견학을 앞두고 들떠 있는 것으로 그려도 좋을 것이라는 생각이 들 것이다.

- 그리고 딸에게는 애인이 있는데, 애인의 직업을 아버지처럼 무언가 전달하는 직업이며 좀 더 현대화된 직업인 퀵서비스맨으로 해서 연관시키고, 그와 함께할 딸의 미래도 엄마의 삶과 유사할 수도 있고, 그래서 딸은 결혼에 적극적이지 않고, 그와 결혼한다면 안정적인 직업이 아니어서 경제적으로 풍요롭지 않을 것임도 시사해 보자는 생각이 들 것이다.

- 그리고 부모의 결혼생활을 이미 보아서 결혼에 대한 환상보다는 결혼

을 하지 않고 혼자 사는 것이 더 나을 것이라는 생각을 지닌 딸로 설정
하고, 그래서 연애를 하면서도 애인에 대한 환상이나 존경심이 없고,
단지 친구 같은 애인으로 설정하면 괜찮을 것 같은 생각이 들 것이다.

- 그렇다면 애인을 초등학교 동창으로 가져가자.
- 그리고 엄마는 해녀 출신으로 물과 관련 있는 목욕탕 때밀이로 해서,
  가난했지만 바다라는 탁 트인 무한한 공간 속에서 자연의 풍요를 경험
  했던 엄마가 삶에 찌들고 찌들어 밀려와 갇힌 공간인 목욕탕 그 속에
  서 한 푼 두 푼 모은 돈을, 사람 믿기 좋아하는 아버지는 여러 번 빚보
  증을 서서 엄마가 피땀 흘려 모은 돈을 물거품처럼 날려 버리고 날려
  버려 더욱 억척스러워진 엄마. 그러나 삶의 끈을 놓지 않고 오늘도 열
  심히 일하는 엄마로 설정하자.
- 그러나 가장 큰 문제는 어떻게 딸이 엄마를 가슴으로 이해할 것인가이
  다. 아마도 이 부분에서 모든 작가들은 고민을 할 것이다.
- 지금까지 설정한 부모와 딸 모두 진부한 인물이 될 수 있는데 어떻게
  자신만의 신선한 이야기로 이 문제를 풀어 나갈 것인가?
- 현재에서?
- 딸은 교양 없고 억척스럽기만 한 엄마와 긴 시간을 함께하며 엄마를
  이해하기가 쉽지 않으므로 현재에서는 풀기가 힘들 것 같다.
- 그렇다면 어떻게 하나? 막막할 것이다.
- 이럴 때는 그냥 내버려 두면서 일상생활을 열심히 하다 보면 거기서
  아이디어를 얻는 경우가 많다.
- 왜냐하면 여기까지 설정해 놓았는데, 버릴 수는 없는 것이다.
- 그러다 우연히 텔레비전에서 지금은 할머니가 된 유명 인사의 젊었을
  때의 사진을 보게 된다거나
- 자신도 엄마를 싫어하는데 오늘도 엄마를 꼭 닮았다는 사람들의 말에
  기분이 안 좋았으나, 거울을 보니 자신이 생각해도 엄마와 닮았음을 느
  낀다. 그래서 예전에 그냥 스쳐보았던 엄마의 처녀시절 사진이 생각나
  다시 펼쳐 보니 지금과는 다른 고운 모습의 아름다운 엄마의 사진을

보게 된다. 엄마에게도 내 나이 때의 삶이 있었겠구나 하는 생각이 들면서 엄마의 과거를 통해 엄마를 이해하게 하면 될 것이라는 결정을 하게 될 것이다.

－그렇다면 엄마의 과거 중 무엇으로 엄마를 이해하겠는가?

－엄마와 아버지가 연애결혼을 했다는데, 현재의 두 분의 모습을 보면 떠오르질 않는다.

－앨범을 다시 들춰 보니 두 분의 그 시절 사진이 있다. 지금의 분위기와는 전혀 다른 두 분

－순박해 보이는 엄마, 엄마가 사랑했을 수 있겠다는 생각이 들 정도로 미남인 아빠의 사진을 보니 확실히 결정이 된다.

－두 분의 사랑 이야기를 통해 부모를 이해하게 되는 것으로 하기로 한다.

－그렇다면 어떤 방법으로 두 분 이야기를 이끌어 나갈 것인가?

－엄마에게 묻고 엄마의 회상 방식으로?

－진부할 뿐 아니라 엄마와는 일상적으로 다투므로 쉽지 않다.

－엄마의 고향에 가서 고향 사람들에게 듣는 것은?

－삼촌에게 듣는 것은?

－남들이 타인의 사랑 이야기를 제대로 이야기해 줄 수는 없을 것이다.

－그렇다면 엄마의 고향이 바닷가니까 딸의 해외견학 설정을 바다가 있는 뉴질랜드로 하고, 딸이 해외견학 대신 제주도를 다니며 상상해 보는 것으로 할까?

－그러나 딸은 해외견학을 포기할 이유가 없으므로, 해외견학을 갔다 온 후, 엄마의 고향을 가게 될 것이다.

－해외견학을 안 가고 제주도로 갈 만큼 절실한 무엇을 설정한다면 어떨까?

－아버지의 가출?

－아버지에게도 그 시절만큼은 다시 기억하고 싶고 다시 돌아가고 싶은 시간이 아닐까? 사람을 믿고 돕는 배려가 오히려 상처로 돌아오는 삶이 아닌, 사람을 믿고 돕는 것이 존경받았던 특히나 엄마에게서 존경받았던 그곳으로 떠나게 하자.

- 그래서 아버지를 찾으러 해외견학을 포기하고 제주도로 가서, 엄마와 아버지의 그 시절의 사랑을 만나 보자로 결정할 것이다.
- 그러나 어떻게 만날 수 있을 것인가? 이 부분에서도 작가들은 고민을 할 것이다.
- 아버지는 엄마의 고향집에도 분명히 들를 것이라는 생각이 들면서, 그 고향집에서 그 시절의 고운 엄마와 대화를 나눌 것이라는 생각도 들 것이다.
- 그런데 아버지가 추억을 회상하는 것은 진부하다.
- 딸이 제주도에 간다면 반드시 딸도 엄마의 고향집을 들를 것이다. 그곳에서 지금과는 다른 엄마의 체취를 느낄 수 있을 것이다. 그리고 마루에 앉아 그 시절의 엄마를 상상하면서 대화도 나눌 것이다. 그렇다면 그 시절 고운 엄마를 딸인 내가 직접 만나는 것을 상상해 본다.
- 갑자기 모든 것이 풀리는 느낌이 들 것이다. 맞다. 딸이 과거의 엄마와 직접 엄마의 고향집에서 만나는 것이다. 그래서 엄마 집에 머물며 엄마를 가까이에서 지켜보며 엄마의 젊은 시절을 알게 되고, 아빠의 젊은 시절도 알게 되며, 그들의 사랑이 어떤 사랑이었는지도 보게 되는 것이다.
- 여기까지 진전되면 작가는 반드시 완성할 수 있다는 확신을 갖게 된다.

4) 시나리오 분석

〈주제〉

현재 부모님(어머니)에 대해 불만을 지닌 자식(딸)은 자신처럼 젊은 시절에 순수했던 부모님(어머니)의 삶을 알게 되면 부모님(어머니)을 가슴으로 이해할 수 있다.

〈소재〉

부모(엄마)에게 불만을 지닌 한 딸이 부모의 젊은 시절의 사랑을 통해 부

모(엄마) 이해하기

<주요인물 분석>

딸(나영): * 보편적 인물

* 심성은 착하나 부모처럼 살기 싫어하며 회의적이었으나, 엄마의 과거를 만난 후 긍정적이며 따뜻한 성격으로 변화하는 인물

* 생리적 차원: 나이가 강조된 인물임. 사랑과 결혼을 할 나이이기 때문에 부모의 결혼 생활을 보며 결혼에 회의적이어서 혼자 살기를 원하기도 한다.

* 사회적 차원: 직업, 교육수준, 가족상황, 경제적 수준 등을 통해 보이고 있는데, 그녀는 고교출신의 우체국 여직원이며, 경제적 수준은 낮고, 가족 구성원인 부모의 사회적 위치도 경제적 수준도 낮다.

* 심리적 차원: 그녀는 특히 심리적 차원이 강조된 인물로, 부모에 대해 불만을 지녔으며, 공부나 견문 넓히기 등을 하면서 혼자 자신이 하고 싶은 것들을 하며 사는 것을 갈망한다. 그러나 사회의 중심이 아닌 주변적 삶을 살 수밖에 없었던 엄마를 이해하고 나서부터는 삶의 태도가 긍정적으로 바뀌고, 삶도 사람도 사랑하는 내면적 심리 변화를 일으킨 인물임이 강조되어 창조된다.

엄마(연순): * 보편적 인물

* 성격은 결혼 전이나 결혼 후나 생활력이 강하고 활발하다. 그러나 젊었을 때는 수줍음도 있고 순박했으며 우체부 진국을 <인어공주>의 왕자처럼 사랑하는 감성도 지니고 있었으나, 남편으로 인한 잦은 파산으로 실제 가장 역을 하고 있는 현재는 매우 거친 성격으로 변해 있다.

* 생리적 차원: 나이와 성별이 강조되어 있다. 잦은 파산을 경험하며 중

년에 이른 여성으로, 가장이 있으나 자신을 더욱 힘들게 할 뿐이어서, 삶을 지탱해 나가려면 더욱 억척스러워야만 버틸 수 있다는 경험에서 나온 삶의 방식을 바꾸기 힘든 나이이며, 여성보다 더 연약해진 남편을 대신해 여성이지만 남성 같은 강한 성격으로 한 가정을 이끌어 나가 마치 편모 가정의 엄마와 같은 삶을 살고 있음이 강조되어 창조되었다.

* 사회적 차원: 이 인물은 교육수준도 매우 낮고 목욕 관리사로서 사회적 위치도 경제적 수준도 모두 낮다. 이 인물은 한국사회의 현실을 잘 보여 주고 있는 인물이다. 가장에게 경제적 위기 등 예기치 않은 상황이 일어나면 여자들도 그에 대처해 취업을 해야 하는 것이 현실이다. 그런데 교육 수준이 낮고 급박하게 일자리를 반드시 가져야 하는 여성들은 자아 존중감이나 자아실현을 위해, 또는 사회 일원으로서의 소속감과 사회적 위치 등을 위해 취업하려는 현대 여성들이 지닌 직업관을 지니기가 어렵다. 그래서 이 인물은 저소득 계층의 여성들의 취업형태를 대변해 주고 있고, 그녀의 직업인 목욕관리사라는 직업은 사회보장제도로부터 소외된 직업이며, 열심히 일한 만큼만 수입이 있기 때문에 생활수준이 나아지기는 힘들다. 실제 가장 역할을 하고 있는 이 인물은 우리 사회에서 교육 수준이 낮고 가난한 여성 가장의 위치를 잘 보이고 있는 인물로 창조되었고, 또한 예전에는 사람은 착한 것이 제일이라 믿었으나, 사람을 믿을 수 없는 사회 속에서 살다 보니 돈이 이 인물의 생활의 중심이 되어 버렸고, 그녀의 이런 면 또한 우리 사회의 일면을 반영하고 있는 것이다.

* 심리적 차원: 그녀의 삶의 태도는 적극적이고 외향적이며 감정적이다. 결혼 전에는 수줍음도 있었고, 그 시절의 갈망의 대상은

우체부 진국과의 사랑을 이루려는 것이어서 일반적인 첫사랑의 현상처럼 그에게 집중하며 그의 장점만 보고 특별한 의미를 부여하고 그녀의 일생에서 가장 소중하고 유일했던 사랑의 감정을 경험하게 된다. 그러나 첫사랑이 이루어지기 힘든 일반적인 경향처럼, 아무런 조건 없이 좋아하고 몰입했던 우체부 진국과 결혼해 도시로 나와 생활하면서 남편이 만든 힘든 현실과 부딪칠 때마다 현실적이되어 갔고, 사랑할 땐 착한 것에 최고의 가치를 두었던 가치관은 착하기 때문에 남들을 자신처럼 믿어 반복적으로 빚보증을 서서 파산을 반복하는 남편의 그 착함이 결점 전체로 확산되어, 첫사랑의 감정은 점차, 그리고 완전히 사라진다.

에리히 프롬은 『사랑의 기술』에서 사랑의 실행은 믿음의 실행을 필요로 하는데 다른 이를 믿는다는 것은 그 삶의 근본적인 자세와 그 사람의 인격의 핵심과 그 사람이 지니고 있는 확실성과 불변성을 확신한다는 말이 된다고 했고, 사랑에 있어 중요한 것은 자기가 다른 이를 사랑할 수 있다는 자기 사랑 능력의 믿음과 자신의 진실성에 대한 믿음이 중요하다고 했다. 그리고 그는 믿음은 갖는 데는 용기가 필요하고 용기는 괴로움과 절망을 수용하기도 하는 준비를 말한다고 했다. 이러한 에리히 프롬의 사랑의 이론들이 이 인물이 처음 사랑을 할 때에는 모두 옳은 이론으로 인식되었겠으나, 그녀가 이끌어 나가야 하는 지금의 힘든 삶 앞에서 이 같은 이론은 물거품처럼 사라지기 쉽다.

사랑을 믿고 순박하고 선한 성격에서 억척스럽고 직선적인 성격으로 변했으나 결코 힘든 현실 앞에서 좌절하지 않고 열심히 일하며 살고 있는 이 인물의 현재의 갈망의 대상은 무엇보다도 경제적 안정이 우선이다.

아버지(진국): * 보편적 인물

* 성격은 선하고, 젊었을 때는 자신의 장점인 선함과 남에 대한 배려로 존경을 받았고 자신이 속한 사회에 꼭 필요한 인물로서 평화롭고 의미 있는 날들을 보내며 살았으나, 현재는 잦은 파산으로 인해 극도의 좌절 감을 느끼며, 매사에 소극적이고 가족에게 피해를 주었다는 죄책감을 느끼는 인물로, 밝고 친절한 성격에서 우울하고 소극적인 성격으로 변한 인물이다.

* 생리적 차원: 나이와 성별이 강조되어 중년 남성들이 느끼는 삶의 무게 감과 무기력함을 잘 보이고 있고, 중년 이후 파산하면 경 제적 회복을 이루기 힘든 나이임을 이 인물을 통해 보여 주고 있다.

* 사회적 차원: 젊었을 때는 제주도 하리의 우체부로서 그 사회에서 필요 한 인물로 존재감을 느꼈으나, 현재는 빚보증으로 인한 파산의 연속으로 고통을 받고 있는 사람들의 모습을 반영 하고 있다. 빚보증을 안 섰다면 우체국이라는 안정된 직 장의 분류실에서 주사로 일하며 넉넉하진 않으나 일상을 소박하게 꾸려 나갈 경제적 소득을 얻었겠으나, 현재 월 급으로는 빚보증을 선 빚을 대신 갚으며 딸에게 용돈을 타야 할 정도로 경제 사정이 열악하다.

유홍준은 『직업 사회학』에서 일은 우리 삶의 큰 부분을 차지하고, 자신과 가족의 생계 유지를 위해 필요하며, 일 은 자긍심과 자아 정체성을 갖는 데 기여한다고 말하면 서, 개인이 직업에 대해 지니는 가치 지향의 유형을 다음 과 같이 분류한다.

일 지향형: 일 속에서 의욕과 즐거움을 찾으며 직업을 위한 시간과 노 력을 아끼지 않는다.

여가 지향형: 일보다 자신의 여가와 자유 시간에 더 비중을 둔다.

사회활동 지향형: 사회활동과 관련된 일에 비중을 두어 사회단체나 자발적 조직에 참여하는 것을 중요시한다.

가정 지향형: 가정생활을 가장 중요시하며 가족 중심의 활동을 위한 시간과 경비 그리고 노력을 아끼지 않는다.

그런데 이 인물은 위의 어느 유형에도 현재 속하지 않고 있고, 이 인물의 가족 내에서의 위치도 매우 낮게 창조되었다.

* 심리적 차원: 과거에는 <인어공주>의 왕자처럼 사랑과 관심을 받는 존재였고, 연순의 삶 속에서 가장 아름다운 사랑과 추억을 준 존재였으나, 현재는 부인이 그 추억을 생각할 여유조차 주지 못한 채 사랑에서 증오로 변하게 한 인물이다. 그는 목표도 야심도 의지력도 갈망의 대상도 없고, 심한 좌절감에 소극적으로 변했고, 그 좌절감으로 인해 병들고 결국 죽고 마는 인물이다.

* 도덕적 수준: 죄를 지은 것은 아니지만, 부인과 딸의 삶을 힘들게 만든 것에 대해 미안함을 지니고 있는 인물이다.

* 이 인물의 경제적인 파산은 도시에서 해결할 수 없는 것이므로, 도시를 떠나 예전처럼 아직도 우체부가 존귀한 직업으로 존경받는 시골로 가 소중한 편지와 소포를 전달해 주고, 노인들에게는 편지를 읽어 주며 심부름도 해 주며 소박하고 인정이 넘치는 환경 속에서 다시 삶을 시작하였다면, 경제적인 문제는 여전히 있으나 마음만은 넉넉하고 자신의 존재가치는 느낄 수 있어 죽음에 이르지 않고, 노년에는 다시 부인과의 사랑도 회복될 수 있었을 것이라는 생각을 하게 만드는 인물이다.

〈인물 배치도〉

딸 나영과 엄마 연순: 적대적이었다가 호의적으로 변함

나영과 아버지 진국: 적대적이었으나 호의적으로 변함

연순과 진국: 호의적

엄마와 아버지: 적대적이나 연민과 그동안에 쌓인 정은 있음

나영과 도현: 호의적

삼촌 영호: 호의적

그 외의 인물들과 적대적인 관계는 없음

〈인물들의 특징〉

- 이 시나리오의 많은 부분을 차지하는 주인공은 딸 나영과 엄마 연순이
  다. 많은 이야기는 엄마에 관련된 이야기로 엄마를 주인공으로 볼 수도
  있고, 딸이 엄마를 이해 못 하는 문제를 가지고 출발해 딸은 엄마의 이
  야기를 계속 지켜봄으로써 엄마를 이해하게 되므로 딸 또한 주인공으
  로 볼 수 있겠다.

- 이 시나리오의 주요 인물들의 특징은 성격의 변화들이 있다는 것이다.
  그 주요 원인은 아버지의 빚보증으로 인한 경제적 파탄이며, 그 일이
  없었다면 가난하나 소박한 행복을 느끼며 사는 가정이었을 것이고, 엄
  마나 아버지의 성격의 변화가 없었을 것이다. 또한 딸의 엄마의 과거로
  의 여행 이후 성격변화가 있다.

- 이 작품의 주요 인물들은 주변에서 흔히 볼 수 있는 평범한 인물들이
  기 때문에 진부한 면이 있다.

〈스토리〉

이 시나리오의 스토리 자체는 우리 주위에서 흔히 볼 수 있는 가족 간의
이야기를 다루고 있어 진부한 면이 있다. 그러나 일상 속에서 가족 간의 이
해는 매우 중요한 일이고 그것을 적극적으로 하려는 딸의 태도는 높이 살
만하다.

작가는 중심이야기를 정한 후 그것을 보이기 위해 부수적인 이야기들도
적어 보고, 자신이 조사해서 쓸 수 있는 구체적인 에피소드들은 무엇으로

할 것인지도 정한 후 상세한 줄거리를 적어 봐야 한다.

<인어공주>의 스토리를 시나리오에 나오는 순서대로가 아니라 시간순으로 스토리를 정리해 보았다. 그렇게 함으로써 신들의 배치가 어떻게 되었는지를 알 수 있을 것이다. 줄거리 옆의 신 넘버들을 보며 신 배치의 특징을 살펴보기 바란다.

연순의 어머니는 연순이 어렸을 때 주워 키웠고(신 95), 연순은 제주도 하리에서 어려서부터 물질하며 자랐다(신 42). 연순을 키워 준 어머니는 사납고 매일 물질만 시키고 학교도 안 보내서 연순은 한글도 모른다(신 42).

키워 준 어머니는 돌아가셨고, 어린 중학생 남동생을 공부시키며 열심히 살고 있는 연순은 우체부 진국을 좋아한다. 그래서 동생 영호에게 매일 편지를 보내라고 해 우체부 진국을 매일 볼 기회를 만든다.

연순은 다른 해녀들처럼 생활력이 강해 해녀 일을 하고 조밭에서도 일한다. 이 마을에 처음 버스가 개통돼 마을사람들은 함께 버스개통 기념사진을 찍고(신 41) 우체부 진국도 아주 멀리 자전거에 앉은 채 모자를 벗고 웃으며 돌아보고 있는 모습으로 사진에 찍힌다(신 110, 112).

연순은 부침개를 만들어 집집마다 돌리며 그릇은 우체부가 들르면 그 편으로 보내 달라고 하면서 우체부를 볼 기회를 가지려 한다(신 48).

한 마을에 사시는 관씨네 할머니가 편찮아 전보를 치러 우체국에 간 연순은 결국 글씨를 쓸 줄 몰라 진국이 대신 전보를 쳐 주고(신 61), 진국은 초등학교 1학년 교과서와 학용품들이 있는 소포뭉치를 연순에게 내민다(신 63).

그리고 진국은 연순에게 한글을 가르쳐 준다(신 68). 진국을 사랑하는 연순은 사람은 착하고 봐야 한다고 생각한다(신 70).

뭍으로 전근 발령이 난 진국은 공부 다 하면 읽으라며 책을 준다(신 79).

연순은 곧 떠나야 하는 진국 때문에 운다(신 79 - 81).

결국 연순은 물속으로 스르르 빠지고, 진국은 달려가고, 용하다는 바닷물을 길어다 가마솥에 물을 붓고, 군불을 지피고, 새벽에 떠난다(신 87 - 93). 보자기에 싸인 동화책 인어공주(신 93).

(이렇게 헤어진 후) 연순은 글씨를 가르쳐 줘서 감사하고 학용품 준 것도 감사하고, 많이 보고 싶다고 편지를 했다 한다(신 104).

(결국 두 사람은 결혼을 해서 나영을 낳고) 어린 나영에게 연순은 인어공주를 읽어 준다(신 94).

연순의 딸 나영의 초등학교 동창 도현은 고아였다(신 21). 초등학교 운동회 사진 속에 나영 쪽을 보고 있는 도현, 도현은 나영을 좋아했다(신 110).

아버지 진국이 보증을 서 준 사람이 죽자 엄마 연순은 장례식장에 가서 싸우고(신 27), 전세금도 없고 나영의 등록금도 없어 나영은 대학을 못 간다(신 28).

나영은 아버지와 같은 우체국에서 일하고 있지만, 다른 직원들이 부녀 사이임을 모르는 것이 더 편하다고 말한다(신 5). 아버지는 빚보증으로 엄마가 모은 돈을 다 날려 용돈도 딸에게서 타 쓰는 신세이다(신 9). 엄마는 목욕관리사로 일하고 있다.

나영은 뉴질랜드로 견학을 가게 되어 기쁘다(신 0, 4, 9).

퀵서비스맨인 도현은 꽃다발을 주고 가고(신 4), 여행가방도 함께 산다(신 5).

함께 집에 와 앨범을 보다 나영이 젊은 시절 엄마와 똑같이 생겼다고 도현이 말하자, 나영은 하나도 안 닮았다며 부인한다(신 7).

엄마는 남이 버린 낡은 서랍장을 나영의 방에 넣고, 나영은 그런 엄마가 싫다(신 8, 9).

외식을 하러 간 고깃집에서도 엄마는 게장을 더 달라 하고(신 13), 아버지는 쉬고 싶다며 운다(신 13).

아버지는 어스름한 새벽에 우산과 짐을 들고 사라진다(신 14).

우체국에서 딸은 아버지의 서랍에서 검진표를 찾아 병원에 간다(신 15, 16).

엄마는 삶은 계란 값 때문에 손님하고 싸운다(신 17).

딸은 엄마에게 아버지가 아픈 지 오래됐다 하나 엄마는 과거 아버지의 빚보증 얘기를 꺼내며 안 찾을 거란다(신 18).

도현과 만난 나영은 자신도 아버지를 찾지 않을 거라며 그 사람들은 부모가 될 자격도 없는 사람들이고, 고아인 도현이 부럽다고 말한다. 결혼도 자신 없고, 결국 엄마 아버지처럼 될 것인데 그렇게 살긴 싫다며, 혼자서 하고 싶은 것 다 하면서 살 거라고 말한다(신 21).

나영은 공항으로 가기 전 부동산을 하고 있는 외삼촌을 찾아가고, 외삼촌은 나영의 아버지가 제주도 하리에 갔을 것이라고 말한다(신 24).

인천공항에 온 나영은 뉴질랜드행 비행기를 탄 것 같으나(신 25), 제주로 가는 항공기의 이륙을 알리는 기장의 방송이 비행기 안에서 나온다. 뉴질랜드 대신 아버지를 찾아 나선 것이다(신 26).

그런데 제주도 하리에서 생활력은 지금처럼 강하나 억척스럽고 창피하기까지 한 엄마가 아닌, 너무나 순박하고 우체부인 진국을 사랑하는 연순과 만나게 되고, 엄마와 아버지의 순수했던 사랑도 알게 된다(신 32 - 95).

이 만남으로 나영은 아버지에게 모질게 대하고 돈만 중요시해서 자신이 싫어했던 엄마가 이제는 가엾고 보고 싶은 애틋한 엄마로 느껴진다(신 95).

현재로 돌아온 딸은 엄마의 옛집에 돌아오고, 외삼촌이 나영을 맞는다(신 98). 삼촌은 나영에게 아버지 얼굴이라도 먼저 봐야지 짐만 갖다 놓고 며칠씩 나갔었냐 한다(신 98).

아버지는 바닷가 언덕에 앉아 바다를 바라보고 있다. 나영은 병색이 완연해진 아버지 옆에 앉는다(신 99).

(결국) 아버지는 쓰러지고, 나영은 엄마에게 전화를 한다. 도현에게 꼭 엄마를 모시고 오라는 당부를 한다(신 101).

결국 엄마는 도현과 함께 제주도에 오게 되고, 도현이 고아이며 오토바이 일을 하는 것에 별로 마음에 들지 않는다. 엄마는 도현에게 나영이를 좋아하면 돈을 많이 벌라 한다(신 105).

엄마를 만난 아버지는 미안하다고 하고, 엄마는 아버지에게 뭐를 가져 봤다고 죽느냐고 한다. 남들처럼 잘살지도 못하면 오래나 살아야지 한다(신 106).

도현은 나영의 손을 꼭 잡아 준다(신 109).

(결혼한 두 사람은 딸을 낳고), 나영은 어린 딸에게 앨범 속 사진들을 설명한다. 그리고 개통된 버스 앞에서 찍은 사진 속에서 할아버지를 가르쳐 준다(신 110).

그리고 엄마에게 전화를 한다. 사진 이야기를 하고 아버지 제사니 일찍 들어오라고 한다.

엄마는 손님의 때를 민다(신 111).

엄마는 욕조 물속으로 헤엄쳐 들어간다(신 113).

〈시퀀스〉

<인어공주>도 시퀀스별로 명확히 나누기 쉽지는 않은 시나리오지만 대략 몇 개의 큰 이야기들로 되어 있는지 시퀀스별로 나누어 보자.

1. 나영의 뉴질랜드 견학 준비와 목욕탕 시퀀스(신 0 – 6)(7신)

2. 나영과 부모 관계 시퀀스(신 7 – 13)(7신)

3. 아버지의 가출과 아버지를 찾아 나선 나영 시퀀스(신 14 – 29)(16신)

4. 젊은 시절 엄마와 아버지의 만남 시퀀스(신 30 – 35)(6신)

5. 우체부 진국에 대한 엄마 연순의 관심이 드러나는 시퀀스(신 36 – 40)(5신)

6. 버스개통 기념 촬영과 연순의 배경에 관한 시퀀스(신 41 – 42)(2신)

7. 우체부 진국에 대한 관심에서 나온 부침개 시퀀스(신 43 – 52)(10신)

8. 전보와 우체국과 연순과 진국 시퀀스(신 53 – 61)(9신)

9. 진국이 연순에게 주는 교과서와 학용품들과 한글 공부 관련 시퀀스(신 62 – 75)(14신)

10. 진국의 전근발령 소식 관련 시퀀스(신 76 – 82)(7신)

11. 연순의 아픔과 진국과 나영의 보살핌 시퀀스(신 83 – 96)(14신)

12. 현실로 돌아온 나영과 가족들 시퀀스(신 97 – 109)(13신)

13. 결혼 후의 나영의 가족과 엄마 관련 시퀀스(신 110 – 113)(4신)

창작과정에서는 줄거리를 쓰기 전, 중심이야기를 정한 후, 10개 이상의 시퀀스를 정하고, 시퀀스들의 순서를 가장 효과적으로 이야기가 전달되게 배치시킨 후, 각 시퀀스 속의 구체적인 세세한 이야기들을 적어 보고, 줄거리를 정리하는 것이 일반적인 창작 과정이다.

〈언급 횟수〉

시퀀스를 대략적으로 나누어 보았다면, 그다음으로 어떤 것들이 몇 번씩 언급되었나 정리해 보는 것이 작품 창작에 도움이 될 것이다. 이 시나리오는 현재 - 과거 - 현재로 구성되어 있으므로 어디에서 언급되었는지를 ( ) 속에 넣어 보고, 언급 숫자는 보는 이의 관점에 따라 다를 수 있지만, 이 시나리오의 세세한 내용과 언급 횟수를 봄으로써 무엇이 얼마만큼 다루어졌는지 확인할 수 있고, 자신이 장편 시나리오를 창작한다면 어느 정도의 에피소드들과 얼마만큼의 언급이 필요한지를 대강 알 수 있게 된다, 특히 언급 횟수의 많고 적음에 따라 나타나는 효과에 대해서도 생각해 볼 수 있어 창작에 도움이 될 수 있다.

- 우체국에 속한 이야기 4번(현재) + 3번(과거) 총 7번
- 판타지 - 바다 1번(현재) + 1번(다시 현재에서 언급됨) 총 2번
- 목욕탕 4번(현재) + 2번(다시 현재에서) 총 6번
- 아버지와 딸 5번(현재) + 2번(다시 현재에서) 총 7번
- 나영과 남자친구 4번(현재) + 2번(다시 현재에서) 총 6번
- 나영과 엄마 4번(현재) + 7번(과거) + 2번(다시 현재에서) 총 13번
- 엄마와 아버지 3번(현재) + 19번(과거) + 1번(다시 현재에서) 총 23번
- 가족 3명 함께 2번(현재)(과거 속 관찰은 제외하고) 총 2번
- 아버지 1번(현재) + 1번(다시 현재에서) 총 2번
- 외삼촌 1번(현재) + 엄마와 삼촌 5번(과거) + 1번(다시 현재에서) 총 7번
- 엄마와 도현 1번(다시 현재에서) 총 1번
- 엄마와 마을과 해녀들 8번(과거) 총 8번

* 가장 많이 언급된 것은 엄마와 아버지 관련 이야기이며 특히 과거에서 이 이야기는 많이 취급되었음을 알 수 있다.

이것은 두 인물 사이가 지금은 멀어졌으나 과거에는 서로에게 가장 관심을 지닌 사이였으며, 이 시나리오는 딸이 부모님의 젊은 시절을 이해함으로써 딸이 변화하는 것이 작품의도이고 중심 이야기이기 때문에 가장 많이 다루어진 것임을 알 수 있다.

* 그다음으로 나영과 엄마가 나영과 아버지 사이 이야기보다 더 많이 언급된 것은 이 시나리오의 작품 의도는 딸이 엄마를 이해하는 것에 더 중심을 두었기 때문이다.

그래서 과거 연순과 진국의 사랑 이야기를 펼쳐 나갈 때에도 엄마의 집에 엄마와 함께 머물며 엄마의 감정을 더 가까이에서 지켜보게 만들었기 때문에 더 많이 취급된 것이라 볼 수 있다.

* 엄마와 해녀들과 마을 이야기나, 엄마의 현재 직업과 딸의 직업을 나타내는 목욕탕과 우체국 관련 이야기도, 엄마와 딸을 이해하게 하기 위해 비슷하게 언급되었음을 알 수 있다.

* 특히 가족 셋이 함께하는 이야기가 적은 것은 화목하지 않은 가족관계를 나타내고 있고, 현재의 상황과 딸이 부모에게 불만인 이유를 알게 하는 것이기 때문에 적게 나왔어도 없어서는 안 될 이야기들이었음도 알 수 있다.

* 또한 이 영화에서 중요요소인 판타지 – 바다도 2번밖에 언급되지 않았으나 자칫 진부할 수도 있는 이야기에 환상적 요소를 합쳐 이 시나리오만의 개성을 지니려는 의도를 가장 잘 나타내 주는 중요 요소이고, 이 시나리오에 없어서는 안 될 중요한 요소가 이렇게 적게 언급되어 더 효과적일 수도 있었다는 것도 잘 보이고 있다.

이렇게 정리해 보면, 이 시나리오를 쓰기 위해선 각 인물들과 가족 사이의 이야기들 그리고 가족들의 직업들을 잘 알아야 쓸 수 있고, 직업에 대한 조사 부분이 있어야 하며, 부모의 젊은 시절의 배경인 그 시대의 문화나 제주도 풍경들도 잘 알아야 쓸 수 있음을 알 수 있을 것이다.

〈플롯〉

* 이 영화는 내면적 사건인 불만과 이해를 담고 있고, 외형적으로는 파산과 아버지의 죽음이 언급되어 있다.

그러나 파산은 거의 시나리오 시작 이전에 이루어져 이 가족이 왜 관계가 긴밀하지 않은가를 보여 주는 것으로 작용하고 있고, 아버지의 죽음은 직접 보이지는 않고, 딸의 결혼 몇 년 후 아버지의 제삿날이 언급되는 것으로 처리해, 플롯은 사건 중심으로 긴밀히 연결되기보다는 인물과 정서 중심으로 비교적 느슨한 플롯을 사용하고 있다.

* 과거를 통해 현재를 이해하는 이야기로 현재-과거-현재를 사용하고 있다.

* 주인공들의 갈등은 딸은 부모와의 갈등, 엄마는 남편과의 갈등 등 자신과 타인 즉 가족과의 갈등들을 지니고 있고, 갈등은 해결된다.

  그리고 갈등을 지녔던 것에 비해 갈등이 해결되는 과정이 치열하지 않고 과거와의 만남이라는 정적이고 환상적인 과정을 거쳐 해결되어 비교적 느슨한 플롯을 사용하고 있다.

* 이 시나리오의 플롯은 3단계 또는 4단계로 볼 수 있다.

  처음: 부모에게 불만을 지닌 딸은 우체국에서 보내 주는 뉴질랜드 견학을 위해 떠나려 하나, 가출한 아버지를 찾으러 엄마의 고향으로 간다.

  중간: 엄마의 고향에서 지금과는 다른 젊은 시절의 순박한 엄마와 선한 아버지의 사랑을 보게 되어 엄마를 이해하게 된다.

  끝: 결혼해서 엄마와 함께 살며 현실 속의 소박한 행복을 소중히 하며 살게 된다.

4단계로 본다면

기: 제시 부분으로 현재 상황 제시

승: 진행, 발전 부분으로 과거로의 여행

전: 반전 부분으로 마음으로의 화해 부분

결: 결말 부분

〈장소와 장면들〉

인물들의 직업과 엄마의 옛 고향에 관련된 장소들과 가족들 관계와 사랑에 관한 장면들로 구성되어 있다.

〈시간〉

* 현재 - 과거 - 현재를 담았는데, 현재와 과거 사이 시간 간격은 길지만 전체가 아닌 과거의 일부를 다루고 있고, 다시 현재로 돌아와서도 앞의 현재와 연결된 현재와, 그 후 몇 년이 지난 현재의 하루를 다루고 있어, 긴 세월 동안의 이야기를 담고는 있으나 그 세월이 모두 담겨 있지는 않다.

* 이 시나리오의 특징이 가장 잘 나타나는 것 중 하나는 시간의 처리이다. 현재에서 과거의 시간으로 넘어가는 신들(신 25 - 32)을 보자.

- 나영은 제주도행 비행기를 타고 있고,

- 제주도 작은 섬에 도착한 나영은 한 우체부가 오토바이를 타고 오는 것을 본다.

- 다가서는 오토바이와 부딪치며 깜박 정신을 놓는 나영

- 우체부는 굉장히 미안한 표정을 지으며 나영을 바라보고 있다.

- 우체부가 저만치 가고 있는데, 오토바이가 아닌 자전거를 타고 가고 있는 우체부

- 하리라는 팻말이 적힌 돌비가 세워진 곳으로 온 나영

- 날이 빠르게 어두워지고 나영은 무서워 뛰고, 멀리 불빛 하나가 보인다. 나영은 불빛을 향해 뛰기 시작하고,

- 까만 돌담으로 둘러싸인 어느 집의 모양을 보고 나영은 아버지를 부른다.

- 부엌 쪽으로 가서 계세요 하자 나영과 똑 닮은 연순이 나온다.

이처럼 현재에서 과거로 넘어가는 과정이 환상적이면서도 연결이 매우 자연스럽다.

과거에서 다시 현재로 넘어오는 부분(신 96 - 98)을 보자.

- 젊은 시절의 엄마 연순을 만난 후 잠든 연순의 손을 잡고 참았던 눈물을 흘렸던 나영은, 다음 날 아침 반달이 위에서 겉봉에 김진국 씨에게

라고 쓴 연순의 편지를 발견하고, 내용을 읽어 보고, 편지를 다시 봉투에 넣고 집을 나선다.

- 우체국에서 나와, 신발을 짝짝이로 신어 보고, 회상인지 환상인지, 나영은 어린 나영이 아니라 그냥 나영이고 엄마는 나영이 어릴 때 보았던 옷을 입고 있는 젊은 엄마, 연순인데, 엄마가 신발을 바꿔 신겨 주며 부드럽고 지혜로운 목소리로 가르쳐 주는 대로 신을 바로 신는다. 엄마는 아무 걱정 말고 앞으로만 쭉 가라며 나영의 등을 힘껏 밀어 준다.

- 현실로 돌아온 나영이 연순의 집에 거의 다 왔을 때 현재의 외삼촌이 나영을 맞는다.

현재에서 과거로 갔던 전환보다는 조금 덜 자연스러우나, 이 작품처럼 현재-과거-그리고 또다시 현재로 돌아오는 과정의 시나리오를 쓰려는 작가는 누구나 자연스러운 전환을 위해 고심하여 쓰게 될 것이고, 이 작품에서의 전환과정은 비교적 자연스러웠고, 시간처리 부분에서 관객이 자연스럽게 받아들일 수 있는 장면들로 구성되었음을 알 수 있다.

* 또한 이 시간여행은 자신의 일부인 부모의 삶을 알아 가고 직접 대화도 나누는 식으로 그려지고, 딸의 현재와 미래의 삶에 대한 자세에 변화를 주는 큰 역할을 하고 있으므로, 매우 중요한 역을 이 시나리오의 시간 부분이 담당하고 있다고 볼 수 있다.

〈제목〉

* 너무 사랑해서 물거품이 되어 버린 인어공주 이야기를 담고 있는 안데르센의 동화 <인어공주>와 같은 제목인 이 시나리오는 동화 속 인어공주와는 달리 너무 사랑해서 결혼까지 했으나, 현실 앞에서 부서져 물거품이 되어 날아간 순수했던 엄마의 사랑이 그려져 있다.
또한 동화 속 인어공주처럼 엄마의 삶의 터전도 바다였고, 지금은 물과는 관련되나 밀폐된 공간인 목욕탕이 삶의 터전이지만, 목욕탕에서도

엄마 연순은 바닷속 인어처럼 헤엄치고 있다. 또한 영화 속에선 동화 <인어공주> 속 인어들처럼 바닷속 해녀들이 바다 - 판타지 장면을 매우 아름답게 만들어 내기 때문에 이 작품의 제목을 <인어공주>라고 한 것은 매우 적절했다.

* 그러나 무엇보다도 이 영화에서 <인어공주>라는 제목을 사용한 것은 과거로 가서의 엄마와 만난다는 환상적 분위기가 동화 같은 분위기이고, 특히 젊은 시절 아버지가 엄마 연순에게 전근 가기 전 한글을 공부한 후 읽으라며 준 동화책이 바로 동화책 <인어공주>여서, 그 시절의 두 사람의 순수한 사랑을 기억할 수 있는 중요 소품으로 쓰인 책 제목이, 영화의 제목으로 가장 어울릴 수 있어 제목을 <인어공주>라 한 것으로 생각할 수 있다.

이처럼 제목을 정할 때 여러 의미들이 포함된 가장 좋은 제목을 정하도록 노력하여야 한다.

〈이 작품에 대한 일반적인 평들〉(http://movie.daum.net참고)
- 영화 <인어공주>는 부모님의 젊은 시절이라는 낯설고도 궁금한 시공간을 배경으로 펼쳐지는 기존 판타지 장르와는 다른 유쾌한 판타지이다.
- 부모와 나 사이의 관계에 대한 반성과 질문을 던지게 되는 영화
- 옛사랑을 떠올리는 아름다운 생활 속 이야기
- 슬플 수도 있는 현실과 잔잔하고 따뜻한 과거의 교차
- 웃음과 가슴 가득 찬 감동을 동시에 전하는 색다른 판타지의 영화
- 여운이 오래 남는 여러 생각을 하게 하는 영화

〈시나리오 〈인어공주〉의 특징〉
* 엄마의 과거 속으로 들어가 직접 보며 관찰만 하는 것이 아니라, 엄마와 대화도 주고받는 색다른 형식을 취해, 진부한 이야기를 가지고 새롭게 접근해 창작해 낸 현실과 환상이 조화롭게 배치된 아름답고 소박한 시나리오이다.

* 이 시나리오는 두 인물을 주인공으로 설정해 시나리오를 창작하려는 사람들이 참고할 만한 요소를 제공하고 있다.
- 주된 이야기는 딸의 삶보다는 엄마에 관한 이야기이나 이것을 이끌어 내고 이끌어 가고 엄마를 이해함으로써 가장 큰 변화를 일으킨 인물은 딸이어서 주인공은 엄마인 듯하면서도 딸이 주인공으로 보인다.
- 그러나 많은 부분은 엄마에 관한 이야기이기 때문에 보는 관점에 따라 두 인물 중 한 명 또는 두 명 모두를 주인공으로 볼 수 있으며, 그 두 주인공이 이 시나리오에서 담당하는 역할이 다르다는 특징을 이 시나리오는 지니고 있다.
* 이 시나리오는 가족영화, 멜로영화, 판타지영화가 합해진 퓨전장르로 구별되듯 가족 간의 이야기와 사랑이야기 거기에다 환상적인 분위기가 합쳐져 균형을 이룬 작품이다.
* 집필 의도도 잘 전달된 작품으로, 다소 진부한 스토리지만 현실과 환상적 분위기와 현재와 과거가 조화롭게 구성되어 이것을 극복하고 있다.
* 쉽게 접근할 수 있는 작품이지만 <8월의 크리스마스>보다는 좀 더 복잡한 구조의 이 시나리오 속에서 우리는 많은 것들을 생각해 볼 수 있어, 이 시나리오가 높은 수준의 시나리오는 아니지만, 어느 정도 수준 이상의 시나리오이기 때문에 장편을 준비하는 사람들이 정독하며 공부할 만한 시나리오로 꼽을 수 있다.
* 이미 살펴보았듯 이 시나리오에는 사랑 특히 첫사랑과 결혼의 차이 문제, 한국사회의 경제적 불안 요소들과 쇠진한 우리시대의 아버지들에 대한 문제들을 담고 있고, 교육 수준이 낮은 여성의 사회적 위치와 기성세대와 젊은 세대 사이의 갈등문제 등, 현실적 문제들을 생각할 기회를 주는 작품이기 때문에 초보자들이 쓰기에는 조금 복잡한 시나리오라고도 볼 수 있겠다.

3. 〈제8요일〉

1) 〈제8요일〉(Le huitième jour)

<제8요일>은 자코 반 도마엘(Jaco Van Dormael)이 각본을 쓰고 감독한 1996년도 작품이다.

자코 반 도마엘은 1957년 벨기에 출신으로, <토토의 천국>(1991), <제8요일>(1996) 등을 감독하였다.

<제8요일>은 실제 다운증후군 환자인 파스칼 뒤켄(Pascal Duquenne)(조르주 역)과 다니엘 오떼이유(Daniel Auteuil)(아리 역)가 주인공 역들을 맡았으며, 두 남배우는 1997년 칸 영화제에서 남우주연상을 공동 수상했다.

2) 집필 준비과정 생각해 보기

자신이 이 작품을 쓴다고 생각하고 착상부터 어떠한 과정을 거쳐 이 시나리오가 형성되어 나가게 될 것인지 생각해 보자.
- 우선 우정에 대해서 쓰고 싶다는 막연한 생각을 가지고 출발했다고 가정해 보자.
- 어떤 우정을 자신이 가장 그리고 싶은지 생각해 보게 될 것이다.
- 진정한 우정을 아름답게 그려 보고 싶다는 생각이 든다면 어떤 인물들 사 이의 우정을 그려 진정한 우정을 그릴 것인가에 대한 여러 생각들이 떠오를 것이다.
- 동창 사이의 우정? 외국인과의 우정? 인간과 동물 사이의 우정 등 여러 유형이 나올 것이다.
- 우정이 쉽게 형성될 수 없을 것 같은 사람들 사이의 우정을 그리면 어떻겠는가 하는 생각도 떠오를 수 있을 것이고, 생각해 보니 이것이 자

신이 평소에 제일 쓰고 싶은 것이었다는 생각이 든다. 그래서 이것으로 결정한다.

– 우정을 그리려면 적어도 두 인물이 필요하다.

– 지적 수준과 사회적 위치가 다른 두 사람 사이의 우정이면 쉽게 그릴 수는 없지만 의미 있는 작품이 될 것이라는 생각이 들 것이다.

– 그래서 직장에서 성공한 인물과 지적 수준이 낮고 사회 속에서 존재감을 느끼기 쉽지 않은 다운증후군 환자 사이의 우정으로 설정하기로 한다.

– 그런데 이 두 사람의 우정을 어떤 식으로 펼쳐 나갈 것인가?

– 여기서 막막해질 것이다.

– 전자가 후자를 도우면서 형성된 우정은 너무 진부할 수 있고 동등한 우정이 아닐 수 있다.

– 두 사람이 서로 공감할 수 있는 어떤 공통된 무엇인가를 갖고 있다면 좋겠다는 생각이 떠오를 것이다.

– 그것이 무엇일까 고민을 하다가 우정이 형성될 수 있는 상황을 생각해 본다.

– 다운증후군 환자는 부모가 안 계시면 형제가 돌보기에는 부모보다는 쉽지 않을 것이고, 그래서 가족으로부터 소외당하기 쉬울 것이라는 생각이 떠오를 수 있다.

– 직장인으로서 성공한 인물도 직장일이 바쁘다 보니 가족에게 소홀해지고 그래서 가족으로부터 소외당할 수도 있다는 생각이 들 것이다.

– 두 인물이 가족으로부터 소외라는 공통점을 지니게 만드는 것으로 결정한다.

– 그러면 자연스럽게 서로 위로를 줄 수도 있을 것이고, 서로의 아픔을 곁에서 지켜보면서 우정이 견고하게 쌓이고, 다운증후군 환자의 세상에 때 묻지 않은 단순하고 순수한 마음이 경쟁적인 세상에 지친 현대인에게 어떤 힘을 줄 수도 있기 때문에 동등하고 진정한 우정을 그리기에 좋다는 생각이 들 것이다.

– 그렇다면 구체적으로 다운증후군 환자에 대한 것도 조사하고, 그의 가

족 사항도 구체화해 보고, 그리고 성공적인 직장인은 구체적으로 어떤 직장에서 어떤 일을 하게 하며, 그의 가족관계 상황은 어떻게 설정할지 구체화해 보고, 조사와 생각들 중에서 가장 이 시나리오에 맞는 것들을 선택해 보게 될 것이다.

3) 작품분석

〈주제〉

지적, 사회적 수준이 다른 두 인물 사이에서도 진정하고 아름다운 우정은 존재할 수 있다.

또는 서로 다른 수준의 두 사람 사이의 우정을 통해 이 세상의 모든 인간은 가치 있는 존재임을 깨닫는다.

〈소재〉

지적, 사회적 수준이 다른 두 사람 사이의 우정

또는 다운증후군 환자와 현대 남성 사이의 우정

〈인물〉

이 영화는 다운증후군 환자인 조르주와 성공한 직장인 아리가 중심인물이다.

조르주: 다운증후군환자로 성격은 감정적이고 단순하나 순수하며, 외향적이고 적극적이어서 생각보다는 행동이 앞서는 인물이다.

생리적 차원: 나이와 신체적 결함이 강조된 인물로 정신지체아로 사회 속에서는 편견의 대상이 되며, 개인적으로는 젊기 때문에 일반인들처럼 사랑의 감정도 지니고 있으나 신체적 결함 때문에 사랑의 제약을 받는 젊은이임이 강조되어 창조되었다.

사회적 차원: 가족상황과 사회 속에서의 이 인물의 위치가 강조되어 창조되었다. 일반 정신지체인들처럼 재활원에서 생활하는 그는

어머니가 돌아가셔서 누나의 보호를 받아야 하나 누나는 더 이상의 희생을 원치 않아 가족으로부터 소외당한 인물이며, 사회 속에 들어갔을 때 편견과 거부감의 대상이 되어 사회적 위치를 찾기 힘든 인물이다. 이 영화는 이 인물을 통해 가족과 사회 속에서의 장애인의 소외와 편견이라는 사회적 문제를 제시하고 있다.

심리적 차원: 그가 갈망하는 것은 완전한 모성애를 주신 어머니를 늘 그리워하며 삶 속에서도 돌아가신 어머니의 위로와 격려와 사랑을 느끼며 살아가는 것이기 때문에 항상 어머니를 마음속에 지니고 사는 인물임이 강조되어 창조되었다.

또한 자신이 사랑하는 나탈리와 사랑을 하길 갈망하나, 그녀의 가족으로부터 제지당해 크게 좌절하는 인물로 어머니가 계신 하늘나라로 가기 위해 죽음을 선택하는 인물이다. 그는 아리와의 우정을 쌓기 위해 인위적으로 노력하는 인물이 아니라, 그의 순수한 마음에서 우러나온 행동들이 자연스럽게 아리에게 전달되어 우정이 형성되어 가고, 누나와 애인의 가족으로부터 거부당한 후 아리에게 부담을 주지 않기 위해, 아리에게 아리 가족과의 화목이라는 큰 선물을 남기고 웃으면서 완벽한 사랑을 주신 엄마가 계신 하늘나라로 가기 위해 세상을 떠나는 인물이다.

아리:

생리적 차원: 나이와 외모가 강조되어 창조되었다. 이 인물은 경쟁 사회 속에서 살아남기 위해 최선으로 적극적으로 열심히 일해야만 살아남는 현대 남성들을 대표하는 인물이다. 직장 내에서의 자신의 위치가 확고한 중년 남성들처럼 외모적으로도 결함이 없는 인물로 모든 것을 갖추고 성공한 사람도 가족으로부터 소외당할 수 있음을 강조해 보여 주는 인물이다.

사회적 차원: 이 인물의 가족 속에서의 위치와 직장생활의 문제를 통해 현대 사회의 문제를 제시해 보여 주고 있다. 직장에 몰입한 만큼 가족을 위해 시간을 배려하지 않아 이혼 위기에 처할 수 있는 현대인들의 일면을 이 인물을 통해 보여 주면서, 가정의 붕괴는 현대 사회의 문제들 중에 심각한 문제 중 하나로 가정의 붕괴 위기로 가족 구성원들의 심리 상태는 불안정해지고, 직장생활도 이전과는 달리 안정적으로 해 나갈 수 없게 되는 현대사회의 심각한 일면을 이 인물을 통해 강조해 제시하고 있는 것이다.

심리적 차원: 이 인물이 갈망하는 것은 성공적인 직장생활 유지와 가정의 회복이다. 대부분의 현대 남성들처럼 가정을 책임지고 이끌어 나가기 위해선 직장에 최선이어야 하는데 그렇게 하면 가족에게 소홀해지기가 쉽다. 그래서 아내가 아이들을 데리고 떠난 뒤 회사 안에서는 매사에 열정적일 것을 강조하며 활기차라고 하면서, 회사 밖에서는 소외감과 고독, 그리고 좌절감과 혼돈에 빠지고 자살 충동까지 느끼게 되는 인물로 아내와의 만남에서 분노를 폭발시키기도 한다.

조르주의 도움으로 가정이 회복되자 미소를 되찾은 인물로, 직장과 가정, 그리고 우정과 타인에 대한 배려 등 그가 갈망하는 모든 것을 얻게 되어, 조르주의 우정과 조르주의 존재에 깊은 감사를 하게 되는 인물로 상황의 변화에 따라 성격 변화가 있는 인물이다.

〈인물 배치도〉

조르주와 아리: 우연히 만난 두 사람은 처음에는 아리에게 조르주는 귀찮

은 존재이기도 했으나, 서로의 아픔을 공유하며 우정을 쌓아 가는 호의적인 관계가 된다.

조르주와 어머니: 완벽하게 서로 호의적인 관계이다.

조르주와 누나: 누나는 자신과 자신의 가정이 조르주 때문에 힘들어지는 것을 더 이상 원치 않아 조르주에게 호의적이지는 않지만, 조르주는 누나에게 적대적이지 않고, 누나도 가족애는 남아 있어 동생을 보내는 것이 미안해 운다. 우는 누나에게 조르주는 사랑한다고 말해 조르주는 누나에게 호의적인 것을 알 수 있다.

조르주와 누나의 가족들: 매형은 조르주의 존재를 부담스러워하는 호의적이지 않은 관계이나, 조카들은 조르주에게 경계심이 없어 호의적인 관계이다.

조르주와 나탈리: 서로에게 호의적이나 나탈리의 가족으로 인해 감정은 제지당한다.

조르주와 재활원 친구들: 호의적인 관계들이며, 친구 일에 적극적으로 나서는 우정을 지닌 인물들이다.

조르주와 아리의 아이들: 경계심이 없어 호의적이다.

조르주와 사회 속에서 만난 이들: 아이들은 경계심이 없으나, 성인들은 그의 외모만 보고 즉시 거부감을 지닌다.

아리와 부인: 적대적이었다가 호의적으로 바뀐다.

아리와 자녀들: 직장생활로 인해 부인이 아이들을 데리고 나가기 전에도 긴밀한 관계가 아니어서인지 엄마의 지시대로 따르는 거리감을 보였으나, 조르주와 그의 친구들의 도움으로 호의적인 관계로 변한다.

아리와 직장인들: 언제든 적대적일 수 있으므로 아리로 하여금 인위적이라도 적극적으로 일하게 만드는 그룹으로 성과에 따라 호의적이거나 적대적으로 변할 수 있는 관계이다.

아리와 조르주의 재활원 친구들: 조르주의 인솔로 온 조르주의 친구들은 아리의 가족 관계 회복에 큰 공헌을 하는 호의적 관계이다.

〈이 영화의 인물들로 인한 특징〉

- 성격의 변화도 있고, 인물 사이의 관계 변화도 있다.
- 조르주와 아리의 각 개인의 문제들과 두 사람 사이의 우정을 다루면서 이 인물들의 문제 속에 현대 사회의 문제가 포함되어 있으므로, 이 인물들이 그려 나간 이야기의 폭이 매우 넓고, 영화를 본 후에도 우리 사회와 연관된 많은 문제들을 숙고할 기회를 주기 때문에, 작품을 쓸 때 많은 문제들을 제시해 생각할 기회를 관객에게 줄 수 있는 인물의 선정이 얼마나 중요한가를 알 수 있게 한다.

〈스토리〉

미래은행에서 성공적인 세일즈 기법을 강의하는 아리는 매일 같은 시간에 출근해 같은 일을 반복하는 현대 직장인이다.

그는 현대인은 모두 자신을 팔고 사는 세일즈맨이며, 긍정적인 사고를 지니고 자신을 자랑스럽게 여기며 성공한 인상을 심어 주고 매사에 열정적일 것을 강조하며 강의한다.

그러나 퇴근 후, 결혼 생활에서 의미를 찾지 못한 부인이 애들을 데리고 떠나 별거 중이어서, 텅 빈 집으로 돌아오면 외로움과 고독으로 자살을 생각하기도 한다.

다운증후군 환자인 조르주는 현실과 환상을 오가는 인물로 조르주의 엄마는 4년 전에 돌아가셔서 가족으로는 누나밖에 없는데, 현재 그는 재활원에서 생활하고 있다.

그는 다른 친구들처럼 집에 가고 싶으나 아무도 그를 데리러 오지 않는다. 그러나 그는 혼자 집에 가려고 떠나는데 강아지가 그를 따라나선다.

아리는 앞만 보고 달려왔는데 자신의 곁을 떠난 아내가 원망스럽고, 결국 회사에서 폭발하고, 애들을 보러 간다. 애들을 보고 돌아오는 길에 조르주를 따라나선 개를 치어 두 사람은 만나게 된다.

개를 묻고 주소를 모르는 조르주를 자신의 집에 데려온 아리는 조르주의 말썽을 감당하기 힘들다.

아리는 조르주를 누나네 집에 데려다 주었으나 누나와 매형은 부담스러워하고, 돌아오는 길에 식당 여종업원에게도 거부당하자 조르주는 운다.

아리는 아이 생일 선물을 갖고 부인의 집에 갔으나 거절당하고 이에 분노해 싸운다.

한편 아이들은 아빠 차에 있는 조르주에게 생일을 알려 주며 아저씨도 그날 오라고 한다.

조르주는 아내로부터 외면당해 슬퍼하는 아리를 위로한다.

그러나 조르주를 돌볼 시간적 여유도 마음의 여유도 없는 아리는 조르주를 재활원으로 데려온다.

다시 회사에 출근했으나 아리는 조르주 생각에 마음이 편치 않다.

재활원에서 단체로 그림전시회에 온 조르주는 친구들에게 어떤 아이의 생일파티에 가야 되니 차가 필요하다고 하고, 조르주와 친구들은 버스에 모두 타고 아리가 일하는 미래은행으로 온다. 강의를 하던 아리는 웃고 그들과 함께 집근처로 와 밤새 폭죽을 터뜨려 생일을 축하하자 부인과 딸들은 이것을 보고 좋아한다.

그러나 경찰들이 오고 조르주가 사랑하는 나탈리는 가족이 이곳까지 와서 데려간다.

남들과 똑같지 않아 매번 거부당하고, 나탈리도 떠난 지금, 조르주는 아리에게 부담을 주는 존재로 남기 싫어, 잠든 아리의 손에 아리의 딸들 사진을 쥐어 주고, 아리 곁을 떠난다.

그리고 자신이 이곳에서 살기보다는 엄마가 계신 하늘나라로 가기 위해, 가족을 되찾은 아리의 모습을 마지막으로 멀리서 지켜본 후 미소 짓고, 빌딩에서 웃으며 떨어져 생을 마감한다.

조르주는 떠났지만, 그의 우정으로 가정이 회복된 아리는 마음의 여유를 찾게 되어 미소를 지으며 남도 배려하고, 가족과 화목한 모습으로 "여덟째 날 신은 조르주를 만들었다. 조르주는 하나님이 보시기에 좋았다."라며 조르주의 존재는 고귀하며, 영원히 자신의 가슴속에 진정한 친구로 남아 있을 것임을 보인다.

〈시퀀스〉

이 영화는 시퀀스 구분이 어렵지 않은 영화이다. 줄거리를 보면서 그 안에 몇 개의 큰 이야기가 들어 있는지 나누어 보면 어렵지 않게 시퀀스를 나눌 수 있을 것이다.

또한 에피소드들을 분산시켜 쓰기보다는, 이 영화처럼 한 에피소드 다음에 다음 에피소드들로 넘어가면 에피소드마다 관객이 집중해서 보게 되는 장점이 있음도 알게 될 것이다.

초보자들은 10개 정도의 에피소드들을 정한 후, 그것을 다시 가장 효율적인 순서대로 배치시켜 보고, 순서를 정한 후, 하나하나 에피소드를 완성해 가며 시나리오를 써도 좋은 시나리오가 나올 수 있음을 이 영화를 통해 배울 수 있을 것이다.

이 영화의 순서대로 에피소드들을 나누어 보고, 각 에피소드들이 대략 몇 분 동안 보이고 있는지도 정리해 보자. 그리고 각 시퀀스 안에 어떤 이야기들이 구성되어 있는지도 살펴본다면, 자신이 작품을 창작할 때, 각 시퀀스 안에 어떤 이야기를 쓸 것인지 계획을 세울 때 도움이 될 것이다.

첫 번째 시퀀스: 조르주의 신의 창조에 대한 이야기(8분 정도)

* 특히 셋째 날 대사 중 "나는 어쩐지 몽고에서 태어났을 것 같다."라는 것과,
* "여섯째 날 신은 사람을 만들었다. (……) 나탈리는 여자다. 나탈리와 결혼할거다."라는 대사는 특히 이 시퀀스 안에서 중요한 대사들이다.

두 번째 시퀀스: 아리의 현재 상황에 관한 시퀀스(8분 정도)

* 아리의 강의

* 귀가 후 텅 빈 집에서 자살도 생각함

* 같은 시간 출근. 차 막힘

* 강의

* 딸들은 아리를 기다리다 떠남

* 아리는 딸들을 데리러 가는 것에 늦어서 뜀

* 아내에게서 전화 옴. 애들이 아빠를 안 만나겠다고 했다고

* 아이의 양말을 얼굴에 부비는 외로운 아빠, 아리의 모습

　　회사에서는 활기차라고 강의하면서, 홀로 있을 때는 가족 해체로 내면
　　적인 고독을 느끼는 현대 남성의 모습을 보이는 시퀀스다.

세 번째 시퀀스: 조르주의 현재 상황에 대한 시퀀스(3분 정도)

* 엄마는 이 세상에서 가장 아름다운 존재이고, 엄마에겐 가장 소중한 아들

* 조르주 혼자 집으로 떠남. 강아지가 따라나섬

　　혼자 집으로 가는 여정이 순탄치 않을 것을 보여 주고, 아리가 이 개를
　　치는 복선을 미리 깔아 줌

　　첫 번째 시퀀스에서 세 번째 시퀀스까지는 주요 인물 조르주와 아리가
　　소개되고, 그들의 현재 상황도 보이면서, 앞으로 어떤 이야기가 펼쳐질
　　지 기대하게 만듦

네 번째 시퀀스: 아리와 부인의 별거 이유에 대한 시퀀스(4분 정도)

* 아리의 반복적인 삶

* 아리의 혼자 생각인지 회상인지 불분명하게 펼쳐지는 장면 속에서 아리
　는 아내에게 말한다. "내가 뭘 잘못했지? 난 앞만 보고 달려왔어 죽기
　살기로. 그렇게 훌쩍 떠나가면 어떻게?" 아내는 "내가 누구인지 모른
　채 고작 이렇게 살다 가나 싶었어. 숨 막혀 죽을 것 같았어."라며 남편
　을 거부한다.

* 다시 출근해서 회사에서 폭발하고, 며칠 쉬면서 강의안 연구를 하겠다
　며 회사를 나옴

* 딸들 노는 것을 차 안에서 보는 아리

　　이 시퀀스는 정체성의 상실로 삶의 의미를 잃고 남편 곁을 떠난 부인을

통해 현대 여성은 불행해서가 아니라 행복하지 않으면 헤어진다는 것을 알 수 있게 하고, 경제적으로 안정되고 평온해 보이는 안락한 삶을 살아도 삶의 의미가 결여된 일상을 반복하며 사는 것을 현대 여성들은 원하지 않음도 알 수 있게 한다. 또한 남편은 일 아내는 가사에 충실한 것을 가장 조화롭고 이상적인 삶으로 여기며 살았던 전통적인 가정에서의 부부의 역할이 현대에 와서는 변해 있다는 것도 알 수 있게 하는 시퀀스이다.

다섯 번째 시퀀스: 아리와 조르주의 만남과, 조르주와 함께하는 것이 힘든 아리(9분 정도)

* 집으로 돌아오는 길에 조르주의 개를 치는 아리
* 강아지를 묻음
* 집에 데려온 조르주의 알레르기

이 시퀀스에서는 가족으로부터 소외된 두 사람의 우연한 만남과, 함께하기에는 힘든 다운증후군 환자 특유의 행동들을 조르주가 보이므로, 앞으로 어떻게 두 사람의 관계가 이어 나가게 될 것인지 궁금해하며 다음 시퀀스를 기다리게 만드는 시퀀스이다.

여섯 번째 시퀀스: 조르주의 집으로 가는 시퀀스(9분 정도)

* 아리가 조르주를 조르주의 집으로 데려다 주려 가는 길
* 조르주는 갑자기 구두를 사러 구둣방에 들어가서 점원과 주인의 편견의 대상이 됨
* 아리는 회사 일을 못 하고 떠나서, 결국 그림 집(조르주가 엄마와 살았던 집)에 도착했으나 조르주의 엄마는 4년 전에 돌아가셨고, 조르주도 이 사실을 안다는 것을 알게 되고, 그 집에 살고 있는 인도인은 누나 주소를 알려 줌

일곱 번째 시퀀스: 조르주 누나네 가는 길과 누나 관련 에피소드(14분 정도)(실제 누나를 만나서는 3분 정도 대화함)

* 조르주가 유조차 운전수를 화나게 만들어 아리가 운전수에게 폭행당함.

* 누나 주소를 쥐어 주고, 화가 난 아리는 조르주를 길에 혼자 내려놓고 떠나지만, 비가 오고, 되돌아오니 조르주는 그 자리에 서 있고, 되돌아 온 아리에게 "내 친구! 날 좋아한다!"고 함

* 조르주의 누나네 집에 오니 조카들은 좋아하나, 누나와 매형은 부담스러워함

* 누나 집에 못 있고, 되돌아오는 길에 식당에 들른 두 사람. 여종업원의 편견의 대상이 된 조르주는 누워서 움

  여섯 번째와 일곱 번째 시퀀스는 아리에게 조르주는 부담스런 존재였으나, 두 사람의 우정이 시작되고, 사회 속에서 장애인에 대한 편견도 드러나는 시퀀스들이다.

여덟 번째 시퀀스: 아내에게 외면당하는 아리와 그를 위로하는 조르주(13분 정도)

* 미리 아이의 생일 선물을 갖고 왔으나 부인은 그냥 돌아가고 전화도 말라고 함

* 부인의 집에 가서 부인과 다툼

* 우는 아리, 위로하는 조르주

  이 시퀀스에서는 아내에게 외면당한 아리를 조르주가 위로하고, 가족으로부터 소외당하는 것을 두 사람 모두 곁에서 지켜보았기 때문에 두 사람의 우정이 견고해짐을 보이고 있다.

아홉 번째 시퀀스: 조르주를 재활원에 데려다 주는 아리와 아리의 딸의 생일 축하 폭죽놀이에 관한 시퀀스(22분 정도)

* 엄마가 가장 아름답다는 노래와 환상 속에서 엄마와 만나는 조르주. 친구가 생겼다며, 친구와 같이 살 거라고 하자, 아리에게 짐이 되면 안된다고 말하는 엄마

* 누구를 돌볼 형편이 안 된다며 아리는 조르주를 재활원에 데려다 줌

* 출근했으나 조르주 생각에 마음이 편치 않은 아리

* 재활원 단체 전시회 관람

* 아리의 강의

* 아리의 회사에 온 조르주와 그의 친구들
* 조르주와 나탈리의 사랑
* 생일 축하 불꽃놀이

이 시퀀스는 조르주의 우정의 절정을 보이는 시퀀스로 비장애인이라면 자신을 다시 재활원에 데려간 아리에게 섭섭함을 느낄 수도 있었겠으나, 계산적이지 않고 사람을 자신의 마음처럼 전적으로 믿는 조르주는 무조건 친구 아리를 위해, 자신의 친구들까지 동원해, 생일축하 폭죽놀이를 해 줌으로써, 아리의 힘으로는 못 해낸 그의 가정회복을 단숨에 이루게 한다.

열 번째 시퀀스: 조르주의 자살 관련 시퀀스(9분 정도)

* 경찰이 오고, 나탈리는 가족이 와서 데려가 슬픈 조르주
* 조르주는 댄스홀에서 춤을 추나 모두 그를 외면함
* 자신은 남들과 똑같지 않다며 우는 조르주에게 아리는 너에겐 내가 있다며 위로를 하지만, 조르주는 아리는 가정이 있고 자신은 골칫거리라 함
* 엄마가 더욱 그리운 조르주
* 없어진 조르주를 찾으며 자신에게는 그가 필요하다고 말하는 아리
* 가정을 되찾은 아리를 보고 떠나는 조르주
* 빌딩에서 웃으며 떨어지는 조르주
* 노래

이 시퀀스는 조르주는 더 이상 이 세상에서 살아갈 이유를 발견하지 못해 자살하는 것을 보이고 있다. 조르주는 사랑하는 나탈리와 사랑을 할 수도 없고, 사회 곳곳에서 자신을 피하며 외면하는 반복된 삶을 더 이상 살고 싶지도 않으며, 힘들게 가정을 회복한 친구 아리에게 부담을 주기도 싫다. 이 세상에서 살기 위해서 자신이 갈 곳은 재활원뿐이나 그곳에서 생을 다할 때까지 사는 것보다는, 자신이 가장 사랑하고 자신을 이 세상에서 가장 귀한 존재로 사랑해 주신 엄마와 사는 것이 가장 자신이 원하는 것임을 깨달아, 웃으며 엄마에게로 가는 것을 보이는 시퀀스이다.

열한 번째 시퀀스: 조르주의 우정 덕분에 가정을 회복 후 여유를 되찾아

달라진 모습의 아리를 보이는 시퀀스(1 - 2분 정도)

* 출근 시간, 막히는 차들, 그러나 웃으며 청소원을 돕는 아리

이 시퀀스는 사회적 약자인 조르주와의 우정 덕분에 기꺼이 힘든 일을 하는 청소원을 돕고 친구처럼 대하는 아리의 모습에서 예전에는 차가 막히는 출근길이 숨 막혀 보였으나, 그 차 막힘으로 오히려 웃으며 여유롭게 남을 도울 수 있는 시간과 마음의 여유를 되찾은 아리의 변화된 모습을 잘 보이고 있다.

열두 번째 시퀀스: 아리의 신의 창조에 대한 이야기(2 - 3분 정도)

* 특히 "여덟째 날 하나님은 조르주를 만들었다. 조르주는 하나님 보시기에 좋았다."고 한 아리의 말이 가장 중요하다.

이 시퀀스는 조르주의 존재의 가치를 소중히 여기는 아리의 마음을 잘 보여 주고 있는 시퀀스이다.

이 영화는 크게 12개의 시퀀스로 되어 있는데, 여섯 번째 시퀀스와 일곱 번째 시퀀스는 하나로 볼 수도 있고, 열 번째 조르주의 자살 관련 시퀀스와 열한 번째 시퀀스도 하나로 묶을 수도 있을 것이다.

또한 시퀀스를 어디를 하나로 묶어 하나의 시퀀스로 보는가도 조금씩 다를 수 있다.

중요한 것은 시퀀스를 어떻게 어디서 나누어 보느냐보다는 자신이 창작할 때 대강 몇 개의 큰 이야기들이 필요한지 확인해 보는 것과, 각 시퀀스 안에 어떤 작은 이야기들로 그 시퀀스를 구성해야 할지를 구체적으로 생각해 보고 적어 보는 것이 이미 나온 작품을 가지고 시퀀스를 나누어 보는 것의 목적일 것이다.

이러한 세밀한 분석과 관찰은 실제 자신의 작품을 쓸 때 참고가 될 수 있는 것을 찾기 위한 것이고, 각 영화마다 기본적인 분석은 유사할 것이지만, 모든 영화를 똑같은 방법으로 분석할 필요는 없고, 각각 개성이 다른 영화에서 자신이 알고 싶은 방향에 따라 자기 나름대로 분석해, 실제 자신의 작품을 쓸 때 참고를 하는 것이 유용한 분석 방법일 것이다.

〈이 영화의 시퀀스들의 배치의 특징〉

신에 관한 조르주의 이야기로 시작 - 아리에 관한 이야기 중심 - 조르주에 관한 이야기 중심 - 아리와 조르주의 만남 - 조르주에 관한 이야기 중심 - 아리에 관한 이야기 중심 - 조르주가 아리의 딸 생일을 위한 폭죽놀이 - 조르주의 죽음 - 아리의 이야기 중심 - 신의 창조에 관한 아리의 이야기로 마무리

즉 * 처음과 끝은 신의 창조에 대한 이야기로 배치했고,

    * 아리의 현재 가정문제와 조르주의 현재 상황을 따로 배치시킨 후 둘을 자연스럽게 만나게 했다.

    * 조르주의 누나 집에서의 거절을 아리가 지켜보게 해 자신의 처지와 공감대를 형성케 만든 후

    * 아리의 집에서 부인과 회복되지 않는 아리의 아픔을 조르주가 보게 되어 아리를 위로하게 하여, 서로의 아픔과 위로를 공유하게 만들었다.

    * 그런 다음 아리의 가정회복을 위해 조르주가 적극 나서서 해결해 주게 하고,

    * 조르주 자신은 애인의 가족과 사회로부터 소외당해 엄마에게로 가게 배치시켰다.

    * 아리는 조르주 덕분에 가정이 회복되어 남들도 배려하고, 조르주의 존재의 소중함을 말하며 끝나게 배치시킨 것을 알 수 있다.

이러한 배치를 통해 한 사람의 문제를 다른 한 사람이 도움으로써 우정을 쌓아 가는 이야기 배치가 아니라, 두 사람이 각각 지닌 문제 앞에서의 아픔을 서로 공감하며 위로하며 해결하기도 하면서 우정을 만들어 가는 에피소드들로 구성해, 자칫 산만해질 수도 있는 이야기를, 두 사람의 비중을 비슷하게 두고 무게 중심을 번갈아 두며 배치해, 조화롭고 자연스럽게 두 사람의 상황과 변화와 우정을 잘 담아낸 것을 알 수 있다.

이처럼 에피소드들을 정한 후, 그것을 어떻게 배치시키면 가장 효과적일까를 숙고해서 정한 후, 시나리오를 쓴다면, 한국영화들이 지닌 산만한 면들이 줄어들 것이고, 쓰는 입장에서도 한 에피소드를 쓴 후 다른 에피소드로

넘어가는 것이 더 쉬울 수도 있을 것이고, 그것이 오히려 무게감 있고 격조 있는 시나리오를 창작할 수 있는 하나의 방법이 될 수도 있음을 이 작품의 시퀀스들의 배치를 통해서 알 수 있었을 것이다.

〈플롯〉

* 이 영화는 신의 창조에 대한 이야기로 시작과 끝을 맺는다. 줄거리 흐름과는 긴밀한 연결성이 없지만, 이러한 시작과 끝으로 인해 영화를 보는 동안 이 세상의 모든 존재의 존재의미에 대해 생각하면서 보게 되고, 영화를 본 후 이 세상의 모든 존재의 존재 이유를 깨닫게 되면서 미소를 짓게 만드는 데 큰 역할을 영화의 처음과 끝이 담당하고 있음을 알 수 있다.

  이 처음과 끝 부분이 빠졌어도 이 영화는 좋은 영화이나, 이 처음과 끝 부분이 있어, 두 사람의 우정에 대한 이야기를 넘어서, 존재 이유에 대한 근본적인 답을 생각하게 해 영화는 더욱 깊이 있고 격이 높은 영화가 되었음을 알 수 있다.

* 이 영화는 내면적인 사건인 우정과 가족 간의 사랑을 담고 있고, 외형적인 사건 중 가장 큰 것은 죽음을 다루고 있다는 것이다. 그러나 조르주 입장에서는 죽음이 곧 어머니와의 만남이고 그것이 그에게는 어머니와의 만남의 유일한 길이므로 웃으면서 죽음으로써 이 영화에서 조르주의 죽음은 비극적으로 그려지지 않고 있다.

* 그리고 이 영화의 대부분은 두 사람의 우정이 중심이고, 그것으로 인해 아리는 가족 간의 사랑도 되찾았기 때문에 이 영화의 중심은 죽음이 아니라 우정으로 볼 수 있겠다. 그러나 이 영화는 말로 우정을 논하는 것이 아니라 가족의 문제를 지니며 그것이 회복되기를 갈망하는 이들 사이의 우정이므로, 우정으로 인해 행동들이 따르고 이야기가 진전되므로 플롯은 그렇게 느슨하지는 않다.

* 이 영화는 조르주가 환상과 현실을 오가긴 하나 시간순으로 배치되어 있는 원인결과식(시간순, 단순형)을 사용하고 있다.

* 이 영화의 두 주인공 사이의 플롯은 3단계 구성으로 되어 있다.

    처음 부분은 가족 문제가 있는 두 사람의 만남이고, 중간 부분은 둘 사이의 우정이 쌓이는 것이고, 끝 부분은 조르주의 죽음과 아리의 가정 회복이다.

* 그런데 이 영화는 갈등을 지닌 두 인물의 비중이 거의 같으나, 두 인물 사이의 갈등이 주된 이야기가 아니므로, 각 인물의 위기와 절정 부분이 다름을 알 수 있다. 그러므로 우리는 각 인물마다의 갈등과 플롯을 따로 정리해 보아야 한다.

* 우선 조르주의 갈등을 정리해 보면, 자아와 타인 사이(누나, 나탈리의 가족, 그리고 사회에서 만난 이들)의 갈등이 있어, 이 갈등의 원인이 되는 자아와 자신의 신체적 그리고 정신적 결함 사이의 갈등이 있게 된다 (조르주는 자신이 남들과 똑같지 않다며 운다.).

    그러나 그것을 극복하려 타인들이나 자신과 싸우기보다는 조르주를 자신의 인생의 최고의 축복이며 하늘이 주신 최고의 선물로 생각하셨던 엄마가 있는 곳으로 가려 죽음을 선택하게 된다.

    그의 갈등은 점진적으로 상승하는 갈등으로 그동안 타인으로부터 차별당한 일들이 쌓이고 쌓여 더 이상 견디기 힘든 상황까지 왔을 때 결국 죽음을 택하게 된다.

* 그리고 조르주 중심으로 플롯을 보면 5단계로 구성되어 있다.

    제시 부분: 재활원에서 누나를 보러 혼자 떠나는 것까지가 제시 부분이다.

    전개(갈등, 이야기의 복잡화) 부분: 누나 집에 왔으나 거부당함으로써 복잡화가 시작된다.

    위기 부분: 나탈리의 가족이 와서 나탈리를 데려가자 위기에 처하고

    절정 부분: 자신과 적대자가 부딪쳐 한쪽이 쓰러지는 절정 부분은, 나탈리도 떠나고, 그를 처음 보는 이들에게 즉시 거부반응을 일으키는 자신을 보며 자신이 남들과 똑같지 않다는 것을 인식하고 자신과 자신 사이의 갈등에서 자신이 지는 부분이 절정 부분이다.

대단원: 웃으며 빌딩에서 떨어지는 부분이 대단원이다.

* 다음으로 아리의 갈등을 보면, 자아와 타인(가족 특히 부인) 사이의 갈
등이 가장 주된 갈등이고, 그것으로 인해 자아와 자아 사이의 갈등을
일으켜 홀로 있을 때 자신의 존재 이유를 찾을 수 없어 자살도 생각하
는 면을 보이고 있고, 자아와 사회 사이에서도 언제 문제가 생길지 모
르는 안 보이는 갈등이 있다. 경쟁 사회 속의 일원이므로 경쟁에서 살
아남으려면 항상 최선의 노력을 해야 현재의 위치를 유지할 수 있기 때
문이다.

그런데 책임과 의무를 다하려고 이 경쟁사회 속에서 열심히 일한 것
이 자신과 타인 즉 가족 특히 부인과의 사이의 갈등을 일으켜, 아리는
회복을 원하나 방법이 서툴고 부인은 냉정히 아리를 거부해 상승하는
갈등을 보이고 있고, 서로 먼 거리에 있어 대화를 나누기 힘들어 갈등
은 해결되기 힘들고, 이럴 때마다 아리는 자아와 자아 사이의 갈등이
커져만 간다.

자신이 해결할 수 없는 이 갈등들을 한 번에 해결해 주는 인물이 자
신보다 지적 수준도 낮고 사회적 위치도 거의 없는 조르주인 것이다.

아리의 갈등 해결이 튀는 갈등으로 보이지 않는 이유는 그동안 아리
와 조르주가 쌓은 우정으로 인해 조르주의 개입을 관객은 자연스럽게
받아들일 수 있고, 아리가 생각이 많은 햄릿형이라면 조르주는 행동적
인 돈키호테적 인물이라, 생각은 많고 행동은 서툴러 해결하지 못하고
있는 자신의 문제를 돈키호테형인 조르주가 행동으로 밀고 나가 한 번
에 해결해 주어 갈등해결이 자연스럽게 보이는 것이다.

* 아리 중심으로 플롯을 보면 5단계이다.

제시 부분: 같은 시간에 일어나 회사에서 일하고 퇴근 후 텅 빈 집에서
자살을 생각하는 부분까지이다.

전개 부분: 회사에서 폭발하면서 복잡화가 시작되고, 조르주의 개를 치
어 조르주를 집에 데려오고, 조르주의 말썽 등으로 더욱 일
상이 복잡해지는 부분이다.

위기: 아이의 생일 선물을 미리 가지고 부인 집에 갔으나, 부인의 냉대로 싸우면서 가정은 회복되기 힘든 위기에 치닫는다.

절정 부분: 자신과 적대자가 부딪쳐 한쪽이 쓰러지는 절정 부분은 부인과 가정이 회복되느냐 회복되지 못하느냐의 기로에서 조르주의 도움으로 가정을 되찾는 부분이 절정 부분이다.

대단원: 가정이 회복되어 마음의 여유를 되찾아 주위를 돌보는 여유까지 얻은 아리가 조르주의 존재가치를 소중히 여기며 "여덟째 날 하나님은 조르주를 만들었다. 조르주는 하나님 보시기에 좋았다."라고 말하는 것이 대단원이다.

* <제8요일>의 플롯은 전체적으로 3단계이나, 각 인물 중심으로 각각 5단계로 구성되었음을 알 수 있었다.

* 또한 이 영화의 플롯은 갈등의 원인이 있고, 그것이 해결되어 나가는 과정들을 담아 결코 느슨하지 않은 플롯을 사용하고 있으면서도, 우정을 담고 있으므로 인물의 문제가 해결되어 나가면서 동시에 인물의 내면과 정서를 잘 담고 있어 고전이 될 수준 높은 작품임을 알 수 있다.

〈장소와 장면〉

두 주인공들의 삶의 공간과 조르주의 환상의 장면들이 경쾌한 음악과 함께 배치되어 있어 교훈적이거나 설교적이 될 수도 있는 이 영화의 주제를 정서적이며 아름다운 이야기로 잘 담아내고 있다.

특히 나탈리의 발레 하는 장면은 사랑스럽고 아름다워 다운증후군 장애인들이 편견의 대상이 될 수 없음도 장면으로 잘 보여 주고 있다.

〈시간〉

현대를 담고 있다.

경쟁사회 속에서의 현대의 남성가장의 문제와 가정 해체의 문제, 편견의 문제, 우정의 가치가 하락한 시대에 진정한 우정 등을 담아내면서 현대 사회 속 문제들을 숙고할 기회를 준다.

<제목>

이 영화는 특히 제8요일이라는 제목의 의미를 생각하게 만드는 영화이고, 그 의미는 각자 다를 수가 있다.

조르주는 하나님이 태양, 땅, 바다, 레코드, 텔레비전, 풀, 그리고 사람을 만드셨다고 했는데, 아리는 신은 태양, 물, 풀, 소, 비행기, 사람 등을 만들고, 일곱째 날 구름을 만드셨고, 그리고 빠뜨린 것이 없나 생각하다 여덟째 날 신은 조르주를 만드셨다고 말함으로써, 조르주는 신이 제8요일에 만든 사람이고, 하나님이 보시기에 좋았다고 말한다.

보통 사람들에게는 조르주와 같이 장애가 있는 사람을 하나님이 원해서 창조하진 않았을 것이라고 생각하기 쉬우나, 하나님이 창조한 존재들에게는 모두 그 의미가 담겨 있어 조르주는 특별한 의미를 지니고 태어난 이 세상에 필요한 존재이기 때문에 신이 창조한 존재임을 알 수 있다. 그래서 장애가 있는 조르주가 정신적 결함을 지닌 신체적 정상인의 문제를 해결해 준다.

그러므로 제8요일이란 하나님이 이 세상에 반드시 필요한 존재를 만드신 특별한 날이고, 하나님이 만들어 놓고 만족해하신 존재들의 탄생의 날인 것이다.

또한 성경에는 여섯째 날 하나님이 들짐승, 가축, 땅에 기어 다니는 모든 생물을 만드시고, 또 자기의 모습을 닮은 남자와 여자를 만들고, 일곱째 날엔 쉬고 이날을 축복하며 거룩하게 하셨다로 끝나는데, 이 영화 제목은 제8요일이다. 그래서 그 의미는 하나님이 모든 사물을 창조해 놓으셨으므로, 그 다음 날인 제8요일부터는 부족한 인간들끼리 경쟁하지 말고 서로 도우며 창조해 나가는 날이 되라는 의미로 제8요일이라는 제목을 사용한 것이라고도 볼 수 있다.

그러므로 제8요일은 이 세상에 꼭 필요한 존재의 탄생의 날이며, 인간이 삶의 의미들을 서로 도우며 창조해 나갈 시작의 날이 제8요일이라고도 볼 수 있을 것이다.

〈이 영화에 대한 일반 평〉(http://movie.daum.net 참조)

- 이 영화의 제목의 의미는 신이 만물을 만들면서 6일에 인간을 만들고 7번째 날은 쉬었고, 그다음 날인 8번째 날은 그리스도의 부활을 의미하는 날이라고 한다. 사적으로 황폐해져 자살까지 생각한 아리가 다시 태어난 것을 의미하고, 조르주는 신의 실수가 아니라 신이 만족하는 존재이다.
- 미국 영화와는 달리 화면전환이 빠르지 않고 독특하다.
- 환상과 상상이 오가는 상상력, 중간 중간 뮤지컬 형식이 좋다.
- 장애인 가족의 아픔, 가족, 사회, 편견
- 장애에 대한 편견을 버리게 만드는 영화
- 동등한 입장에서 바라본 서로의 상처를 치유해 주는 두 사람의 우정
- 조지의 순수함이 아리에게 전염됨
- 슬프지만 미소 짓게 만드는 따뜻한 영화

〈전체 평〉

이 영화는 인물의 개인적인 우정 문제를 담고 있고, 동시에 두 인물을 통해 현대 사회 속에서 쉽게 발견되는 문제들인 현대 남성들의 문제, 현대 가정의 문제, 장애인의 문제 등을 다루고 있으며, 의미전달을 인위적으로 하지 않으며 자연스럽게 전달한 좋은 영화이다.

좋은 시나리오를 창작하기 위해선 자신이 창작할 시나리오에 들어갈 여러 문제들에 대한 공부가 우선되어야 한다. 또한 자신의 영화를 본 후 관객들이 어떤 문제를 생각하며 우리의 삶과 사회 속에서 지닌 문제에 대해 긍정적 방향으로 인식이 전환 또는 발전될 수 있을지도 생각하며 작품창작을 해야 하기 때문에, 이 영화 속에 담긴 여러 문제들을 정리해 보아야 한다.

* 우정을 잘 다룬 영화

이 영화는 일반적인 우정이론을 인물과 스토리 안에서 자연스럽게 잘 보인 영화이다. 프란체스코 알베로니는 『우정론』에서 다음과 같이 우정에 대해 말한다.

- 어떤 이는 일생 동안 좋은 관계를 유지하면서도 실제로 친구가 되지

못하는 이가 있는 반면, 어떤 이와는 몇 번 만나지 못했으면서도 친구라 생각되는 이가 있다.

- 그리고 만남은 언제나 뜻하지 않는 순간에 이루어지고 어느 순간 상대에 대해 강렬한 공감과 흥미와 친근감을 느끼는 것이 우정이다.
- 어떤 사람하고는 멀리 있어도, 또한 세월이 많이 흐른 뒤에도, 다시 만났을 때 방금 헤어지고 만난 느낌을 갖게 된다.
- 친구와의 만남은 인간성과 처한 상황이 비슷했을 때 일어난다.
- 친구는 조금 달라야 한다. 그 차이가 새 전망을 열어 주기 때문이다.
- 친구란 위기에 처했을 때 나타나 용기를 주는 존재이다.

이 모든 이론이 조르주와 아리 사이의 우정에 잘 적용된다. 즉 두 사람은 우연한 기회에 만나게 되었고, 가족으로부터 소외라는 비슷한 상황 속에 있으면서 만나 두 사람 모두 고독한 존재여서 서로를 때론 난처하게 하기도 했으나, 아무런 기대도 하지 않던 조르주라는 친구가 아리 자신과는 다른 점을 갖고 있었기 때문에 그가 해결 못 할 문제가 해결되어 웃음을 되찾게 되었고, 이 짧은 만남 속에서의 우정은, 이젠 서로 만날 수 없는 서로 다른 공간 속에 있지만, 세월이 흐른 뒤에도 그 친숙함과 깊은 우정이 가슴속에 영원히 남는 우정이 된다.

이론적으로는 우정을 말하기 쉬우나 실제 인물들 속에서 그 관념을 구현해 내기란 쉽지 않은데, 일반적인 우정론을 영화로 잘 표현해 낸 많은 관객들의 공감과 우정에 대해 다시 한 번 생각할 기회를 준 이 영화는 우정을 다룬 영화 중에서 높이 살 만한 영화인 것이다.

* 우리 시대의 남성문제와 현대 가정의 문제점이 반영된 영화

자본주의 사회에서 남성들은 항상 경쟁의식을 지니며 성공에 집착하게 되고, 어느 정도 직업적으로나 경제적으로 안정을 이룬 다음에야 주위를 돌아보고 남도 배려할 수 있게 되는데, 많은 남성들은 이러한 심리적 여유를 누리지 못하고 생을 마감한다고 한다.

아리도 가정경제와 자녀 양육 등에 대한 책임을 혼자 지고, 직장에서 살아남기 위해 아직은 최선으로 일해야 하는 현대 남성이다.

그는 아내의 감정을 헤아리거나 배려하고, 아이들과 여가를 즐길 심리적 여유가 아직은 없어, 가정과 직장에서 완벽한 남성을 요구하는 슈퍼맨이 되지 못한 인물이다.

그는 열심히 일하고 지쳐 돌아와도 가정에 소홀히 하면 아내와 아이에게 거리감을 느끼거나 이혼까지 당하는 현대 남성의 일면도 잘 보여 주고 있다.

그의 아내는 아리가 일에만 몰두하며 가정에 소홀히 하며 대화도 단절되는 일상이 반복되어 정서적 행복이 사라지자 이런 생활의 반복이 두려워 아이들을 데리고 나가 별거에 들어간다. 그의 아내는 결혼 전에는 그 사람의 장점을 확대해 보다가 결혼 후에는 그 사람의 결점을 전체로 보고 절망해 떠나는 현대 여성의 일면을 보이고 있는 것이다.

부부가 별거나 이혼을 해도 자녀에 대한 부모의 의무는 끝나지 않는 것인데, 이 부부의 자녀에 대한 태도는 문제점들을 지니고 있다. 아이들과 떨어져 있어도 아리는 자녀에 대한 아버지의 역할을 하려 노력하나 그의 아내는 자신의 감정에만 몰입해 아버지와 아이들 사이를 서먹하게 만들며 만남을 단절시킨다.

니콜라스 롱과 렉스 포어핸드가 쓴 『이혼한 부모를 위한 50가지 자녀양육법』에는 이혼 후 배우자 사이에는 여러 가지 가능한 관계가 있다고 말하고 있다.

- 친구로 남아 의사결정이나 자녀양육을 함께하는 완전한 친구관계
- 친구로는 남지 않으나 아이들을 위해 협조하는 협조적인 동료
- 분노한 주변인으로 분노에 가득 차 공동 양육이 불가능한 격렬한 적
- 이혼 후 접촉을 끊은 해체된 짝

아리 부부는 아직 이혼한 사이는 아니지만, 아이들과 떨어져 있고 별거 중이므로 위의 관계에 적용해 보면, 아리의 부인은 분노한 주변인으로 머물고 있다고 볼 수 있다. 자녀가 있으면 적어도 협조적인 동료로 지내며 평정심을 유지하고 자녀에게 도움이 될 해결점을 찾아야 하고, 남편이 배우자로서는 부적합할지라도 아버지 역할에도 부적합하다고는 생각하지 말아야 한다. 그리고 아이들 앞에서는 서로 존중하는 모습을 보이며 별거를 하더라도

부모는 영원히 자녀들에게 사랑하는 마음을 지니고 있고 자녀들이 부모로부터 사랑을 받고 있다고 느끼게 해야 하는데, 아리의 부인은 자기감정에만 몰입해 거리를 두고 있다. 이에 아리도 분노해 갈등은 해결되지 않고 있으니 자녀들도 아버지 앞에서 어떻게 행동해야 할지 곤란해하며 어색해하게 된다.

서양사회에서는 이미 이혼이나 별거가 일상화되어서 아리 부부와 같은 부모는 드물다. 그들은 대부분 자녀 양육을 위해서는 협조적인 관계를 유지하며 자녀 교육뿐 아니라 정서적 안정을 주려 주말마다 자녀 중심으로 움직이는 것이 현실이다.

아리 부부는 별거한 지 얼마 안 되었기 때문에 감정을 다스리지 못하는 면이 있고, 이 부부의 모습에서 서툰 우리나라 이혼 부부와 그 자녀들의 문제를 보는 듯해서, 이혼이나 별거 중에 있어도 자녀에게는 항상 성숙한 부모가 되어야 함을 이 영화를 통해 생각할 기회를 갖게 된다.

＊ 장애인에 대한 사회적 편견 문제를 다룬 영화

미국의 사회심리학자 고든 알포트는 그의 저서 『편견의 심리』에서 편견에 대해 다음과 같이 언급하고 있다.

인생은 짧기 때문에 사람들은 사물을 개별적으로 판단하지 않고 부류에 따라 좋고 나쁨을 판단하는 경향을 지니게 되고, 사람들은 같은 계급, 같은 인종, 같은 종교인들끼리 어울리며, 불편을 무릅쓰고 교육수준이 다른 이와 어울리려 노력하지 않는 경향이 있다고 말하고 있다.

그리고 편견으로 인한 적대행위들로는 적대적인 말, 해를 끼치지 않는데도 회피, 차별, 배척, 신체적 공격 등이 있다고 한다.

편견에 대한 이론을 영화에서 어떤 식으로 표현해 내느냐는 쉬운 문제는 아니다. 이 영화에서 아이들은 조르주에 대해 편견 없이 대하지만, 성인들은 그의 외모만 보고 즉시 회피하고 거부감을 느끼는 모습을 다른 상황에서 반복적으로 보여 주어 조르주는 소외감을 느끼게 된다. 특히나 나탈리 또한 장애인이나 그녀의 가족의 태도는 조르주를 절망시킨다. 이처럼 사회인들이 한 사람에 대해 반복적으로 편견을 지니고 차별하였을 때 행복하게 살 수 있는 사람이 죽음을 택할 수도 있다는 것을 보임으로써 편견 문제의 심각성을 이 영화는 다루어 보여 주고 있는 것이다.

다운증후군(몽골리즘)은 800명 중 한 명 꼴로 나타나고 유전되는 것은 아니라고 한다. 특유한 얼굴 생김새와 정신지체를 특징으로 하는 질환으로 얼굴생김새가 비슷비슷하다. 영국의사 다운이 1866년 특수한 정신지체의 한 군을 몽골인형백치라고 보고한 것에서 몽골리즘이라고 했다. 이 영화의 첫 시퀀스에서 조르주는 "나는 어쩐지 몽고에서 태어났을 것 같다."라고 한 것도 자신의 외모가 자신이 살고 있는 서구 사회 속에서는 이상한 모습이지만, 자신이 몽고에서 태어났다면 전혀 이상하지 않은 외모를 지니고 있다고 생각되어 하는 말이라고 볼 수 있다.

또한 영화에서 광활한 벌판에서 말을 타고 달리는 지극히 정상적인 몽고족의 모습을 몽고인 복장을 한 조르주와 나탈리 그리고 그의 친구들이 보임으로써, 몽고에 가면 그들이 정상인 취급을 받을 것 같은 환상을 주며, 몽골리즘 사이에선 그들 자신도 매우 정상적인 사람들임을 말하고 싶어 이 영상을 넣었다고 볼 수 있다. 즉 많은 사람과 조금 다르면 편견의 대상으로 만들어 버리는 사회가 문제이지 어느 누구도 그 대상이 될 수 없다는 것을 영상을 통해 보여 주고 있는 것이다.

이들은 지능지수 50에서 80 정도로 대부분 조르주나 나탈리처럼 특수학교에서 교육을 받고 행동이 산만하나 난폭하지 않고 일반적으로 귀여운 행동과 성격이 좋아 일반인들에게 친밀감을 준다. 이 영화와 관련되어 생각해 볼 문제들은 사춘기와 성인에게는 영화에서처럼 전시회에 가는 등의 교육과 일상생활을 할 수 있는 교육, 개개인의 특성에 맞는 직업교육과 단순하고 반복적인 직종 즉 극장에서 표 파는 일, 슈퍼에서 물건 진열하는 일, 레스토랑에서 근무 등 직업을 알선해 주고, 어느 정도 자립을 하게 도와야 할 것이고, 특히 조르주와 나탈리처럼 사춘기에 지니게 되는 사랑의 감정도 존중해 주어야 한다는 것을 이 영화는 인식하게 만든다.

그리고 조르주와 나탈리의 사랑을 통해 장애인들도 똑같은 사랑의 감정을 지니고 있음을 볼 수 있었는데, 조르주는 남들이 발견하지 못하는 나탈리의 장점을 발견하고, 그녀의 아름다움에 감탄하며, 나탈리 가족의 반대로 사랑이 이루어질 수 없게 되자, 삶의 의미를 잃어 절망을 하고, 자살까지 하기에 이른다. 이 영화는 이들의 사랑을 통해 장애인들의 감정을 존중해 주어야 한다는 것을 말하고 있는 것이다.

현실 속에서 장애인들은 좋아하는 사람을 만날 기회도 한정되어 있고, 결혼을 해도 주위 사람들의 편견을 극복하기 힘들며, 그들의 자녀에 대한 편견도 심하며, 특히나 결혼 후 자녀 양육들을 도와주어야 하기 때문에 장애인 가족들은 그들의 결혼에 적극적이지 않다고 한다. 장애인들의 만남과 결혼을 주선하는 기관도 있는데, 장애인들도 하나님의 뜻 안에서 결혼할 권리가 있다고 생각하기 때문이다. 그러나 반드시 이들이 결혼을 해야 한다고 생각하기보다는, 이들도 일반인처럼 편안한 마음으로 이성친구와 친해질 기회를 갖게 해 그들의 감정과 행복할 권리를 보호해 줘야 한다는 것이 일반적인 생각이고, 이 영화에서 조르주와 나탈리의 사랑의 이야기를 첨부한 이유일 것이다.

이들은 늦되지만 자기 속도대로 천천히 사는 소중한 존재임을 인식하고, 몽골리즘이라는 집단에 대한 편견 대신 사람 개개인 자체를 보며, 인간이면 누구나 지니고 살고 있는 서로 공통된 아픔도 서로 나누고, 그들의 순수한 시선으로 자신의 문제를 바라보기도 하며, 아리와 조르주처럼 좋은 인간관계를 이루어 나가는 것이, 우리가 이 영화를 통해 배울 수 있는 점이라 하겠다.

* 장애인의 가족문제를 다룬 영화

우선 이 영화에서는 장애인 조르주에 대한 어머니의 사랑이 그려져 있다.

일반적으로 어머니는 자식을 자신 이상으로 사랑하고 아무것도 요구하지 않고, 아이의 생명과 성장에 적극적으로 관심을 지니며 끊임없는 사랑을 주기만 한다. 또한 아이의 아름다운 점을 발견하고 그것을 그 아이의 유일하고 특유한 점으로 타인과 비교할 수 없는 가치로 인식한다. 조르주의 어머니도, 보통사람들에게는 부족해 보이는 아이지만, 조르주는 어머니에겐 최고의 축복이며, 하늘이 주신 선물이고, 천사처럼 신비한 얼굴을 하고 있다고 생각한다.

영화는 시간의 제약이 있어 한정적인 것을 보여 줄 수밖에 없고, 이야기의 전체 흐름을 생각하며 작은 이야기들이 배치되므로, 작가가 생각하는 완벽한 어머니상을 모두 담아낼 수는 없지만, 실제 현실 속의 어머니였다면, 조르주의 어머니의 사랑은 본능적인 모성애로부터 나온 완벽한 사랑이기 때문에 안정감을 주기는 하지만, 부모는 갑자기 아이 곁을 떠날 수도 있으므로, 조르주가 어른이 되어도 현실을 감당할 능력이 없고 사는 것이 힘들게 느껴질 수도 있으므로 어느 정도의 자립심도 키워 주었어야 한다. 훌륭한 어머니였지만, 조르주가 스스로 행복을 찾을 수 있는 힘을 길러 주었다면 더 좋았을 것이라는 아쉬움이 있다.

또한 조르주처럼 장애인이 있는 가정에서는 그 아이 중심으로만 움직이면 안 된다. 누나 집에 조르주가 갔을 때, 누나는 조르주가 자신 집에 살면 다들 힘들어진다며 재활원에 가라고 하자, 조르주는 "우리 엄마가 내게 잘하랬어."라고 말한다. 그러자 누나는 "엄마는 너만 위하고 니 치다꺼리……나도 사람답게 살고 싶다."고 말한다. 엄마는 자신 대신 누나가 조르주를 엄마가 했듯 평생 돌봐 주기를 바랐지만, 형제가 돌봐 주는 것은 쉽지 않다. 이론적으로 형제는 가족이라는 이름으로 묶여 있지만, 스스로의 의지와 상관없이 만들어진 관계이기 때문에 부모와 자식 관계처럼 사랑과 헌신을 강요할 수는 없는 관계이다. 형제는 부모 다음으로 매달리고 싶어지는 관계이고, 서로를 위해 서로 배려할 때 아름다운 관계가 되지만, 일반적으로 형제는 33~66%의 유전인자만을 공유하기 때문에 공통점이 있으면서도 서로 다른 점들 때문에 함께 묶여 있는 것에 불만을 지니고, 서로 상처를 주기도 하고, 힘들어할 수도 있는 관계임도 인식해야 한다. 그러므로 조르주의 엄마는 조르주를 편애하고, 누나에게 항상 일방적인 희생만을 강요하기보다는, 평등하게 누나나 조르주나 모두 가정 내에서 특별한 존재임을 느끼게 했어야 한다. 장애를 지닌 조르주가 도움을 많이 필요로 한다는 것 때문에 많이 양보해야 하는 누나를 자랑스럽게 여기고 위로해 주며, 조르주뿐 아니라 누나도 똑같이 사랑한다는 확신을 갖게 해 주고, 남매의 우애를 더욱 돈독하게 하기 위해 더 많은 신경을 썼어야 했다.

조르주에게 완벽한 사랑을 준 엄마의 사랑으로 조르주는 이론이 아닌 체험으로 사랑과 사람을 대하는 방법을 체득했고, 그 힘으로 이 세상을 살아나갈 수 있었으며, 아리에게도 엄마가 자신에게 준 순수하고 계산 없는 마음으로 마음을 주어 현대사회에서 이루기 힘든 우정을 그의 식대로 잘 이루어 낼 수 있었다.

그리고 장애인의 가족 문제를 다룬 측면에서 볼 때 누나의 입장에서 한번쯤 생각해 보며, 우리들 형제간의 문제도 다시 한 번 생각할 기회를 이 영화는 주고 있음도 알 수 있었다.

결론적으로 <제8요일>은 우정 문제, 현대 남성과 현대 가정의 문제, 장애인과 장애인의 편견에 대한 문제, 그들의 사랑과 그들의 가족 문제 등 자연스런 이야기 흐름 속에 이러한 여러 문제들을 담아, 단순히 휴식을 취하려 재미있게 보고 잊어버리고 또 다른 영화를 찾게 만드는 영화가 아니라, 조화로운 구조 속에 풍성한 내용과 사회적 문제, 정서적 문제, 그리고 인생에서 중요한 문제 등을 생각할 기회를 갖게 하며, 관객 각자 자신과 결부시켜 생각할 기회를 갖게 만드는 영화로, 시간이 흐른 뒤에도 또다시 보고 싶은 잊을 수 없는 수준 높은 고전으로 남을 수 있는 영화임을 알 수 있었다.

참고문헌 및 영상자료

〈참고문헌〉

고든 알포트,『편견의 심리』, 이원경 역, 성원사, 1993.
니콜라스 롱, 렉스 포어핸드 공저,『이혼한 부모를 위한 50가지 자녀 양육법』,
    이재연 옮김, 한나, 2003.
데이비드 하워드, 에드워드 마블리 공저,『시나리오 가이드』, 심산 역, 한겨레신
    문사, 2005.
로버트 맥기,『시나리오 어떻게 쓸 것인가』, 고영범 외 옮김, 황금가지, 2002.
레이조스 에그리,『희곡작법』, 김선 옮김, 청하, 1992.
사이드 필드,『시나리오란 무엇인가』, 유지나 역, 민음사, 1992.
샘 스밀리,『희곡 창작의 실제』, 이재명, 이기한 편역, 평민사, 1999.
영화진흥 위원회 기획, 엮음,『한국 시나리오 선집』제16권, 집문당, 2000.
영화진흥위원회 지음,『한국 시나리오 선집』(2005 하), 커뮤니케이션 북스, 2005.
유재희 엮음,『나는 오늘 단편영화를 보러 갔다』, 예영 커뮤니케이션, 1999.
유홍준,『직업 사회학』, 경문사, 2000.
이정국,『시나리오 창작기법』, 지인출판사, 1999.
윌리엄 필립스,『단편영화 시나리오 이렇게 쓴다』, 주영산 역, 2001.
에드먼드 레비,『단편영화 이렇게 만든다』, 양영철 역, 한나래 출판사, 2001.
에리히 프롬,『사랑의 기술』, 황문수 옮김, 문예출판사, 2006년.
칼 이글레시아스,『시나리오 작가들의 101가지 습관』, 이정복 역, 경당, 2005.
토리우미 진조,『애니메이션 시나리오 작법』, 조미라 외 옮김, 모색, 2001.
프란체스코 알베로니,『우정론』, 조석현 역, 새터, 1993.

〈영상자료〉

1. 장편영화

강우석, <실미도>, 한국 2003.

르네 끌레망, <태양은 가득히>, 프랑스 1960.
박철관, <달마야 놀자>, 한국 2001.
박흥식, <인어공주>, 한국 2004.
이창동, <오아시스>, 한국 2002.
자코 반 도마엘, <제8요일>, 프랑스, 벨기에 1996.
장선우, <화엄경>, 한국 1993.
장진, <간첩 리철진>, 한국 1999.
허진호, <8월의 크리스마스>, 한국 1998.

2. 단편영화

강병화, <초겨울 점심>, 한국 2002.
김종운, <지상의 방 한 칸>, 한국, 1999.
김진한, <햇빛 자르는 아이>, 한국, 1998.
김현정, 모정임, <춘>, 한국 2005.
마틴 룬드, <출근 전쟁>, 노르웨이 2004.
박상민, <보초선>, 한국 2001.
박종철, <스빠꾸>, 한국 2001.
박흥식, <하루>, 한국 1999.
심세윤, <The Eyes 눈>, 한국 2003.
이형곤, <엔조이 유어 써머>, 한국 2000.
우민호, 이석근, <누가 예수를 죽였는가>, 한국 2001.
장명숙, <오후>, 한국 2001.
정윤철, <동면>, 한국 2000.
정충환, <불법주차>, 한국 2005.
장형윤, <편지>, 한국 2003.
존 크로키더스, <Slo-Mo 느림보>, 미국 2001.
폴 해릴, <지나, 여배우, 나이는 스물 아홉>, 미국 2000.

부록

단편 시나리오 창작 강의 계획안

1. 수업목표

　창작법(단편 시나리오 창작과 시나리오 창작이론) 과목은 수업과 창작을 통해 학생들 각자의 특성과 개성적 재능, 그리고 강점들을 발견해 내고 그것을 작품을 통해 키워 나가게 지도하고 격려함으로써 학생들의 창작능력 향상과 글 쓰는 역량을 키우는 데 목적을 둔다.

　학생들은 한 학기에 2편의 단편 시나리오를 창작하게 될 것이다. 어떤 학생들의 작품은 창작을 위한 기본 이론들 중 몇 부분만 알아도 쓸 수 있는 작품도 있을 것이다. 그러나 강의를 수강한 후 단편 시나리오에 대한 관심과 열정을 계속 지닌다면 다양한 작품들을 창작해 내게 될 것이고, 앞으로 정신적 성숙과 수많은 경험이 응축되고 창조 역량이 커진다면 더욱 좋은 다양한 시나리오를 창작하게 될 것이므로 단편 시나리오에 대한 전반적인 기초 지식을 배워 두어야 한다.

　그러므로 이 창작법 수업을 통해 시나리오 창작을 위한 전반적인 지식을 배우게 될 것이고, 수준 높은 작품들을 감상하고 분석함으로써 시나리오를 보는 안목을 키워 앞으로 창작할 자신의 작품의 목표점을 세우게 할 것이며, 자신이 창작할 작품을 이론에 적용해 객관적으로 보완, 수정하는 능력을 키워 이론과 실제가 유용하게 상호 작용을 하게 할 것이다. 또한 학생들 각자의 시나리오 창작 계획서와 초고들을 발표케 함으로써, 토론을 거쳐 수정과 보완을 하게 해, 완성도 높은 작품을 창작 완성하게 할 것이다.

2. 강의안 내용

　이 강의는 단편 시나리오 창작 이론과, 영상물 분석 및 단편 시나리오 창작을 위해, 세분화된 과정과 단계로 구성된다.

주제 1. 단편 시나리오

1) 학습 목표 및 효과

단편 시나리오 창작의 목적들과 단편 시나리오의 특성과 창작을 위한 필수 과정들을 강의함으로써 단편 시나리오 창작을 위한 자세와 이론을 요약적으로 인식하게 한다.

2) 내용

단편 시나리오 창작의 목적에는 우선 자신이 직접 시나리오를 써서 제작하기 위해 쓸 수 있고, 그다음으로는 순수하게 단편 시나리오를 쓰는 것이 즐거워서 제작 전반을 고려하지 않고 자유롭게 글쓰기에 몰입해서 쓸 수도 있다. 또한 장편 시나리오나 방송드라마 대본을 쓰기 위한 목적으로 단편 시나리오를 공부하고 창작해 보는 것도 매우 효과적인 방법이다.

단편 시나리오의 특성은 다른 장르의 글처럼 삶을 반영하고, 삶의 경험을 표현하고, 관객의 정서를 이끌어 내, 삶을 풍부하게 하는 것 같지만, 단편은 짧은 시간 동안 이야기를 효과적으로 담아내야 하기 때문에 보통 한두 명의 중심인물을 등장시키고, 하나의 중심 목표를 이루어 나가는 중심 이야기에 집중하게 만든다. 시간상 압축적이어야 하고, 간결하고 절제미를 지니어야 할 뿐 아니라, 내용이나 형식 면에서 자유롭고 개성적인 것들을 담는다.

평범한 일상을 진솔하고 따뜻한 정서로 담아내 공감대와 인간애를 느끼게 하는 좋은 단편영화들도 많이 있는 것도 사실이지만, 순수하고 신선한 감각을 지니고 자유롭고 풍부한 상상력이 발휘된 독특한 형식의 영화를 만들 수 있는 것이 단편의 특징 중 하나이므로 시처럼 압축적이고, 상징적이고 모호한 것까지도 허락될 수 있는 것이다.

단편 시나리오 창작을 위한 필수 요소들로는 착상, 주제, 소재, 장르선택, 인물과 인물들의 배치, 줄거리 창조 및 플롯 짜기, 장소와 장면과 시대 및 시간, 그리고 전체적인 분위기를 선택해, 시나리오를 완성해야 한다.

주제 2. 착상

1) 학습목표 및 효과

좀 더 구체적으로 단편 시나리오를 창작하기 위한 공부를 하기 위해 착상을 얻는 법과, 아이디어에 물음들 첨가하기와, 좋은 착상과정을 거쳐 완성한 시나리오를 예시함으로써, 시나리오 쓰기의 첫 단계의 기반을 다진다.

2) 내용

창작을 하려면 우선 무엇을 쓸 것인가 영감이 떠올라야 한다. 아이디어는 창조성이 구속되지 않는 자유로운 공간이나 시간 중에 떠오르기 쉽다. 아이디어를 얻을 수 있는 것들과 작품화되기 힘든 아이디어들의 예를 들어 좋은 착상을 할 수 있게 할 것이며, 아이디어에 물음들을 첨부해 나가며 시나리오의 윤곽을 만들 수 있게 할 것이다. 또한 착상의 예로 외국 작품을 분석해 좋은 착상의 실제 예를 공부할 것이다.

3) 과제

– 자신이 쓰고 싶은 것들 중 2가지를 선정해 A4용지에 한 작품당 1장에 자유로운 형식으로 써 오기

- 아이디어에 물음들 첨부해 나가며 기록하기

주제 3. 주제

1) 학습 목표 및 효과

주제의 중요성과, 관념과 작품의 주제와의 차이를 공부하고, 주제를 잘 살린 작품들을 분석함으로써, 자신의 작품의 주제를 구체적으로 생각하게 한다.

2) 내용

주제는 작가들이 가장 힘들어하는 부분이고, 학생들도 가장 대답하지 못하는 부분이다. 하나의 작품에는 가장 중요한 중심 주제가 있고, 이 주제에는 작가의 인생관이나 세계관, 자신이 속한 사회의 사상과 삶의 방식에 대한 자신의 시선들이 작품 전체를 통해 들어 있으므로 주제의 중심을 작품을 마칠 때까지 잊지 말아야 한다.

관념과 작품의 주제와의 차이가 있다. 주제는 관념적이고 대체적으로 추상적이어서 주제가 곧 스토리가 되지는 않는다. 예를 들어 정의라는 것은 관념이다. "우정은 소중하다."도 우정에 대한 생각일 뿐이다. 그러나 관념에 자신이 작품을 통해 보이려는 구체적인 방향이 주어져서 "정의도 상황에 따라서 죄를 낳는다."라고 한다면 이 구체화된 관념은 주제가 되는 것이다. "진실로 맺은 우정은 모든 이해를 초월한다." "문화가 다른 사람끼리 싸움이 일어나기 쉬우나 동심으로 돌아가면 평화를 얻을 수 있다."처럼 창작에서의 주제는 사랑, 우정, 희망 등 단어로 쓰지 말고 구체화된 하나의 문장으로 써 보아야 한다.

유사한 주제를 담고 있는 두 작품을 비교 분석하여, 좋은 주제는 여러 이야기들 속에서 창작될 수 있음을 공부한다.

3) 과제

- 자신의 작품의 중심 주제를 생각해 기록해 보고, 자신과 관객에게 가치 있는 주제인가 생각하기
- 중심 주제와 관련되지 않는 중요하지 않은 부분들은 제외시키기

주제 4. 소재

1) 학습목표 및 효과

자신의 작품의 주제를 구체적으로 보여 주게 할 소재를 어떻게 선택해야 하는가와, 소재를 선택할 때 주의할 점들을 인식하게 해, 자신의 작품의 주제에 가장 적합한 소재를 선택하게 할 수 있게 한다.

2) 내용

주제는 관념성을 띠고 있어 작품은 구체적인 소재를 통해 보이게 된다. 소재는 현실성을 띠고 있으므로 작품의 소재가 될 대상들은 우리 주변에 많이 있다.

좋은 주제는 반드시 거대한 소재에 담아야 하는 것이 아니고, 작은 소재에서도 좋은 주제를 담아낼 수 있고, 주제를 먼저 정하고 소재를 찾는 경우

도 있으나, 소재부터 시작해 그 안에서 좋은 주제를 끌어낼 수도 있는 것이다.

무엇보다도 중요한 것은 주제를 가장 잘 드러낼 수 있는 소재를 선택해야 한다는 것과, 선택한 소재를 통해 주제를 잘 드러내야 한다는 것이다.

3) 과제

- 자신이 설정한 주제에 가장 적합한 소재 선택하기
- 또는 자신이 선택한 소재에 주제 부여하기

주제 5. 인물

1) 학습목표 및 효과

시나리오 속 사건이나 이야기는 인물들의 행동과 말에 의해 발전되므로 인물은 매우 중요하다. 인물을 형성하기 위해 인물을 나누는 유형, 인물을 형성하는 방법들, 중심인물과 주위 인물들의 배치, 인물을 잘 살린 단편영화들의 분석 등을 통해, 자신의 작품들의 인물 창조를 숙고해 보게 한다.

2) 내용

인물을 나누는 유형에는 보편적 인물, 개성적 인물, 보편성과 개성을 동시에 지닌 인물들이 있고, 인물을 형성하는 방법들에는 생리적 차원, 사회적 차원, 심리적 차원, 그리고 도덕적 차원 중에서 하나 또는 그 이상의 차원을 강조해 창조할 수 있고, 몇몇 사항들을 다른 요소들보다 더 강조해 집중적으로 그림으로써 인물의 뚜렷한 성격을 형성할 수 있다.

이렇게 구축된 인물을 그 인물의 행동과 대사를 통해 표현함으로써 구체화된 인물이 등장하게 된다. 그리고 인물들의 기억하기 쉽고 서로 구별되는 이름들, 스토리와 사건에 따른 인물의 성격의 변화, 대사량, 언어의 특색, 옷차림, 소품들과, 주인공과 그 주위 인물들의 구성 등도 인물을 창조하는 데 고려해야 할 요소들이다.

또한 인물을 잘 살린 영화들의 분석을 통해 중심인물과 주위 인물들을 어떻게 배치하느냐에 따라 자신의 시나리오가 더욱 효과적으로 표현될 수 있음을 인식하게 한다.

3) 과제

- 자신이 창조할 중심인물을 정하고, 강조할 인물의 성격을 기록해 보자.
- 중심인물을 중심으로 꼭 필요한 인물들을 창조하고, 필요 없는 인물들을 삭제한 후, 인물들을 가장 효과적으로 배치시켜 보자.

주제 6. 스토리와 플롯

1) 학습목표 및 효과

스토리 창작과, 스토리와 플롯의 차이와, 플롯을 나누는 여러 가지 방법들을 익혀, 자신의 작품에 가장 맞는 플롯을 짤 수 있게 한다.

2) 내용

스토리는 시간적 순서대로 어떤 일이 일어났느냐고, 극적 요건이 포함되지 않은 이야기의 흐름이다.

일반적으로 인물이 떠오르면서 이야기가 만들어지기도 하고, 스토리를 쓰면서 인물이 떠오르기도 하는데, 가장 중요한 것은 자신과 관객이 관심을 가질 만한 이야기여야 한다는 것이다.

그래서 평범한 이야기는 따뜻하고 정서적으로 담아내거나, <출근전쟁>처럼 평범한 이야기를 특이한 상황 속에 배치시켜 개성적인 시나리오로 완성하는 것이 좋다. 평범하지 않은 이야기는 평범한 일상 속에 넣으면 낯설거나 거부반응 없이 친숙한 얘기가 되어 공감대를 형성할 수 있다.

스토리와 플롯의 차이는 스토리가 시간적 순서대로 배열된 사건의 진술이라면, 플롯은 사건의 진술이지만 인과관계에 중심을 두고 이야기에 극적 요소를 더한 것이고, 이야기 속에서 사건을 전개시키고 사건을 배열시키는 계획이다. 그러므로 스토리보다 한 단계 발전한 것이 플롯인 것이다.

플롯의 구성법은 수없이 많고 절대적인 법칙은 없다. 하나의 작품에는 여러 개의 플롯을 나누는 법들이 혼합되어 있다.

플롯을 나누는 방법은 다양하나, 가장 중요한 것은 어떤 이론도 절대적인 것은 없으며, 플롯은 이야기를 가장 효과적으로 표현해 내기 위해 사용한다는 것이다. 그러므로 자신이 쓸 이야기에 가장 적합한 플롯 유형을 적용시켜 보고, 지금까지 정리된 플롯의 유형들 중 자신의 이야기를 가장 효과적으로 표현할 유형이 없다면, 변형키거나 무시하거나 새로운 플롯의 형태를 창조해도 된다. 그러나 계속 창작을 하게 된다면 여러 이야기들이 구상될 것이고 거기에 적절한 플롯은 모두 다를 수 있으므로 기존에 정리되어 온 이론들을 아는 것은 필요하다.

주제 7. 그 외 시나리오를 쓸 때 고려할 요소들

1) 학습목표 및 효과

장소, 장면, 시간, 의상, 소품, 전체적 분위기, 그리고 제목을 정하는 법 등을 공부하며, 자신의 작품에 적용시켜 볼 수 있게 한다.

2) 내용

장소는 현실적 또는 상징적, 함축적인 장소를 선택해 장소 자체가 흥미롭고 의미를 담은 장소를 선택하고, 장면의 분위기를 설정해야 한다. 장소나 장면은 인물이 어떤 인물인가를 잘 드러나게 해 주는 요소이고, 영화의 분위기를 결정하는 한 요소이기 때문이다. 일반적으로 단편영화에서 너무 많은 장소가 나오면 관객이 혼란스러울 수도 있고, 제작비용도 늘어나므로 더욱 꼭 필요한 장소와 장면들을 숙고해야 한다.

시간은 어느 시대, 어느 계절, 어느 시간을 선택하느냐에 따라 시나리오는 달라진다. 일반적으로 단편영화에서는 너무 많은 시간 동안의 얘기는 극적 효과도 떨어질 수 있으므로 피한다. 지나치게 여러 해에 걸쳐 일어난 각각의 사건을 짧은 시간에 담으면 통일성과 활기가 떨어지기 때문이다. 또한 너무 짧은 시간 동안 너무 많은 것을 성취하게 해서도 안 된다.

의상이나 의상의 색, 액세서리 등도 인물의 성격과 분위기를 알려 주는 기능을 하므로 시나리오에 언급해 줄 수도 있다.

소품 중 상징적이거나 의미를 지닌 중요한 소품들은 시나리오에 반드시 써야 한다.

전체적 분위기도 시나리오를 쓰는 내내 염두에 두고 시나리오에 잘 스며들도록 하고, 제목은 일반적으로 시나리오에서 가장 중요하게 다루어진 점을 의미하는 제목을 선정하는 것이 좋다.

주제 8. 작품 분석을 통해 이론 익히기

1) 학습목표 및 효과

지금까지 시나리오를 쓸 때 필요한 전반적인 요소들을, 대사와 지문을 제외하고, 공부한 것을 바탕으로 단편영화들을 보면서 분석해 보며, 특히 플롯이 느슨한 작품과 긴밀한 작품의 차이를 인식하게 한다.

2) 내용

<보초선>, <불법주차>, <햇빛 자르는 아이> 등을 지금까지 시나리오 창작에 필요한 이론들을 배운 것을 적용해 분석 정리해 봄으로써, 작품 속에서 이론이 어떻게 활용되고 변형되기도 하면서 새 유형이 창조되는가도 보게 될 것이다. 이미 익힌 이론들은 많은 시간에 거쳐 수많은 작품들 속에 나타난 현상들을 체계화시킨 것이므로, 반드시 자신의 작품을 창작할 때 적용해 보고, 필요한 이론은 취사선택해 활용하고, 자신의 현재의 작품에 해당 안 되는 이론은 내버려 두고, 기존 이론을 변형하거나 새로 만들 자신만의 형식이 있다면 새로 만들어서, 자신의 작품을 가장 효과적으로 표현해 내도록 할 것이다.

주제 9. 시나리오 계획서

1) 학습목표 및 효과

시나리오를 쓰기 전에 시나리오 계획서를 작성해 보고 발표함으로써, 필요 없는 부분을 시나리오화하는 것을 막고, 중요한 부분을 더욱 보완해 좋은 시나리오를 쓸 준비를 하게 할 것이다.

2) 내용

일반적인 시놉시스보다 더욱 상세히 일종의 시나리오 계획서를 쓴다. 계획서를 쓰다 보면 써 오라는 항목 중 빈 공간이 생길 것인데, 그것은 아직도 자신이 시나리오를 쓸 준비가 안 된 부분들인 것이다. 이렇게 확연히 드러난 부족 부분들은 반드시 제출기한 전까지 숙고해 모두 써서 제출하여야 한다.

3) 과제

첫 번째 시나리오의 계획서 써 오기: 제목, 집필의도, 소재, 장르, 주인공, 인물들 배치, 줄거리, 플롯과, 장소, 배경, 시간, 음악, 전체적 분위기를 쓰고, 그 외 특히 강조할 부분들이 있으면 쓰고, 자신의 시나리오의 특징 또는 장점과 자신의 시나리오의 단점도 반드시 써 와야 함.

주제 10. 시나리오 쓰는 법

1) 학습목표 및 효과

시나리오 쓰는 법과, 시나리오 용어들, 장면전환 방법들을 익힘으로써, 실제 시나리오를 쓸 수 있게 한다.

2) 내용

시나리오는 촬영대본을 쓰는 것이 아니므로 연출, 연기자, 카메라 감독의 몫까지 쓸 필요가 없다. 단편은 길이보다는 작품의 질을 더 중요시한다는 것을 잊지 말아야 한다.

시나리오를 쓸 때 제목, 작가명, 등장인물을 쓰고, 신(장면, 장소)이 바뀔 때마다 신 넘버를 바꾼다.

대사는 인물에 맞는 대사를 쓰고, 구어체로 쓴다.

지문은 현재형으로 쓰고, 장황한 소설식 묘사는 하지 않는다.

시나리오 용어들을 꼭 필요한 경우에만 쓴다.

주제 11. 대사와 지문

1) 학습목표 및 효과

대사의 기능들, 대사를 쓸 때 고려할 사항들, 피해야 할 대사들을 익히고, 지문을 쓰는 법을 배워, 초보자들이 가장 힘들어하는 대사와 지문을 쓸 수 있게 한다.

2) 내용

시나리오는 시각적 표현을 중요시하기 때문에, 대사가 전혀 없거나, 몇 마디만 있는 단편영화도 많이 있다. 많은 대사보다 단 한 장면이 감동을 줄 수도 있기 때문이다. 그래서 행동으로 표현할 수 있는 대사는 행동으로 바꾸라는 말까지 나온다.

그러나 시나리오에서 대사는 중요하고, 초보자가 가장 힘들어하는 것은 대사 쓰기이다. 그것은 자신이 창조한 인물을 작가 자신이 잘 모르고, 인물 간의 대사의 어미처리가 쉽지 않기 때문에 대사 쓰기가 어렵기도 하다.

대사를 쓸 때 가장 중요한 점은 각 인물의 성격에 가장 알맞은 대사를 써야 한다는 것이다.

그리고 초보자들은 문어체로 쓰는 경우가 많으므로 반드시 구어체로 써야 한다.

시나리오에 있어서 지문은 필름에 옮겨지지 않는다는 이유로 중요시하지 않는 경향이 있다. 이것은 잘못된 생각이다. 시나리오는 각 신마다 독자적인 의미와 성격이 있으므로 대사보다도 지문이 더 중요할 때도 있다.

지문은 작가 자신의 언어수준과 문체가 드러나게 하는 부분이므로 질적 수준이 낮은 지문은 시나리오의 격을 떨어뜨리므로 쓰지 말아야 한다.

주제 12. 시나리오 초고 쓰기

1) 학습목표 및 효과

시나리오 초고를 쓸 때 주의할 점을 배우고 독회의 중요성을 인식해 자신의 작품을 쓰고 발표해, 객관적으로 자신의 작품을 분석할 힘을 키울 수 있게 한다.

2) 내용

시나리오는 이야기 속에 몰입하게 쓰는 것이 중요하므로 카메라 지시나 쓸데없는 용어들을 사용하면서 시간을 낭비할 필요가 없다.

계획서에는 아직 구체적으로 인물을 통해 어떤 구체적인 장소들에서, 어떤 식으로 대사와 지문을 쓰면서 자신의 집필의도를 펼쳐 나갈지가 들어 있지 않기 때문에 초고를 쓰기가 쉽지가 않다. 그러나 계획서가 없다면 집을 지을 때 설계도 없이 주먹구구식으로 짓는 것과 같다.

시나리오를 쓸 때에는 시나리오의 큰 중심을 지키면서, 창작하는 매 순간 자신의 재능과 열정과 자신감을 믿고 최대의 에너지를 동원해 자유스럽게 써야 한다.

잘못 쓰겠는 부분이나 불확실한 부분들은 항상 메모를 해 두고, 나중에 보충하기 위해 남겨 놓고, 쓰면서 자꾸 고치기보다는 큰 흐름대로 쓴 후, 보충 부분에 대한 조사 등을 해서 남겨 놨던 부분을 넣어 완성한다.

그런 다음 한 번 다시 읽으면서 고쳐 쓰기, 삽입, 삭제, 대사를 최대로 구체적인 행동이나 지문으로 바꾸기, 어색한 대사 고치기 등을 하여, 최대로 좋은 작품으로 완성해야 한다.

최대로 노력하여 초고를 완성했으면, 독해 때 다른 사람들의 객관적인 의견을 듣고 싶은 점들을 메모해 온다.

3) 과제

최대로 완성도 높은 초고 써 오기

주제 13. 시나리오 완성하기와 두 번째 시나리오 창작

1) 학습목표 및 효과

초고를 수정하는 방법을 익혀 완성도 높은 첫 작품을 완성할 수 있게 하고, 더욱 수준 높은 두 번째 시나리오를 계획할 수 있게 한다.

2) 내용

초고를 조금만 수정해도 되는 학생들은 즉시 수정해 완성본을 제출하여야 한다.

반대로 많은 부분을 수정해야 하는 학생은 보완할 부분에 대한 조사 등을 하면서 자신의 작품을 객관적으로 볼 수 있게 되었을 때 수정한다.

수정은 초고에서 드러난 장점을 더 살릴 수 있으면 더 살리고, 초고를 수정하고 보완해서, 초고의 수준을 좀 더 높여 완성도 높은 작품으로 완성하기 위해 한다는 것을 잊지 말아야 한다.

처음 시나리오 작품에서 자신의 장점과 보완해야 할 점을 파악했으므로, 두 번째 단편 시나리오는 스스로 완성도에 대한 높은 기준을 설정해 시나리오로서 가치 있는 작품을 완성해야 한다.

두 번째 시나리오 창작도 계획서 제출 - 발표와 토론 - 수정 보완 제시 - 초고 제출 - 독회 - 수정 보완 제시 - 완성본 제출의 과정을 거친다.

3) 과제

- 첫 번째 시나리오 완성해 오기
- 두 번째 시나리오 계획서 써 오기

주제 14. 개성적인 단편영화

1) 학습목표 및 효과

개성적인 단편영화를 분석해 단편영화라는 장르만이 표현해 낼 수 있는 개성적 요소들을 배워 개성적 단편 시나리오를 쓸 역량을 키운다.

2) 내용

두 편의 단편영화를 비교해 보며, 단편 시나리오의 특성을 잘 살린 개성 있는 단편영화란 어떤 것인가를 공부한다.

개성적인 단편영화란 현실을 그대로 담기보다는 확장시켜 큰 시선 속에서 바라보고, 다른 사람들이 모방할 수 없는 자신만의 사고로 풀어내서, 신선하고 새로운 시각으로 접근한 것임을 알 수 있게 한다.

또한 단편영화라는 장르만이 표현해 낼 수 있는 특성들을 최대로 발휘해 작품을 완성하는 것이 개성적인 단편영화를 만드는 방법들 중의 하나이다.

3) 과제

두 번째 시나리오 초고 써 오기

주제 15. 애니메이션 시나리오

1) 학습목표 및 효과

일반 단편영화와 애니메이션을 비교 분석하고, 애니메이션 효과를 잘 살린 작품을 분석해 애니메이션 시나리오를 쓸 수 있는 역량을 키운다.

2) 내용

일반 영화가 현실에 존재하는 것을 대상으로 한다면, 애니메이션 시나리오의 특징은 그림으로 그릴 수 있는 것을 대상으로 한다. 그림으로 그릴 수 있는 무엇이든 애니메이션의 대상이 되고, 등장인물, 세트, 대도구, 소도구, 풍경 등 모든 것이 그림에 의해 표현되므로 보다 자유로운 것이 특징이다.

그림의 특성을 활용해 변형, 과장, 의인화시킬 수 있으므로 환상적이고, 신비하고, 서정적이고, 시적이며, 철학적인 것 또한 표현할 수 있는 장르이기도 하다.

위와 같은 특성 때문에 애니메이션 시나리오에서는 보다 자유로운 창작이 가능하므로 폭넓게 개성을 발휘할 수 있는 시나리오들을 창작할 수가 있다.

우리에게 익숙한 이야기도 일반영화로 만들었을 때와 애니메이션으로 만들었을 때 느낌이 좀 더 색다른데, 그것은 그림이 주는 정겨움과 순수하고 동화적인 분위기, 현실을 그림으로 재해석해 표현한 데서 오는 느낌이 달라 관객에게 독특한 감흥을 주는 것이므로, 애니메이션은 작가가 하고 싶은 이야기를 개성적 형식에 담기에 좋은 장르 중 하나라고 할 수 있겠다.

3) 과제

두 번째 시나리오 초고 발표 및 수정방안 정리하기

주제 16. 해외 단편영화

1) 학습목표 및 효과

해외 단편영화와 한국 단편영화를 비교 분석하고, 수준 높고 개성 있는 해외 단편영화를 분석해, 외국 단편의 특징과 공감대 형성을 이루는 요소들을 분석하여, 외국인들도 높이 살 만한 우리의 개성적 요소를 담으면서 동시에 그들도 공감할 수 있는 수준 높은 단편 시나리오를 쓸 수 있는 역량을 키운다.

2) 내용

해외의 수준 높은 단편영화들을 분석해 봄으로써 우리나라의 단편영화와는 다른 정서와 특징 등을 지니고 있음을 공부하고, 우리 자신들도 지닌 문제들을 다룬 외국 단편영화들 속에서 공감할 수 있는 요소들도 발견해 낼 수 있게 한다.

먼저 여성의 문제를 다룬 미국 단편영화 한 편을 본 후 분석을 한 다음, 한국 단편영화 한 편을 보면서 비교 토론을 한다.

해외의 수준 높고 개성적인 단편영화를 분석한다.

3) 과제

두 번째 단편 시나리오 수정해 완성해 오기

주제 17. 장편 시나리오 분석

1) 학습목표 및 효과

단편 시나리오 창작 강의에서 기본 창작 이론을 배우고, 실제 창작을 해본 학생들 중 장편 시나리오를 창작해 보고 싶은 학생들은 장편 시나리오는 더욱 치밀하고 좀 더 방대한 인물들과 에피소드들이 필요하고, 창작 기간도 단편에 비해 많이 필요하므로, 장편을 혼자 구상해 볼 수 있게 허진호 감독의 <8월의 크리스마스>(『한국 시나리오선집』 제16권)를 분석해 놓아, 이 부분을 참고하면서, 장편 시나리오 창작 준비를 하게 할 것이다.

2) 내용

<8월의 크리스마스>의 집필과정, 주제, 소재, 인물, 인물 배치도, 스토리, 시퀀스, 플롯, 장소와 장면들, 시간, 제목, 신들에 나타난 중요한 의미들, 이 영화에 대한 일반 평들, 전체 평을 정리해 놓았다.

송정애 —————————————————————————————————

▌약 력

한양대학교 연극영화과 및 서강대학교 불어불문학과 졸업
파리8(뱅센느)대학 연극학 석사
파리4(소르본)대학 불문학 박사(현대희곡)
서강대학교, 추계예술대학교 강사 역임
KBS 프랑스 영화 번역 작가 역임
월간『문학세계』희곡 및 시 등단

현재
호남대학교 다매체영상학과 초빙교수
(희곡 및 시나리오 창작법, 영화로 읽는 사회와 문화, 문화정책론 등 강의)
(사)희곡작가협회『한국희곡』편집위원
희곡작가, 시인

▌주요논문 및 저서

『프랑스 현대문학에 나타난 개인주의』(공동)
『인간의 시간』(조르주 뿔레, 공동번역)
「몰리에르의 <타르튀프>와 이근삼의 <국물 있사옵니다>의 대비연구」
「사무엘 베케트의 <고도를 기다리며>와 박조열의 <목이 긴 두 사람의 긴 대화>의 대비연구」
「장 아누이의 <앙티곤느>와 박조열의 <오장군의 발톱>의 대비연구」
「으젠느 이오네스코의 <코뿔소>와 박조열의 <흰둥이의 방문>의 대비연구」
「삐에르 꼬르네이유의 <신나>와 이근삼의 <대왕은 죽기를 거부했다>의 대비연구」
「이근삼의 희곡들과 이오네스코의 <수업> 속에 나타난 교수들의 문제점 연구」등

▌희곡 창작 작품

<사막 위의 남자들>
<파리의 풀들>
<어느 외딴섬의 허수아비 인간들>
<아버지의 유산>

▌시나리오 창작 작품

<송봉철 교수의 미소>
<아버지의 유산>
<세월>
<어느 효자의 즐거운 새벽>

시나리오
단편 시나리오 창작에서 장편 응까지
창작법

초판발행 2009년 11월 30일
초판 4쇄 2019년 1월 11일

지은이 송정애
펴낸이 채종준

펴낸곳 한국학술정보(주)
주소 경기도 파주시 회동길 230(문발동)
전화 031 908 3181(대표)
팩스 031 908 3189
홈페이지 http://ebook.kstudy.com
E-mail 출판사업부 publish@kstudy.com
등록 제일산−115호(2000. 6. 19)

ISBN 978-89-268-0567-1 93810 (Paper Book)
      978-89-268-0568-8 98810 (e-Book)